एन्काउंटर @ लक्ष्मणपुर टाइम्स

उत्तर प्रदेश के गाजीपुर जिले के रहने वाले अवतंस चित्रांश ने करीब दो दशक पहले *टाइम्स ऑफ इंडिया*, वाराणसी से पत्रकारिता की यात्रा शुरू की थी। आप बतौर क्राइम रिपोर्टर *सहारा टीवी*, *इंडिया टीवी*, *आजतक*, *सोनी टीवी क्राइम पेट्रोल*, *तहलका* पत्रिका के लिए काम कर चुके हैं। उसके बाद अवतंस *ज़ी मीडिया* और *एनडीटीवी* में इनपुट डेस्क में कार्यरत रहे। टीवी जर्नलिज्म के साथ अवतंस विभिन्न प्रिंट व डिजिटल मीडिया में भी समसामयिक घटनाक्रम पर *भास्कर*, *जनसत्ता*, *उजाला* में भी लिखते-छपते हैं।

अवतंस राजनीतिक इतिहास एवं सामाजिक सरोकारों में भी रुचि रखते हैं। आपकी शिक्षा-दीक्षा काशी हिंदू विश्वविद्यालय, वाराणसी एवं भारतीय जनसंचार संस्थान, नई दिल्ली से हुई है।

AF647236

एन्काउंटर
@ लक्ष्मणपुर टाइम्स

अवतंस चित्रांश

MANJUL
मंजुल कथाकार
मंजुल पब्लिशिंग हाउस का इम्प्रिंट

MANJUL

मंजुल कथाकार

मंजुल कथाकार, मंजुल पब्लिशिंग हाउस का इम्प्रिंट है

कॉरपोरेट एवं संपादकीय कार्यालय

• द्वितीय तल, उषा प्रीत कॉम्प्लेक्स, 42 मालवीय नगर, भोपाल-462 003

विक्रय एवं विपणन कार्यालय

• सी–16, सेक्टर 3, नोएडा, उत्तर प्रदेश, 201301

वेबसाइट : www.manjulindia.com

वितरण केन्द्र

अहमदाबाद, बेंगलुरू, कोच्चि, कोलकाता, चेन्नई,

हैदराबाद, मुम्बई, नई दिल्ली, पुणे

यह संस्करण मंजुल कथाकार में मंजुल पब्लिशिंग हाउस द्वारा 2026 में प्रकाशित

एन्काउंटर @ लक्ष्मणपुर टाइम्स

कॉपीराइट © अवतंस चित्रांश, 2025

सर्वाधिकार सुरक्षित

ISBN 978-93-7317-572-0

इस पुस्तक में व्यक्त विचार लेखक के अपने हैं और
इस संबंध में प्रकाशक किसी भी रूप में उत्तरदायी नहीं है।
साथ ही, इस उपन्यास में वर्णित सारे पात्र और सारी घटनाएं काल्पनिक हैं।
इससे किसी भी प्रकार की साम्यता महज़ संयोग मात्र है।

आवरण सज्जा : विकास तंवर

टाइपसेटिंग : डीजीअल्ट्राबुक्स प्रा. लि., नई दिल्ली

मुद्रण व जिल्दसाज़ी : रेप्रो इंडिया लिमिटेड

यह पुस्तक इस शर्त पर विक्रय की जा रही है कि प्रकाशक की
लिखित पूर्वानुमति के बिना इसे या इसके किसी भी हिस्से को न तो पुनः
प्रकाशित किया जा सकता है और न ही किसी भी अन्य तरीक़े से, किसी भी
रूप में इसका व्यावसायिक उपयोग किया जा सकता है। यदि कोई व्यक्ति
ऐसा करता है तो उसके विरुद्ध कानूनी कार्रवाई की जाएगी।

पिता स्वर्गीय श्री अखौरी अशोक कुमार श्रीवास्तव के लिए

अनुक्रम

1	ऑफ़िस	1
2	परितोष, त्रिलोचन और अरशद रिज़्वी	
3	दो महीने पहले	12
4	कौन है परितोष?	15
5	प्रेस कॉन्फ्रेंस	17
6	क्राइम, पुलिस और जर्नलिस्ट	26
7	अब आगे क्या होता है...	29
8	अगले दिन...	33
9	शहर का सिस्टम	37
10	ख़बर पर दबाव	41
11	कौन हैं इंस्पेक्टर प्रदीप सिंह?	46
12	एसएसपी, इंस्पेक्टर और ऑपरेशन	48
13	ब्रेकिंग न्यूज़ की कवरेज	52
14	परितोष और त्रिलोचन की जुगलबंदी	57
15	एसएसपी ऑफ़िस की ओर	59
16	जर्नलिस्ट और छात्र राजनीति	63
17	न्यूज़ चैनल पर ब्रेकिंग पट्टी का असर	67
18	कैंपस और पुलिस इंवेस्टिगेशन	72
19	परितोष से मिला वॉन्टेड क्रिमिनल	76
20	ख़ूबसूरत ब्रेक और ख़तरनाक साज़िश	80

21	बैक टू बैक प्लान	85
22	सिस्टम इज़ सिस्टम	91
23	क्या परितोष गिरफ़्तार होगा	95
24	ख़बर ब्रेक की प्लानिंग	99
25	ख़बर से बिगड़ी सरकार की इमेज	103
26	सच की ताक़त	107
27	कौन किसको रौंदेगा?	113
28	कोर्ट में बहस	118
29	पुलिस की हार	124
30	बदनाम न होते तो	127
31	जाँच जारी है	130
32	पुलिस का स्टिंग	133
33	पत्रकारिता के सिद्धांत	139
34	लखनऊ के नए कप्तान	143
35	दो तलवार	146
36	जीत का जल्सा	151
37	किसान आंदोलन	156
38	सीनियर सिटीज़न सेल	162
39	वर्तमान की ओर	165
40	कड़ी-दर-कड़ी	167
41	सर्विलांस पर नेटवर्क	171
42	साधो! यह मुर्दों का देश	175
43	पुलिस की घेराबंदी	180
44	बिग न्यूज़ फ़ॉर यू!	183
45	ऑपरेशन ईगो ख़त्म हुआ...	186
46	फ़ायनल रिपोर्ट	189

1

ऑफ़िस

हमन है इश्क़ मस्ताना हमन को होशियारी क्या
रहें आज़ाद या जग में हमन दुनिया से यारी क्या

हमेशा की तरह कबीर का दोहा बुदबुदाते हुए, परितोष शर्मा लक्ष्मणपुर टाइम्स के ऑफ़िस पहुँचता है। वह आज भी कोई सनसनाती ख़बर फोड़ने के लिए अपने नेटवर्क में फ़ोन करके ख़बर तलाश रहा था। उसने ऑफ़िस स्टाफ़ से एक कप चाय लाने को कहा और कम्प्यूटर पर कुछ-कुछ लिखने की कोशिश करने लगा। लेकिन उसका मन किसी और डाल पर उलझा था। वह उधेड़बुन में फँसा ही था कि छात्र नेता त्रिलोचन यादव अपने कुछ चेलों के साथ ऑफ़िस पहुँचता है और ऑफ़िस के नीचे ही चाय के ठीहे पर रुक जाता है और चाय वाले को गर्मागर्म चाय का ऑर्डर देता है।

परितोष उससे मिलने के लिए ऑफ़िस के बाहर चाय के ठीहे पर आता है। यह ठीहा उसकी अड़ी है। जहाँ बैठकर वह पिछले दस साल से अपनी भावी कार्ययोजनाएँ बनाता है, कुछ अंजाम पर पहुँचती हैं, कुछ रास्ते में ही दम तोड़ देती हैं। पत्रकारों के ख़्वाबों की दुनिया में ऐसा होता रहता है कभी वे विधानसभा के गलियारें में सत्ता के पॉवर के मज़े लेते हैं तो अगले ही घंटे किसी चौराहे पर लाई चना खाकर अगली ख़बर की तैयारी में मगन रहते हैं। लेकिन आज परितोष शर्मा सिर्फ़ चाय के मूड में नहीं है। त्रिलोचन भी मारे ख़ुशी के चहक रहा है। असल में थोड़ी देर पहले ही स्पेशल ब्रांच के इंस्पेक्टर प्रदीप सिंह को सस्पेंड कर दिया गया है। परितोष की इस इंस्पेक्टर से एलानिया अदावत है। त्रिलोचन को इस सस्पेंशन की सूचना देते हुए उसके चेहरे परम संतोष का भाव है। मानो किसी टेढियल महिला के शरीर पर विजय प्राप्त करके आया हो और विजय का टशन परितोष पत्रकार के शब्दों से सुना जाए तो माहौल टाइट हो जाता है। त्रिलोचन सुन रहा है, “बड़े दरोग़ा बनते रहें, एन्काउंटर स्पेशलिस्ट!!! सुशीलवा को धमकाकर कह रहा कि परितोष शर्मा का हाथ तोड़ देइगा, मैं ख़बर भी नहीं लिख पाऊँगा, अब लड़ऊ को समझ आ रहा होगा कि हाथ कइसे टूटता है। अब चलावें बंदूक़, करे फ़र्ज़ी एन्काउंटर।”

परितोष की बुदबुदाती बातों को पूरे मन से सुनकर त्रिलोचन बोलता है, “छोड़िए भइया! लड़ऊ बस एसएसपी साहब के दम पर उछलता था। देखिए विक्रमजीत सिंह उसका सस्पेंशन भी नहीं रुकवा सके। बड़का आईपीएस रहें, सब केवल यूज़ करते हैं भइया।”

परितोष उसकी बात सुनकर लंबी साँस लेता है, “तुमको एक बात बताएँ! आज मैंने प्रदीप सिंह को फ़ोन किया था। ऐंठन गई नहीं है उसकी। कह रहा था कि मैं ईगो में यह सब कर रहा हूँ। त्रिलोचन तू बता मुझमें ईगो देखा है तूने कभी? मैंने कभी किसी को ग़लत फँसाया है? किसी के बारे में ग़लत ख़बर लिखी है?”

"अरे नहीं भइया। आपने तो हम जैसे छोटे भाइयों को हमेशा सपोर्ट किया है।" त्रिलोचन तुरंत पकड़ लेता है कि परितोष भइया के अंदर का जज़्बाती पत्रकार जाग पड़ा है, माहौल बदले उससे पहले उसने मान-सम्मान, पद-प्रतिष्ठा, समाज-परिवार, ग़लत-सही के उलझन से दूर करने का सदाबहार प्रस्ताव पेश कर दिया, "भइया, ख़बर लिखकर फ्री हो जाइए तो मैं कुछ सोमरस की व्यवस्था करूँ।"

अब एक पत्रकार को और क्या चाहिए? परितोष भी अपनी जीत से संतुष्ट हो जाता है। अँग्रेज़ी में कहें तो उसका ईगो सैटिस्फ़ाइड है। उसे महाराजा टाइप की फ़ीलिंग आ रही है। पत्रकारिता के शुरुआती दिनों से ही संघर्षों का ठीहा रही चाय की दुकान, आज कोंढाणा का क़िला लग रहा था। और क़िले की ऊँचाई से लखनऊ शहर को जीतने का एहसास, सिगरेट के हर कश से उठते धुएँ में लिपटा हुआ था। मानो शहर में लोग शुद्धिकरण यज्ञ कर रहे हों। परितोष शर्मा का यज्ञ संपन्न होने की ख़ुशी में भोज तो बनता ही है। सिगरेट के धुएँ को बुझाते हुए उसने व्यवस्था करने की इजाज़त दी। त्रिलोचन भी परितोष का विश्वासपात्र दरबारी था सो उसका दिल और दिमाग़, दोनों को समझकर अदब के साथ एक और इल्तिजा पेश करता है।

"भइया, गीतांजलि जी को भी बुला लीजिए। अपने पॉलिटिकल करियर को लेकर कुछ विशेष टाइप का प्लान था। वह भी रहती तो ज़रा अच्छे से गाइड कर देती। तब तक मैं अरशद भाई को बोल देता हूँ।"

परितोष इस इल्तिजा को स्वीकार कर लेता है और त्रिलोचन अपने चेलों को कार्यक्रम की व्यवस्था कराने के लिए फ़रमान जारी करता है।

फ़िल्मों में एंग्री यंगमैन जैसे सिगेरट बुझाता है वैसे ही, परितोष ख़त्म होने की कगार पर आई सिगरेट को कुचल देता है। वह अपनी सैटिस्फ़ैक्टरी फ़ीलिंग में गीतांजलि चौधरी के लिए उमड़ती लव वाली फ़ीलिंग को दबा देता है। फिर चाय वाले को हिसाब खाते में लिखने का इशारा करते हुए

और तेज़ क़दमों से ऑफ़िस की तरफ़ बढ़ते हुए गीतांजलि को फ़ोन करता है, लेकिन वह कॉल पिक नहीं करती। परितोष दोबारा कॉल करता है। गीतांजलि इस बार भी फ़ोन कॉल रिसीव नहीं करती है। गीतांजलि के कॉल पिक न करने से उसके मन में इफ़-बट शुरू हो जाता है और इस कंफ़्यूज़न में अपने कम्प्यूटर सिस्टम पर बैठकर कीबोर्ड पर उँगलियाँ नचाते एक बार और कॉल करता है। कॉल फिर रिसीव नहीं होती लेकिन पाँचवी बार गीतांजलि ने कॉल रिसीव की—हारकर या घबराकर यह तो गीतांजलि ही जाने।

"हलो सर! कैसे हैं आप!! आपके कई मिस्ड कॉल आए थे।"

"सब ठीक है! तुम्हें एक न्यूज़ देनी थी।

"अब तक तो तुम्हें मिल गई होगी? प्रदीप सिंह सस्पेंड हो गया। मेरा हाथ तोड़ने की धमकी दे रहा था..."

"पता नहीं उसे मीडिया वालों से किसी बात की चिढ़ थी!"

गीतांजलि सुन रही थी और समझ भी रही थी सो बहुत उत्साही रिएक्शन न दिया, "जस्ट मिली मुझे, अरशद ने भेजी है।"

गीतांजलि सुशील त्यागी की पार्टी में आने के बाद से ही परितोष से एक डिस्टेंस मेनटेन करने लगी थी। इसीलिए उसके फ़ोन कॉल को अवॉयड कर रही थी। सस्पेंशन वाली ख़बर पर उसने ख़ुशी ज़ाहिर करने की जगह बहुत रूखेपन से कहा, "सर, ये पुलिसवाले हर दिन किसी न किसी को धमकी देते रहते हैं। इसको इतना पर्सनल लेने की क्या ज़रूरत है?"

परितोष हकबका जाता है। प्रदीप सिंह के बाद उसकी ईगो को गीतांजलि ने खोदकर रख दिया। लाख सोच-समझकर बोलने के बाद भी गीतांजलि से ग़लती हो गई।

"मैं कहाँ पर्सनल हुआ हूँ? उसने सुशील त्यागी से कहा था कि मेरा हाथ तोड़ देगा, मैं ख़बर नहीं लिख पाऊँगा और लखनऊ पोस्टिंग के पहले ही दिन तुमसे भी उसने बदतमीज़ी की, तुम भूल गईं क्या?"

अनमने ढंग से बात कर रही गीतांजलि भी झुँझला जाती है, "छोड़िए सर इन बातों को, मुझे एक रिपोर्ट फ़ाइल करनी है, उसके बाद इस इश्यू पर डिस्कस कर लेंगे। मैं आपको थोड़ी देर में कॉल करती हूँ।"

"कोई बात नहीं तुम पहले अपनी रिपोर्ट फ़ाइल कर लो। और शाम को टाइम मिले तो घर पर आ जाना, त्रिलोचन भी रहेगा। उसे कुछ अपने पॉलिटिकल करियर के बारे में डिस्कस करना है। तुम भी रहोगी तो अच्छा रहेगा।"

इस आमंत्रण से गीतांजलि फ़ायर हो जाती है लेकिन परितोष को डील करना इतना आसान नहीं था। यह बात वह उसी दिन जान गई थी जब वह पहली बार रेस्टोरेंट में मिली थी। और यह भी समझ चुकी थी कि परितोष उसे लेकर पहले ही पर्सनल हो गया है। अपने समाज की सोच ही ऐसी है कि लड़कियों को लड़कों की नज़र की ट्रेनिंग बचपने से हो जाती है। उसपर लड़की गीतांजलि चौधरी जैसी फ़ोकस्ड हो तो पर्सनल-प्रोफ़ेशनल रिलेशन के बीच लाइन खींचना कोई बहुत बड़ी बात नहीं है। गीतांजलि चौधरी न एसएसपी विक्रमजीत सिंह से पर्सनल हुई थी न परितोष से। उसका पहला काम रिपोर्टिंग था और वह उसे अच्छे से कर रही थी। बाक़ी लोग उसके सौंदर्य से प्रभावित होकर इमोशनल हो गए हों तो यह उनकी प्रॉब्लम है।

"सर, वैसे तो मैं आपको सीधे-सीधे मना कर सकती हूँ, पर आपकी बहुत बड़ी फ़ैन हूँ इसलिए विद रिस्पेक्ट कह रही हूँ कि छोटी-छोटी बातों को लेकर इतना पर्सनल होना ठीक नहीं है। यू नो सर हम जर्नलिस्टों का काम घटनाओं की रिपोर्ट लोगों के सामने लाना है। किसी घटना को अंजाम देने की प्लानिंग करना या उसमें शामिल होना हमारा काम नहीं है। सर, कोई ऐसा करता है तो वह ग़लत है। मैं आपकी बहुत रिस्पेक्ट करती हूँ, बट आपकी ईगो को सेटिस्फ़ायी करने के लिए मैं आपके साथ नहीं हूँ।"

उसने एक मिनट में परितोष शर्मा के दिमाग़ पर छाए फ़ितूर को उतार दिया। इसके बाद तो परितोष के तन-बदन में आग लग जाती है। सामान्य

परिवार के लोगों के साथ यही प्रॉब्लम है कि छोटी-छोटी बात को ईगो बना लेना और कोई ज़रा हँसकर दो बात कहता है तो पर्सनल हो जाते हैं। परितोष शर्मा की आँखों के आगे गीतांजलि से उसकी पहली मुलाक़ात की तस्वीर घूम जाती है। जब उसने अपने मतलब से उसे फ़न मॉल में बुलाया था, यह पता करने के लिए कि उसको दीक्षित दंपत्ति डबल मर्डर केस में एक्सक्लूसिव इनपुट किससे मिले।

अपनी कुर्सी पर पीछे की तरफ़ लुढ़कते हुए वह दोनों हाथों से हत्थे को पकड़कर उठना चाहता है। लेकिन दिल-दिमाग़ उसे कुर्सी छोड़ने नहीं देते हैं। वह सबकुछ छोड़ देना चाहता है। तभी पीछे से सम्पादक अनामी प्रसाद जी उसके कंधे पर हाथ रखते हैं, "क्या पार्टनर, कोई धाँसू ख़बर है क्या? कल लीड स्टोरी के लिए कुछ धमाकेदार दो न, संडे है कल। निकालो कुछ धमाकेदार। लोग इत्मीनान से घर बैठकर ख़बर पढ़ें।"

सम्पादक जी अपनी फ़रमाइश रख रहे थे लेकिन परितोष के दिमाग़ में कुछ और चल रहा था। वह सम्पादक जी से पूछता है, "क्या वह ग़लत कर रहा है?"

अचानक परितोष के मुँह से यह सवाल सुनकर सम्पादक जी एक पल को ठिठक जाते हैं। फिर कहते हैं, "परितोष मैंने तुझसे पहले ही पूछा था कि कोई प्रॉब्लम है तो बता दे। तूने कभी मुझे कुछ नहीं बताया, अब ग़लत और सही के सवाल में क्यों फँस रहा है?"

परितोष अनामी प्रसाद जी की बात ध्यान से सुन रहा है और वह बोल रहे हैं, "मैनें स्टिंग ऑपरेशन वाली स्टोरी पर भी तुझसे कहा था कि यह ग़लत है लेकिन तूने मेरी बात नहीं मानी। ऊपर वाले ने तुझे साहस भी दे रखा है और दुस्साहस भी। अगर लगता है सही-ग़लत में फँस गया है तो साहस कर और बाहर निकल आ, लेकिन मैदान छोड़ेगा तो हारना तय है। मैदान पर डटा रहेगा तो शायद जीत जाए और जीतने वाले की ग़लती नहीं गिनी जाती है।"

गीतांजलि चौधरी ने एक झटके में परितोष शर्मा के ईगो को झकझोर दिया था। उसके सामने लखनऊ के नवागत वरिष्ठ पुलिस अधीक्षक की पहले प्रेस कॉन्फ्रेंस के दृश्य घूमने लगते हैं। अब वह सम्पादक जी से क्या कहे कि उस प्रेस कॉन्फ्रेंस में एसएसपी विक्रमजीत सिंह ने रूखा-सा जवाब दिया था, सीधी बात कहें तो एसएसपी ने शहर के टॉप क्राइम रिपोर्टर का लोड नहीं लिया और एक फ्रेशर लड़की गीतांजलि चौधरी को उसके सामने ही अलग से ब्रीफ़िंग के लिए बुला लेता है। यही बात उसे हर्ट कर गई थी। वह नज़रें उठाकर एक बार सम्पादक जी की तरफ़ देखता है, फिर कम्प्यूटर पर आँखें गड़ाकर ख़बर लिखने की कोशिश करता है लेकिन उँगलियाँ तो दिमाग़ के इशारे पर चलती हैं और दिमाग़ का फ़्यूज़ उड़ जाता है जब दिल हर्ट होता है। उसकी उँगलियाँ कीबोर्ड पर फैली हैं लोकिन हरकत नहीं करना चाहती हैं।

2

परितोष, त्रिलोचन और अरशद रिज़्वी

परितोष शर्मा को आज कुछ अच्छा नहीं लग रहा है। उसके चेहरे पर तनाव और दिल में घबराहट है। शहर में हुईं अपराधिक घटनाओं की जैसे-तैसे रिपोर्ट फ़ाइल करके वह घर पहुँचता है। त्रिलोचन यादव भी अपने चेलों से व्हिस्की की दो बोतलें और चिकन-चखना मँगवाकर परितोष के पीछे-पीछे उसके घर पहुँचता है। परितोष टीवी पर न्यूज़ चैनल बदल रहा है। फिर वापस न्यूज़ 24x7 पर आता है। फिर दूसरे चैनलों पर जाता है। रिमोट के बटन पर उसकी उँगलियाँ यही क्रम दोहरा रही हैं। घरेलू पार्टी की तैयारी कर रहे त्रिलोचन को परितोष की बेचैनी देखी नहीं जाती है। वह पूछता है, "गीतांजलि जी नहीं आ रही क्या?"

"उसे ईगोइस्ट लोग पसंद नहीं।"

परितोष की बेचैनी त्रिलोचन काफ़ी देर से महसूस कर रहा था। उसे लगा कि गीतांजलि के आने से परितोष भइया का दिमाग़ डायवर्ट हो जाएगा। वह चाहता था कि गेस्ट हाउस वाली घटना की वजह से परितोष के दिलो-दिमाग़ पर हत्यारा होने का जो अपराधबोध है, उसके बारे में गीतांजलि को बताएगा और दोनों मिलकर परितोष भइया को समझाएँगे कि हत्या राजू यादव ने की है, परितोष ने तो सिर्फ़ हवाई फ़ायरिंग करने के लिए कहा था।

हाँ, अब गीतांजलि के न आने से त्रिलोचन की योजना पर पानी फिर गया था। इसलिए अब उसे अरशद रिज़्वी का इंतिज़ार है। अरशद भाई ज़हीन जर्नलिस्ट हैं और परितोष शर्मा के दुख-दर्द-संघर्षों के साथी हैं। दोनों की दोस्ती लखनऊ विश्वविद्यालय में साथ पढ़ते हुई थी। शायद अरशद भाई के रहने से परितोष उस हादसे को अपनी ग़लती न माने। यह सब बातें सोचते हुए त्रिलोचन दो पैग तैयार करता है और अपने चेलों को कहता है कि वह कार में जाकर बैठे, वह थोड़ी देर में आएगा। ख़ामोशी के साथ पहला पैग ख़त्म होते-होते अरशद भी पहुँच जाता है।

"सॉरी यार बहुत देर हो गई, नए एसएसपी ने ड्रंक एंड ड्राइव के ख़िलाफ़ अभियान शुरू किया है। हयात होटल के बाहर ख़ुद चेकिंग कर रहा है। अरे, गीतांजलि नहीं आई?"

कमरे में इधर-उधर देखते हुए अरशद ने जैसे ही गीतांजलि के बारे में पूछा, दोनों उसे देखने लगे। आँखें सवाल का जवाब देना चाहती हैं लेकिन चेहरा भावहीन है।

"अबे ऐसे क्यों देख रहा है, अभी वहीं मौक़े पर वह भी थी। उसने मुझसे कहा है कि परितोष सर के यहाँ जा रही हूँ।"

मुहब्बत के मारे जज़्बाती लोगों के लिए इतना ही काफ़ी होता है कि कोई अफ़्साने की छोटी-सी ख़बर सुना दे। गीतांजलि बेफ़िक्र ऑन द स्पॉट रिपोर्टिंग कर रही है। इतना सुनकर परितोष के सूख चुके होंठ खुलते हैं, "अरे रहने दे अरशद, हम आवारा लोगों के बीच लड़की का क्या काम?" पहले पैग के साथ ही परितोष की भावनाएँ भड़कने लगती हैं।

"हाँ! यह भी तूने ठीक कही।"

परितोष की हर बात का समर्थन करने वाले अरशद को यह पता नहीं था कि गीतांजलि और परितोष में क्या बात हुई है। लेकिन वह परितोष का तंज़ ज़रूर समझता है। वह ट्रैक चेंज करता है, "और बता, कोई बड़ी ख़बर है तेरे पास कल के लिए? चैनल वाले डंडा कर रहे हैं। एक्सक्लूसिव लाने के लिए साला सारे टीआरपी का क्राइम वाले ही ठेका ले रखे हैं क्या?"

परितोष त्रिलोचन को देखता है और अरशद की बात काटता है, "अरशद छोड़ न आज ख़बर-वबर की बात। त्रिलोचन को आगे कैसे बढ़ाना है यह बता।"

"भाई, अब तो यह छात्रसंघ अध्यक्ष है। प्लान क्या करना है, बस डंके की चोट पर विधानसभा लड़ेगा अब की चुनाव में।"

त्रिलोचन अरशद की बात सुनकर फूलकर कुप्पा हो जाता है। ग़मगीन माहौल में पियक्कड़ों को और क्या चाहिए—एक को माशूक़ की ख़बर, दूसरे को फ़्यूचर प्लान और तीसरे को दोस्तों का साथ। शीशे के गिलास आपस में टकराते हैं, तीनों अपना-अपना पैग उठाते हैं और त्रिलोचन को फ़ुल अटेंशन मिलता है, त्रिलोचन भी चुनाव का फ़ुल प्लान लेकर बैठा था।

"भइया मेरी विधानसभा चंदौली ज़िले में है, बिहार से सटा ज़िला है। आपका आदेश हो तो चुनाव की तैयारी करें, अब देखिए ऐसा है कि बिहार के एक बड़े माफ़िया हैं जसम मुहम्मद भाई। वह भी चाहते हैं कि उनकी पार्टी से मैं चुनाव लड़ूँ। अरशद भइया मामला यह है कि पूरा ख़र्चा भी वही करेंगे। भइया, मैंने उनसे कहा कि लखनऊ आ जाइए, परितोष भइया ही सब तय करेंगे; क्यों अरशद भइया सही कहा न मैंने? हम अध्यक्ष ऐसे थोडे ही बन गए हैं। सब लोग लगे थे, रात-दिन गुणा-गणित किया गया है।"

गिलास ख़ाली कर परितोष थोड़ा सहज होता है। वह मोबाइल में कबीर वाणी सर्च करते हुए उससे पूछता है, "इसमें जसम क्या करेगा? यूपी की किसी पार्टी से टिकट लेनी चाहिए। बिहार की पार्टी को यूपी में क्या फ़ायदा मिलेगा?"

"ऐसा है भइया, जसम मुहम्मद का नेटवर्क पूर्वी यूपी में बहुत स्ट्रॉन्ग है और वे लोग एक छोटी पार्टी, जिसके पास थोड़ा-बहुत वोट हो, ऐसी किसी पॉलिटिकल पार्टी को फ़ायनेंस करके यूपी में दस-बीस विधानसभा सीट जीतना चाहते हैं। उसके बाद जिस पार्टी की सरकार बनेगी उसको समर्थन दे देंगे। अब बड़ी पार्टी से टिकट मिलना तो मुश्किल है न भइया। देखिए

छात्रसंघ चुनाव में भी टिकट नहीं दिए सब। अगर आपका मार्गदर्शन नहीं रहता तो अध्यक्ष क्या, हम कोपड़ा न कुछ बन पाते।"

वह धीरे-से दोहरता है कि जसम मुहम्मद की पार्टी से टिकट और पैसा दोनों मिल जाएगा। परितोष को यह गुणा-गणित आकर्षित करती है तो वह उत्साहित होकर पूछता है, "और क्या प्लानिंग है इनकी?"

"कुछ ख़ास नहीं भइया, उधर ही 50 सीट पर कैंडिडेट लड़ाएँगे और ज़रा-सा मीडिया का सपोर्ट चाहिए।"

अरशद उसकी बात सुनकर कहता है, "परितोष, मेरे और गीतांजलि के रहते तुझे तो सॉलिड मीडिया सपोर्ट मिल जाएगा, पर यह बता, अध्यक्ष बन गया है तू, अब पार्टी कब दे रहा है?"

फिर गीतांजलि का नाम सुनते ही परितोष शर्मा एक घूँट में गिलास ख़त्म करता है और कबीर का दोहा बुदबुदाता है :

कहता सुनत सब दिन गए, उरझि न सुरझ्या मन
कही कबीर चेत्या नहीं, अजहूँ सो पहला दिन

3

दो महीने पहले

पंचशील डबल मर्डर केस एक महीना बीत जाने के बाद भी कोई ठोस नतीजे पर नहीं पहुँचता। इस हाई प्रोफ़ाइल केस की जाँच में शिथिल कार्यशैली की वजह से लखनऊ के तत्कालीन एसएसपी का ट्रांसफ़र हो जाता है और आईपीएस विक्रमजीत सिंह को लखनऊ ज़िले का नया कप्तान नियुक्त किया जाता है।

परंपरा के अनुसार नए एसएसपी चार्ज सँभालकर मीडिया-बंधुओं से मिलने के लिए प्रेस कॉन्फ्रेंस करते हैं। लखनऊ ज़िला पुलिस मुख्यालय में मीडिया कर्मियों का जमावड़ा लगता है। तमाम छोटे-बड़े क्राइम रिपोर्टर ऐसे मौक़े पर मुख्यालय ज़रूर आते हैं। एक न्यूज़ चैनल की क्राइम रिपोर्टर गीतांजलि चौधरी भी अपनी कैमरा टीम के साथ लाइव रिपोर्टिंग कर रही है और स्क्रीन पर लाइव टेलिकास्ट दिख रहा है :

राजधानी में हुए सनसनीख़ेज़ डबल मर्डर केस के बाद सरकार ने एसएसपी का ट्रांसफ़र कर दिया था और अब नए पुलिस कप्तान आईपीएस विक्रमजीत सिंह ने चार्ज सँभाला है। आज उनकी पहली प्रेस कॉन्फ्रेंस है। देखते हैं कि आईपीएस विक्रमजीत सिंह

के पास लखनऊ की बिगड़ती क़ानून व्यवस्था को सँभालने का क्या रोडमैप है।

कुछ पत्रकार कार्यालय के बाहर ही लाइव रिपोर्टिंग का आनंद ले रहे हैं और कुछ अंदर कॉन्फ्रेंस हॉल में लगे टीवी स्क्रीन पर लाइव टेलिकास्ट देखकर आनंद से शराबोर हैं। टीवी पर इंडिया चैनल 24x7 न्यूज़ चैनल चल रहा है। गीतांजलि चौधरी लाइव दिख रही है और स्टूडियो से एंकर झमाझम क्राइम ग्राफ़ पर सवाल पर सवाल किए जा रही है। स्क्रीन के नीचे पट्टी पर ब्रेकिंग न्यूज़ चल रही है :

लखनऊ के नए एसएसपी होंगे विक्रमजीत सिंह। थोड़ी ही देर में सँभालेंगे चार्ज। प्रदेश के तेज़-तर्रार आईपीएस अफ़सरों में होती है गिनती।

कुछ ही देर में विक्रमजीत सिंह मीडिया सेंटर में दाख़िल होते हैं और जनसंपर्क अधिकारी एसपी तिवारी को प्रेस कॉन्फ्रेंस शुरू करने के लिए कहते हैं। इससे पहले कि पीआरओ साहब माइक सँभालते, एक पत्रकार उन्हें टोकता है, "एसपी भइया, अभी परितोष भाई नहीं आए हैं, वेट कर लीजिए।"

एसएसपी साहब आँखें उठाकर पीआरओ की तरफ़ देखते हैं और हॉल में चल रहे टीवी को ऑफ़ करने को कहते हैं। आदेश की अवेहलना अफ़सरों का कहाँ बर्दाश्त होती है। हसीन अंदाज़ वाली गीतांजलि चौधरी के अधरों से निकलते शब्दों को सुनकर टाइमपास कर रहे पत्रकारगण टीवी ऑफ़ होते ही भकुआ जाते हैं और एसएसपी साहब की तरफ़ देखने लगते हैं। एसएसपी साहब भी अंटेशन मिलते ही ख़ुश हो जाते हैं। इस बीच पीआरओ तिवारी जी आदेश का पालन करके उनके पास पहुँचते हैं और कुर्सी के पीछे उनके कान से एक हाथ की दूरी पर अपना चेहरा रखते

हैं और बा-अदब फुसफुसाते हैं, "सर, परितोष शर्मा शहर का सबसे दबंग और तेज़-तर्रार क्राइम रिपोर्टर है। यह सब उसके चंटू-बंटू हैं। सर, आप कहें तो शुरू कर दें।"

इधर गीतांजलि चौधरी की लाइव रिपोर्टिंग ख़त्म होती है और वह भागकर कॉन्फ्रेंस सेंटर में आती है। चुस्त-दुरुस्त गीतांजलि को साक्षात् देखकर एसएसपी साहब भूल गए कि कोई कान में फुसफुसा रहा है। कॉन्फ्रेंस रूम पत्रकारों और ज़िले के शीर्ष अधिकारियों से खचाखच भरा है, सो वह पीछे की तरफ़ खड़ी हो गई।

एसएसपी साहब किस बैच के हैं? पहले कहाँ-कहाँ पोस्टिंग रही है? कुछ ख़ुराफ़ाती पत्रकार पता कर रहे थे कि सर का नाम किसी बड़े विवाद में तो नहीं जुड़ा है। पत्रकार अपना काम पूरी ईमानदारी से करते हैं। गड़े मुर्दों को खोदकर निकालने के लिए मीडिया वाले ऐसे ही बदनाम थोड़े ही न हैं। लेकिन ज़रा सोचिए कि अगर ये पत्रकार अपने दिमाग़ को मथकर सारी जानकारी न दें तो आपको कैसे पता चलेगा कि आपके शहर में आने वाला अधिकारी कितना लायक़ है? जिनकी बजती है वे कहते हैं कि मीडिया बहुत नेगेटिव है और जिनकी ये अधिकारी बजाए रहते हैं, वे कहते हैं कि मीडिया सच का साथी है। सबकी अपनी-अपनी फ़िलॉसफ़ी है, सबका अपना-अपना एजेंडा।

4

कौन है परितोष?

जैसे कि यह कहानी पत्रकार और पुलिस के बीच एक अजीबो-ग़रीब दूरी की कहानी है। जिसका नायक है परितोष शर्मा; साँवले रंग का इकहरे शरीर का नौजवान। उम्र 34 वर्ष के आसपास है। रायबरेली के एक सामान्य परिवार का इकलौता लड़का। बारह साल पहले मास कम्युनिकेशन की पढ़ाई करने के लिए लखनऊ आया और यहीं का होकर रह गया। पत्रकारिता की पढ़ाई के दौरान परितोष का लखनऊ विश्वविद्यालय की छात्र राजनीति से गहरा जुड़ाव हो गया। दोस्तों की रेंज भी ठीक-ठाक थी, कुछ लफ़ंगे साथी मिले तो कुछ सिविल सेवा की तैयारी करने वाले छात्र। अब जिसको जिसकी संगत पसंद आए, ज़िंदगी उधर ही चल पड़ती है। परितोष शर्मा को वीरवान लफ़ंगों की संगत अच्छी लगती थी तो ज्ञान सिविल सेवा वाले होनहार लड़कों से मिलता था और छात्र नेताओं से मिलती थी सामाजिक समझ। दोस्तों की इस व्यापक रेंज ने परितोष के अंदर के पत्रकार की ठीक से परवरिश की, धीरे-धीरे वह लखनऊ का छँटा हुआ क्राइम रिपोर्टर बन गया।

पहली ही नौकरी प्रतिष्ठित न्यूज़ पेपर *लक्ष्मणपुर टाइम्स* में मिली और सीनियर के तौर मिले अनामी प्रसाद। 10 साल में अनामी प्रसाद जी ने

परितोष शर्मा को ठोंक-ठोंककर उस्ताद बना दिया। उनका सूत्र वाक्य है— *'पत्रकार सवालों से फाड़ देता है, ताक़त का हाल ख़ुदा जाने।'* लेकिन परितोष शर्मा सवाल दाग़ते-दाग़ते लोगों को रौंदने लगा था। उसका बेस्ट फ्रेंड है अरशद रिज़्वी, जो कि लखनऊ के हुसैनगंज का रहने वाला है और यूपी के रीजनल न्यूज़ चैनल, यूपी टीवी चैनल का क्राइम रिपोर्टर है। दोनों की दोस्ती पत्रकारिता की पढ़ाई के दौरान ही शुरू हुई थी। लेकिन ख़बरों के लेन-देन के संबंध में निकटता ज़्यादा होती चली गई, बीट रिपोर्टरों के साथ अक्सर ऐसा होता है, जैसे ख़बरों की वजह से अख़बार या न्यूज़ चैनलों में लोगों का भरोसा जगता है, एक संबंध बनता है, वैसे ही ख़बरों के लेने के साथ रिपोर्टरों में भी आपस में भरोसा बनता है। और यह भरोसा ख़बरों के सोर्स यानी सूत्र पर भी लागू होता है। परितोष की ज़िंदगी में इन दोनों के अलावा कोई और नहीं है लेकिन नेटवर्क कर लो दुनिया मुट्ठी में टाइप है। रही बात परिवार की, तो पत्नी रायबेरली में माता-पिता के साथ रहती हैं और एक शानदार गृहणी के पद पर कार्यरत सरकारी कर्मचारियों की तरह हमेशा लखनऊ ट्रांसफ़र के लिए प्रयासरत रहती हैं, लेकिन परितोष जी काम की दुहाई देकर टालते रहते हैं। उनके मन में क्या है, रामजी ही जानें। पत्नी गऊ मिली हैं इसलिए सास-ससुर की सेवा में कोई कोताही नहीं करतीं।

5

प्रेस कॉन्फ्रेंस

लखनऊ के हज़रतगंज इलाक़े से कुछ किलोमीटर के फ़ासले पर ज़िला पुलिस का दफ़्तर है, बोले तो एसएसपी ऑफ़िस। आमतौर पर लोग इसे एसएसपी कार्यालय कहकर पुकारते हैं। हर दिन की तरह आज भी कार्यालय पर पत्नकारों को मज्मा जुटा था। लेकिन आज ख़ास मौक़ा था, आज ही ज़िले के नए एसएसपी विक्रमजीत सिंह ने चार्ज लिया है। एसएसपी कार्यालय के कॉन्फ्रेंस हॉल में भी पत्नकार बंधु अपनी-अपनी सीट लेकर जम गए हैं।

परितोष शर्मा लखनऊ पुलिस मुख़्यालय के मीडिया सेंटर में दाख़िल होता है। हल्के नीले रंग की शर्ट और जींस पहने परितोष के हाथ में सिर्फ़ छोटा-सी नोटबुक है। उम्र बता दी गई है लेकिन संघर्ष के थपेड़ों ने रंगत उड़ा दी है; न चेहरे पर रौनक़ है, न चाल में उत्साह। कॉन्फ्रेंस हॉल में उसकी एंट्री किसी महानायक की तरह होती है, ठीक वैसे ही जैसे फ़िल्मों में दिखाया जाता है। कैमरा लो एंगल पर है ताकि किरदार स्क्रीन पर भव्य दिखें और चार क़दम चलने के बाद किरदार के जूते से कैमरे का लेंस ढक जाए। इस फुल सिनेमा टाइप माहौल के बीच वहाँ मौजूद एक पत्नकार ने ललकारती हुई आवाज़ में कहा, “भइया आ गए।” और फिर सबका ध्यान परितोष शर्मा की तरफ़

खिंचता है। हॉल में मौजूद जूनियर-सीनियर पत्रकार उसे नमस्कारी ठोकते हैं। पुलिस वाले अदब में कुर्सी पर बैठे-बैठे उचकते हैं। इसे परितोष के लिए उनका सम्मान कहिए या उसकी ख़बरों का डर, क्योंकि सामने कप्तान बैठे हों तो मातहत कर्मचारी किसी और को, वह भी एक पत्रकार को कैसे सलामी पेश कर सकते हैं। ऐसा करना कप्तान साहब की शान में गुस्ताख़ी होगी। पुलिसिया भाषा में ज़िले के वरिष्ठ पुलिस अधीक्षक को बोलचाल में कप्तान साहब कहते हैं। कॉन्फ्रेंस हॉल में पत्रकारों की जुटान नए कप्तान से रूबरू होने के लिए हुई थी। ऐसी परंपरा देश के लगभग हर ज़िले में होती है। इन प्रेस कॉन्फ्रेंसों में ज़िले के सभी क्राइम रिपोर्टर को आमंत्रित किया जाता है और हैवी नाश्ते की व्यवस्था होती है। लखनऊ में भी कुछ ऐसा ही था, बस परितोष शर्मा को आने में ज़रा-सी देर हो गई थी और उससे पहले एसएसपी मीडिया सेंटर में आ चुके थे। चूँकि कप्तान साहब बैठे थे इसलिए मातहत कर्मचारियों ने सिर्फ़ भाव-भंगिमा में ही परितोष को अभिवादन पेश किया। कप्तान साहब नहीं होते तो महकमे के कई सूरमा कुर्सी उचकने की रस्म-अदायगी न करते, बल्कि परितोष पत्रकार को पूरी टाँग पर खड़े होकर सलाम पेश करते। परितोष शर्मा की क्राइम रिपोर्टिंग का जल्वा ही कुछ ऐसा था कि उसे देखते ही एसएसपी का पीआरओ इंस्पेक्टर एसपी तिवारी भी कुर्सी से उचककर कहता है, "कहाँ रह गए थे परितोष भाई, बस प्रेस कॉन्फ्रेंस शुरू ही होने वाली थी। आ जाओ, आ जाओ! तुम्हारा ही इंतिज़ार कर रहे थे हम लोग।"

सम्मान पाकर परितोष शर्मा के चेहरे पर संकोच वाली मुस्कुराहट फैलती है और वह पतली-सी आवाज़ में कहता है, "देरी के लिए माफ़ी चाहेंगे भाई साहब। जवाहर भवन के सामने ट्रैफ़िक में फँस गया था। आपके शहर की ट्रैफ़िक व्यवस्था इतनी ज़ोरदार है कि दो ही आदमी सही वक़्त पर अपनी मंज़िल तय कर पाते हैं, एक पैदल चलने वाला और दूसरा आप जैसा हूटर बजाने वाला अधिकारी—बाक़ी बचे हमारे जैसे लोग तो आपसे शिकायत करके संतोष कर लेते हैं, सुनवाई हो चाहे न हो।"

शर्मा जी ने संकोच के साथ जो दिल में था, परोस दिया। लेकिन एक-एक शब्द पुलिस को चुभने के लिए पर्याप्त था। ख़ैर, इतनी बात सुनकर प्रेस कॉन्फ्रेंस में मौजूद एसपी ट्रैफ़िक बग़ले झाँकने लगते हैं और कप्तान साहब अपने अधिकारियों की तरफ़ नज़र घुमाते हैं। लेकिन मौक़ा ठीक नहीं था। सामने मीडिया वाले बैठे थे जो तिल का ताड़ बना देने के लिए मुफ़्त में बदनाम हैं। एसएसपी साहब इससे पहले कुछ पूछते, पीआरओ तिवारी अपनी ड्यूटी बजा देता है। अपने चेले टाइप पत्रकारों से पूछता है, "कोई छूटा तो नहीं है? प्रेस कॉन्फ्रेंस शुरू करें?" सारे मामले का पर्यवेक्षण कर रहे एसएसपी साहब कभी परितोष को देखते तो कभी परितोष एसएसपी साहब को।

पीआरओ साहब मीडिया को संबोधित करते हैं, "लखनऊ ज़िले के सभी सम्मानित अपराध संवाददाताओं का इस प्रेस कॉन्फ्रेंस में स्वागत है। हमारे ज़िले के नए कप्तान आईपीएस विक्रमजीत सिंह सर ने आज ही चार्ज लिया है। सर 2002 बैच के आईपीएस ऑफ़िसर हैं। आप लोग को तो पता ही होगा कि सर की पोस्टिंग जब वाराणसी-इलाहाबाद-मेरठ जैसे ज़िलों में रही तो उनकी कार्यशैली की हर तरफ़ तारीफ़ें हुईं।"

एसएसपी साहब का रट्टा मार प्रशस्ति पत्र पढ़ने से कुछ गर्म दिमाग़ के पत्रकार भनभना जाते हैं। पत्रकार, "अरे पीआरओ साहब! वाराणसी-इलाहाबाद को छोड़िए, यह बताइए कि पिछले एक हफ़्ते में लखनऊ का जो क्राइम ग्राफ़ बढ़ा है, उसे लेकर सर के क्या विचार हैं? विचार हैं भी कि उन्हें भी आप ही व्यक्त करेंगे?"

पीआरओ सकपका जाते हैं और उनसे आगे कुछ बोलते नहीं बनता है। लेकिन एसएसपी साहब मौक़े को सँभालते हुए प्रेस को संबोधित करते हैं, "देखिए मैंने आज ही चार्ज लिया है। मैंने सभी थानाध्यक्षों और अधिकारियों की मीटिंग भी बुलाई है। हम ज़िले की हालात की समीक्षा करेंगे, हमारे लिए कोई केस बड़ा-छोटा नहीं होता है। जितने पेंडिंग मामले

हैं उनकी समयबद्ध जाँच कर निस्तारित करेंगे। जल्द ही आप सभी को अच्छी रिपोर्ट्स मिलेंगी। आप पत्रकारों से भी बात करने की वजह यही है कि हालात के बारे में और ज़्यादा जानकारी मिल सके और मैं अपनी फ़ोर्स को सही से ताक़ीद कर सकूँ।"

परितोष, "सर, समीक्षा बैठक तो पिछले एसएसपी भी करते थे। आपका क्या एक्शन प्लान है? लखनऊ की क़ानून व्यवस्था को सुधारने के लिए क्या आपने कुछ रोडमैप बनाया है? आपकी बातों से तो लगता है कि आपको अपने मातहतों पर भरोसा ही नहीं है। आपको इनसे सूचना लेनी चाहिए। हम लोग क्राइम रिपोर्टर हैं सर, पुलिस के इन्फ़ॉर्मर थोड़े ही हैं?"

परितोष शर्मा ऐसे ही सवालों के लिए मशहूर हैं। उसको बाइज़्ज़त निमंत्रण न मिले तो वह मेज़बान की बखिया उधेड़ देता है। यहाँ भी वही हुआ, सवाल चुभने वाले थे। एक पल के लिए तो कॉन्फ्रेंस हॉल में सन्नाटा छा जाता है, लेकिन अगले ही पल एसएसपी साहब मुस्कुराते हुए परितोष शर्मा की आँखों में देखते हुए कहते हैं, "देखिए ऐसी बात नहीं है। अपराध रोकने के लिए पुलिस को आप जैसे पत्रकारों और जनता, दोनों के सहयोग की ज़रूरत पड़ती है, जैसे ख़बर बनाने के लिए आपको हमारी ज़रूरत पड़ती है!"

एसएसपी साहब के जवाब और अंदाज़ का इंतिज़ार परितोष को पहले से ही था। इसलिए उनकी बात पूरी होने से पहले ही अरशद ने दूसरा सवाल दाग़ दिया, "सर, वह सब तो ठीक है लेकिन इटिंग-मीटिंग, इवेचना-विवेचना, अहयोग-सहयोग तो पिछले एसएसपी साहब भी बहुत करते रहें हैं पर हुआ कुछ नहीं। पंचशील सोसायटी डबल मर्डर का भी ख़ुलासा अभी तक नहीं हुआ। जनाब, पुलिस यह भी नहीं बता पाई है कि हत्या का मोटिव क्या था। ऐसे में जनता को आप राहत भरी कोई तो ख़बर दें। हम क्या लिखें कि महीने भर बाद भी पुलिस ख़ाली हाथ है।"

इतना कहकर अरशद अगल-बग़ल बैठे साथी रिपोर्टर्स की तरफ़

देखता है, सभी हाँ में हाँ मिलाते हैं। फिर तिर्छी आँखों से परितोष की तरफ़ देखता है। एसएसपी भी अरशद की बातों को सुनकर सवालिया अंदाज़ में पीआरओ की तरफ़ देखते हैं। मिनट भर के लिए हॉल में ख़ामोशी है कि एसएसपी साहब कुछ बोलेंगे, लेकिन अरशद को लगता है कि कुछ ज़्यादा ही बातों का बम फोड़ दिया क्या। ऐसे वक़्त पर हर आदमी नर्मी के साथ अपना परिचय देता है। इस मनोविज्ञान का असर अरशद पर भी हुआ। खाकी तो खाकी ही होती है, और आईपीएस अफ़सर के सामने अच्छे-अच्छों की घिग्घी बँध जाती है।

"सर, मैं अरशद रिज़्वी हूँ, यूपी टीवी चैनल न्यूज़ चैनल से।" जैसा अरशद ने सोचा था वैसा ही हुआ। परिचय सुनकर एसएसपी साहब थोड़ा कंफ़र्टेबल हुए। मिनट भर में उनके चेहरे पर छाई सख़्ती पर डिप्लोमेटिक बनावट तारी हो गई।

"हाँ, यह बात तो सही कही आपने अरशद जी! आप मीडिया के लोगों को तो सिर्फ़ न्यूज़ चाहिए। न्यूज़ नहीं होगी तो आपकी जनता पढ़ेगी क्या? वैसे आपको एक न्यूज़ दे दूँ कि हम जल्द ही स्पेशल ब्रांच का गठन कर रहे हैं। यह स्पेशल ब्रांच थानों के इंचार्ज के साथ समन्वय करके अपराध को रोकने की कोशिश करेगी।"

यह सुनते ही हॉल में फुसफुसाहट शुरू हो जाती है। दूसरे रिपोर्टर्स सवाल-जवाब करते हैं। इस बीच एक महिला रिपोर्टर का सवाल आता है, "सर गुड इवनिंग! मैं गीतांजलि चौधरी हूँ, इंडिया ख़बर 24x7 न्यूज़ चैनल से। सर लखनऊ पुलिस में, इवन हर डिस्ट्रिक्ट में पहले से ही क्राइम ब्रांच है, ऐसे में स्पेशल ब्रांच की क्या ज़रूरत पड़ गई?"

एसएसपी, "जी बिल्कुल ठीक बात है। सभी ज़िले में क्राइम ब्रांच है; लखनऊ में भी है और वह पहले की तरह अपना काम भी करेगी। लेकिन क्या है कि हाई प्रोफ़ाइल केसेज़ जिसके लिए हमें बहुत सारे रिसोर्स चाहिए होते हैं, उसमें रसूख़दार लोगों के नाम जुड़े होते हैं जो मामले को प्रभावित

करते हैं। ऐसे केसों को हमारी स्पेशल ब्रांच की टीम करेगी। इस टीम के बारे में आपको अलग से और ब्रीफ़ कर दूँगा।"

गीतांजलि चौधरी की बड़े नज़ाकत के साथ पूछे गए सवाल के जवाब में अलग से ब्रीफ़िंग का निमंत्रण भला पत्रकारों की चंचल नज़रों से कहाँ छूटता, परितोष शर्मा भी पलटकर गीतांजलि को देखता है और फिर कप्तान साहब की आँखों को, जिसमें लड़कियों के लिए एक अलग ही तरह की नर्मियत स्पष्ट दिख रही थी।

परितोष बिना देरी किए इस रुझान में अपनी टाँग अड़ाता है, "सर, कुछ और इनपुट इस हाई प्रोफ़ाइल डबल मर्डर केस में है क्या?"

एसएसपी विक्रमजीत सिंह को सवाल बेवजह का लगता है और अनमने ढंग से कहते हैं, "नहीं पार्टनर, आज ही तो चार्ज लिया है, आज ही कहाँ से इनपुट दे दूँ?"

परितोष एसएसपी को ऐसे ही जाने देने के मूड में नहीं था सो वह व्यंग्यपूर्ण सवाल करता है, "ओके, तो चार्ज लेने से पहले ही आपने स्पेशल ब्रांच पर काम कर लिया। यह तो कमाल की बात है। फिर तो यही बता दीजिए कि स्पेशल ब्रांच कैसे काम करेगी? कौन इंचार्ज होगा? कितने लोगों का स्टाफ़ होगा? रूटीन सवाल है सर।"

एसएसपी विक्रमजीत सिंह भी समझ जाते हैं कि परितोष उन्हें उलझा रहा है। उनकी नज़रें पल भर में इधर-उधर भटकती हैं और पीआरओ पर टिकती हैं। पीआरओ एसपी तिवारी ने एसएसपी का इशारा पाकर परितोष के सवाल को इग्नोर कर दिया और भटकती आँखों के साथ पूछा, "किसी और का भी सवाल है क्या?"

परितोष और एसएसपी साहब के बीच टकराव से तिवारी के पैर काँप रहे हैं। वह कुछ बोलने की स्थिति में नहीं था। उसका मुँह सूख गया था और गला बैठा गया था। वह निरीह नज़रों से पत्रकारों की तरफ़ देखता है। एसएसपी साहब की भी नज़र उसकी नज़र के साथ सामने बैठे पत्रकारों

पर घूमती है। लेकिन परितोष शर्मा के आभा मंडल के आगे कौन सवाल करता? पल भर में वहाँ पसरी ख़ामोशी को भाँपते हुए विक्रमजीत सिंह परितोष शर्मा के सवाल का जवाब देता है, "स्पेशल ब्रांच के लिए हमारे पास कई नाम हैं। देखते हैं पुलिस हेडक्वॉर्टर किसको भेजता है। जैसे ही अपडेट आता है, मैं आप सभी को ज़रूर शेयर करूँगा।"

इस पूरी हरकत से प्रेस कॉन्फ्रेंस में मौजूद पत्रकार और विभाग के सीनियर अधिकारी समझ गए थे कि एसएसपी साहब परितोष शर्मा का लोड नहीं ले रहे हैं। माहौल में तल्ख़ी के बीच पीआरओ तिवारी मिमियाती हुई आवाज़ में पत्रकारों से फिर पूछता है, "किसी का कोई सवाल है तो सर से पूछ सकता है।"

परितोष शर्मा पलटकर प्रेस कॉन्फ्रेंस हॉल में नज़र घुमाता है। इसके बाद किसी रिपोर्टर का कोई सवाल नहीं आता। गीतांजलि परितोष के एटीट्यूड को ऑबज़र्व कर रही होती है, परितोष की नज़र उसपर पड़ती है तो वह फ़ौरन एसएसपी साहब की तरफ़ देखने लगती है। एसएसपी साहब के तेवर से खुन्नस खाए परितोष को कप्तान साहब की आँखों में नई-नवेली, सुंदर-सुडौल रिपोर्टर के प्रति उमड़ती भावनाएँ भी चिढ़ा रही थीं। परितोष शर्मा जैसे पत्रकारों की कुल जमा कमाई उनका एटीट्यूड ही है। दूसरे लोग इसे ईगो कहते हैं, जो जाग गई। परितोष ने सवाल किया, "सर, ख़बर है कि आपने डीजीपी मुख्यालय से स्पेशल ब्रांच के लिए इंस्पेक्टर प्रदीप सिंह का ट्रांसफ़र माँगा है। इतने विवादित इंस्पेक्टर को अहम ज़िम्मेदारी देने की वजह क्या है सर?"

परितोष के इस सवाल से एसएसपी विक्रमजीत सिंह झल्ला जाते हैं। स्पेशल ब्रांच और इंस्पेक्टर प्रदीप सिंह का नाम सुनते ही मीडिया सेंटर में बैठे क्राइम रिपोर्टर्स में खलबली मच जाती है। परितोष के साथ बैठे अरशद की छाती उसके सवालिया छक्के से फूल जाती है। परितोष शर्मा ने सवाल पूछने के बहाने वहाँ मौजूद लोगों को वह सूचना दे दी जिसकी जानकारी

सिर्फ़ एसएसपी विक्रमजीत सिंह के पास ही थी। लखनऊ ज़िले के नए कप्तान की पहली प्रेस कॉन्फ्रेंस में तल्ख़ी का जो माहौल बना था, इस एक सवाल से वह पुलिस विभाग को बैकफ़ुट पर ला देता है। सारे पत्रकार ख़ुश हैं। गीतांजलि चौधरी भी परितोष के एक्सक्लूसिव सवाल पर फ़िदा हो जाती है। लेकिन एसएसपी साहब एक आईपीएस अधिकारी हैं। बड़े-बड़े घाघ और बड़े-बड़े अपराधियों और घाट-घाट का पानी पिए नेता लोगों को अपने चेहरे के रिएक्शन न पढ़ने देने वाले आईपीएस अफ़सर की झुँझलाहट बेचारे पत्रकार क्या पढ़ पाते। उन्होंने बिना लाग-लपेट कहा, "अब यह तो डीजीपी मुख्यालय से ही पता चलेगा कि कौन आ रहा है, कौन जा रहा है। बाक़ी क़ानून व्यवस्था को बनाए रखने के लिए स्पेशल ब्रांच को बहुत छूट रहेगी।"

तभी अरशद ने सवाल किया, "तो अब राजधानी में डंडे की हुकूमत चलेगी?"

अब विक्रमजीत सिंह भी थे तो पुलिसवाले ही, कितना बर्दाश्त करते? इस बार कप्तान साहब की आवाज़ सख़्त हो जाती है और अरशद को धमकी भरे अंदाज़ में जवाब देते हैं, "आपकी क़लम है पार्टनर, आप कुछ भी लिखने को फ़्री हो, हम भी कुछ-कुछ ऐसा ही करते हैं। क़ानून ने हमें एक डंडा दिया है जिसका इस्तेमाल हम सब पर बराबर करते हैं, बिना कोई भेदभाव किए।"

एसएसपी साहब की धमकी परितोष शर्मा और वहाँ बैठे कुछ पत्रकारों को अच्छी नहीं लगती। परितोष शर्मा में ईगो भले ही बहुत हो, लेकिन वह जानता है कि इसके आगे बात बढ़ेगी तो बहस में बदल जाएगी। वह पीआरओ तिवारी की आँखों में देखता है जो बात ख़त्म करने का निवेदन कर रही थीं और परितोष भी पलक झपकाकर और सवाल न पूछने का आश्वासन देता है। तिवारी ब-इजाज़त एसएसपी साहब, प्रेस कॉन्फ्रेंस ख़त्म होने की घोषणा करता है और पत्रकारों को चाय-समोसे के लिए

आमंत्रित करता है। परितोष शर्मा के चेहरे पर विजय भाव है और साथी पत्रकार गदगद हैं कि मीडियावालों की इज़्ज़त रह गई। एक साथी पत्रकार ने परितोष से पूछा, “भाई! ख़बर तो तेरे पास ख़ूब रहती है, पर यह बता कि सवाल पूछने की जगह गोली क्यों मारने लगता है?”

“पत्रकार अपने सवालों से फाड़ देता है, ताक़त का हाल ख़ुदा जाने।” परितोष ने फ़िल्मी अंदाज़ में डायलॉग तो मार दिया, लेकिन उसे यह पता नहीं चला कि पीछे-पीछे आ रही गीतांजलि चौधरी उसकी इस अदा पर फ़िदा है। असल में ऐसे मौक़ों पर परितोष अपने गुरु अनामी प्रसाद को ज़रूर याद करता है। लक्ष्मणपुर टाइम्स न्यूज़ पेपर के सम्पादक अनामी प्रसाद कहते हैं कि पत्रकार गोली-बंदूक़ नहीं चलाता है, उसके सवाल ही उसके जवाब होते हैं।

6

क्राइम, पुलिस और जर्नलिस्ट

क़ानून व्यवस्था ऐसा मामला है जो सीधे जनता से जुड़ा होता है। कुछ हो न हो, सवाल होंगे फिर बवाल भी होगा। चूँकि लखनऊ प्रदेश की राजधानी है इसलिए यहाँ की पुलिस को हमेशा इस बात का संदेह रहता है। लिहाज़ा पुलिस का जनसंपर्क विभाग क्राइम रिपोर्टरों को बराबर ब्रीफ़िंग करता रहता है ताकि उन्हें पुलिस का वर्ज़न और सही तथ्य मिलें और जनता की जिज्ञासा शांत होती रहे। पत्रकार और पुलिस का संबंध कुछ ऐसा ही होता है। ज़ाहिर है, पुलिस सूचना नहीं देगी तो अख़बार को जो पता चलेगा वही छापेगा। ऐसे में पुलिस से मिली फ़ैक्चुअल इन्फ़ॉर्मेशन ख़बरों की दुनिया के लोगों के लिए बहुत ज़रूरी होती है। ख़बरों की यह डीलिंग क्राइम रिपोर्टिंग की सबसे बड़ी कड़ी है।

सरकार किसी भी राजनीतिक पार्टी की हो, सरकारी सिस्टम एक ही रंग में चलता है; इसलिए जनता को सरकार से ज़्यादा पुलिस पर पूरा भरोसा होता है। यही भरोसा तो देश में लोकतंत्र की ताक़त है। जनता में लोकतंत्र के प्रति भरोसा-विश्वास-सम्मान क़ायम रहे, इसके लिए पत्रकार भी बहुत मेहनत करते हैं। पुलिस और पत्रकारों के बीच रिश्ता असल में ख़बरों की डीलिंग है। क्राइम की ख़बरों को पत्रकार अपने हिसाब से ट्विस्ट कर देता है

ताकि उसको पढ़ने-देखने वालों की संख्या बढ़े, तो कभी पुलिस वाले क्राइम की ख़बरों को अपने हिसाब से मीडिया में प्लांट कर देते हैं।

बात 2010 के आसपास की है। तब लखनऊ की पुलिस व्यवस्था में कमिश्नरी सिस्टम नहीं था। लखनऊ ज़िले का एसएसपी बनने के लिए प्रदेश के आईपीएस अफ़सरों में रेस लगी रहती थी। राजधानी में किसी थाने का एसएचओ बनाना गर्व का विषय होता था, पीपीएस कैडर वाले चाहते थे कि एक बार लखनऊ में कोई सर्किल मिल जाए, पुलिस की नौकरी में कभी लखीमपुर, बाँदा और बस्ती जैसे छोटे ज़िलों में पोस्टिंग रही तो कहने को तो रहेगा कि जब हम लखनऊ में पोस्टेड थे।

इतने गर्व का विषय होने के बाद भी कई केस खोलने में पुलिस के तीस मार ख़ानों के तोते उड़ जाते हैं और सारा गर्व फुस हो जाता है। ऐसा ही एक केस तब लखनऊ में हुआ था, एक हाई प्रोफ़ाइल पंचशील सोसायटी के एक फ़्लैट में डबल मर्डर हो जाता है और सोसायटी में रहने वाले लोग डरकर सहम जाते हैं। फ़्लैट में रहने वाले दंपत्ति डीपी दीक्षित और उनकी पत्नी रोली दीक्षित की शाम पाँच बजे हत्या हो जाती है। लखनऊ के पॉश इलाक़े में सरे-शाम इस हत्या कांड से क़ानून व्यवस्था पर बड़े सवाल खड़े हो जाते हैं। मामला लखनऊ के हाइफ़ाइ लोगों से जुड़ा था इसलिए सनसनीख़ेज़ बन गया। मिला-जुलाकर न्यूज़ पेपर वालों का माहौल टाइट था, सो पत्रकारों ने मसालेदार ख़बर की ख़ूब जाँच-पड़ताल की। नए-नए शुरू हुए इलेक्ट्रॉनिक टीवी न्यूज़ चैनलों पर विपक्षी प्रवक्ताओं के ज़हर बुझे सवाल आग में घी डालने का काम कर रहे थे। सप्ताह बीत जाने के बाद भी इस डबल मर्डर केस की गुत्थी लखनऊ पुलिस खोल नहीं सकी। विपक्षी नेता एसएसपी को हटाए जाने का दबाव बनाते हैं और सत्ता पक्ष चीख़-चीख़कर कह रहा था कि इस दोहरे हत्याकांड के पीछे बाहुबली विधायक रामलखन यादव का हाथ है जो सरकार के ख़िलाफ़ मुख्य विपक्षी दल से आते हैं। ख़ैर, लखनऊ में हुए इस दोहरे हत्याकांड से जुड़ी सुर्ख़ियाँ हर दिन टीवी चैनलों

और सुबह-सुबह अख़बारों के लिए संपूर्ण ख़ुराक होती थी और क्राइम की ख़बरों में रुचि रखने वाले पाठकों की हृदयगति का पूरा अभ्यास कराती थी। हृदयगति तो प्रदेश के गृह मंत्री और पुलिस विभाग के महानिदेशक की घट-बढ़ रही थी। लिहाज़ा सरकारी सिस्टम में जो होता है वही हुआ—तत्कालीन रूप से नए एसएसपी विक्रमजीत सिंह को लखनऊ की क़ानून व्यवस्था सँभालने के लिए नियुक्त किया गया।

7

अब आगे क्या होता है?

शहर में नए आए एसएसपी साहब की प्रेस कॉन्फ्रेंस ख़त्म होती है और परितोष शर्मा अपने दोस्त अरशद रिज़्वी के साथ बाहर आता है। उसके दिमाग़ की हार्ड डिस्क में कॉन्फ्रेंस में हुई एक-एक घटना स्टोर हो जाती है। जानकार परिचितों से दुआ-सलाम हो रही है लेकिन परितोष के दिमाग़ में एसएसपी की बातें गूँज रही है। यूँ कहें कि उसे एसएसपी का इग्नोरेंस चुभ रहा है। दूसरी तरफ़ गीतांजलि उससे बात करने के चक्कर में पीछे-पीछे आती है। इस बीच मीडिया की पढ़ाई करने वाले कुछ छात्र परितोष से मिलते हैं, वह सभी बारी-बारी से परितोष का पैर छूकर प्रणाम करते हैं। मीडिया संस्थान छात्रों को पढ़ाई के दौरान प्रेस कॉन्फ्रेंस कवर करने के लिए भेजते हैं ताकि उनमें सवाल करने का जज़्बा पैदा हो सके। वे सवाल कम पूछते हैं और सीनियर पत्रकारों में अपना हीरो ज़रूर खोजते हैं—और आज के हीरो तो परितोष शर्मा ही हैं।

“सर, लखनऊ विश्वविद्यालय से पत्रकारिता की पढ़ाई कर रहे हैं हम। हमारे विभाग में आपका बड़ा नाम है सर, और यहाँ आपके सवाल सुनकर मज़ा आ गया।” छात्र परितोष शर्मा की पत्रकारिता से प्रभावित हो गए थे।

"बहुत अच्छी बात है, चलो चाय पिलता हूँ तुम सबको।" परितोष अपने विश्वविद्यालय के जूनियरों को पूरा तवज्जो देता है।

"सर, आपके अंडर में काम करना है।"

"तुम लोगों ने तो एसएसपी से एक भी सवाल नहीं किया। बिना सवाल पूछे पत्रकार कैसे बनोगे?" परितोष प्रश्न पूछने वाले छात्र की तरफ़ टेढ़ी नज़र से देखता है।

इस बीच अरशद भाई भी अपना ज्ञान झोंक देते हैं, "पत्रकार सवालों से बात करता है, तुम लोग तो चाय-समोसा खाने में जुटे रहे। कम्युनिकेशन थ्योरी का क्लास नहीं किए हो क्या तुम लोग?"

ज़माना कोई भी हो, छात्र वैसे ही होते हैं। अरशद की बात सुनकर कुछ जूनियर सकपका जाते हैं और एक-दो फटाफट उसकी बात को अपने नोटपैड पर लिखने लगते हैं।

"आगे फिर कभी ज़रूर पूछूँगा सर।"

"सवाल क्या पूछना है, यह कैसे तय होता है?" दूसरा जिज्ञासु जूनियर पूछता है।

यह सुनकर अरशद बोलता है कि हमको आजतक समझ में नहीं आया कि सवाल पूछना चाहिए कि नहीं। पूछा भी तो इस भ्रम में रहा कि सही सवाल था कि नहीं।

"तुम साला नए-नए रिपोर्टर को ज्ञान दे रहे हो कि सवाल क्यों नहीं पूछे और ख़ुद आजतक नहीं समझ सके कि क्या सवाल करना है।"

परितोष अरशद के कंधे पर हाथ रखकर छात्रों से कहता है, "हमारा काम सवाल करना है; सवाल क्या करना है, इसके लिए जानकारी जुटानी ज़रूरी होती है। जानकारी जुटाने के लिए लोगों से बात करनी चाहिए। अपना नेटवर्क बढ़ाना चाहिए और जब आपके पास जानकारी होगी तो सवाल भी होगा।"

दो जूनियर सारा ज्ञान शिद्दत के साथ नोटपैड पर उतार देते हैं और बाक़ी भकुआए परितोष को देखते रहते हैं। काफ़ी देर से परितोष को फॉलो कर रही गीतांजलि चौधरी चुपचाप उनकी बातें सुन रही थी। वह परितोष की

शिक्षा पर सवाल करती है, "लेकिन जानकारी जुटाने का समय न हो तो क्या करना चाहिए?" परितोष कुछ बोलता इससे पहले वह अपना परिचय दे देती है।

"सर नमस्कार! गीतांजलि नाम है मेरा। बहुत सारी स्टोरियाँ सुनी थीं आपके बारे में। एक से एक शानदार इनवेस्टिगेटिव स्टोरी करते हैं सर आप। अभी कॉन्फ्रेंस में भी सवालों के बाउंसर मार रहे थे। जैसा सुना था वैसा ही पाया गुरुदेव को।"

"कहाँ पढ़ ली आपने मेरी स्टोरी? मैने तो सुना है कि आप टीवी वालों को फ़ुर्सत ही नहीं मिलती जानकारी जुटाने की, स्टोरी-विस्टोरी कहाँ पढ़ ली?"

कुछ देर पहले प्रेस कॉन्फ्रेंस में परितोष के सवालों के अंदाज़ से रूबरू हो चुकी गीतांजलि को उसकी यह अक्खड़ई पसंद आ गई थी। गीतांजलि खिलखिलाती है और आसपास की आबो-हवा की परवाह किए बिना परितोष शर्मा का हाथ थाम लेती है। दोनों देर तक हाथ मिलाते रहते हैं। हालाँकि प्रोग्रेसिव महिलाएँ गँवई पुरुषों को हमेशा आकर्षित करती हैं, लेकिन यहाँ गीतांजलि के शरीर के ताप से परितोष की ज्ञान-गर्मी जलकर ख़ाक हो गई। जूनियरों को यह समझते देर नहीं लगती है, धीरे-धीरे वे आगे बढ़ लेते हैं।

हाथ मिलाते ही अपना परिचय देती है, "मेरा नाम गीतांजलि चौधरी है; इंडिया ख़बर 24x7 नोएडा में थी, अभी हफ़्ते भर पहले ही लखनऊ आयी हूँ। हेड ऑफ़िस से यहाँ ट्रांसफ़र कर दिया गया है। वहाँ संजय सर ने आपसे ज़रूर मिलने को कहा था। वही आपकी स्टोरी सुनाते थे।"

संजय त्रिपाठी—परितोष से दो बैच सीनियर हैं और लक्ष्मणपुर टाइम्स में उन्होंने ही नौकरी के लिए भेजा था, सो परितोष जी उनका बहुत सम्मान करते हैं। सामान्य परिवार से निकले लोग एहसान जैसे भाव को ज़रूरत से ज़्यादा ढोते हैं। कभी-कभी यह एहसान गले का फंदा बन जाता है। अब संजय सर ने किसी का रेफ़रेंस दिया है तो सम्मान तो देना पड़ेगा, बाक़ी गोरी-चिट्टी गीतांजलि चौधरी को भला कौन गले से लिपटाना नहीं चाहेगा? चौधरी की चमकार में सन्नाटे में चले गए परितोष भाई ससम्मान सुन रहे हैं।

"आपसे बहुत कुछ सीखना है। संजय सर तो आपकी तारीफ़ करते नहीं थकते। अब मैं यहाँ आ गई हूँ तो बस आपके टच में रहना है सर।"

टच करने से ही सन्नाटे में चले गए परितोष जी का ध्यान टच शब्द से टूटता है, "हाँ, टच करेंगे।"

परितोष की ज़बान लड़खड़ाती देख अरशद अपनी मित्रता का फ़र्ज़ अदा करते हुए उसे कोहनी मारता है और अगले ही पल परितोष ख़ुद को दुरुस्त करते हुए कहता है, "मेरा मतलब टच में रहेंगे। किसी भी तरह की ज़रूरत हो तो बताइएगा और संजय भइया को मेरा प्रणाम कहिएगा।"

गीतांजलि, "श्योर सर, कैन आइ हेव योर नंबर प्लीज़?"

परितोष, "जी बिल्कुल!"

परितोष शर्मा उसे अपना नंबर देता है और उसका नंबर अपने मोबाइल में सेव करता है। फिर तीनों चाय की दुकान की तरफ़ बढ़ते हैं। काफ़ी देर से गर्मजोशी से भरी मुलाक़ात देखकर अरशद ने फ़ौरन तीन चाय का ऑर्डर दिया। इधर परितोष और गीतांजलि में घर-परिवार के बारे में बातचीत होने लगी। तभी गीतांजलि को ऑफ़िस से फ़ोन आता है।

गीतांजलि, "सर मुझे अभी जाना है। यू नो, टीवी में फटाफट बाइट कटवानी होती और फिर स्टोरी फ़ाइल करनी पड़ती है। बहुत प्रेशर है सर टीवी न्यूज़ चैनल में। दूसरे चैनल से पहले ख़बर ऑन एअर करनी होती है।"

परितोष, "हाँ, सुना है मैंने टीवी में फ़ुर्सत कम ही मिलती है। सोचने की भी फ़ुर्सत नहीं है, चलो फिर कभी मिलते हैं।"

चाय ख़त्म करने के बाद अरशद अपनी मोटरसाइकिल लेकर आता है। परितोष पीछे बैठता है और दोनों क्राइम की नई कलाकारी के लिए चल पड़ते हैं।

8

अगले दिन...

प्रेस कॉन्फ्रेंस के अगले दिन सुबह लखनऊ पुलिस के एसएसपी विक्रमजीत सिंह अपने सरकारी आवास के बरामदे में पैर पर पैर चढ़ाए सामने बग़िया में लहलहा रहे गुलाब के फूलों को देखते हुए किसी सोच में डूबे थे। फ़ॉलोअर चाय लाता है और साहब को देता है और वह बड़े इत्मीनान से चाय की चुस्की लेने लगते हैं। इसके बाद दूसरा फ़ॉलोअर दस-बारह अख़बार लेकर आता है और बड़े सलीक़े से हिन्दी-अँग्रेज़ी के न्यूज़ पेपर को, एक के ऊपर एक रखता है। ऐसा करने में क़रीब पाँच सेकेंड का अंतर तो होगा, ताकि एसएसपी साहब की एक नज़र हेडलाइन पर पड़ जाए। हर न्यूज़ पेपर के पहले पेज पर प्रेस कॉन्फ्रेंस की ख़बरें छपी थीं। सबकी बैनर हेडलाइन अलग-अलग थीं :

1. 'अपराध रोकने के लिए बनेगी स्पेशल ब्रांच।'
2. 'एसएसपी को थानाध्यक्षों पर भरोसा नहीं।'
3. 'ट्रैफ़िक व्यवस्था पर नहीं बोले एसएसपी।'
4. 'ख़राब ट्रैफ़िक व्यवस्था पर एसएसपी चुप।'
5. 'ख़ामोश! ट्रैफ़िक जाम रहेगा।'

इन हेडलाइनों को देखने के बाद एसएसपी साहब का पारा सातवें आसमान पर पहुँच जाता है। शहर के सभी अख़बारों में पुलिस कप्तान के प्रेस कॉन्फ्रेंस की ख़बर एसएसपी साहब के अगेंस्ट छपी थी। एसएसपी साहब उनमें से एक पेपर उठाकर पढ़ते हैं, उन्हें मीडिया में अपने पहले प्रेस कॉन्फ्रेंस की पॉज़िटिव न्यूज़ कवरेज की उम्मीद थी। लेकिन सभी ने ठीक वैसे ही एंगल पर न्यूज़ कवरेज की जैसा परितोष शर्मा के तेवर थे, विक्रमजीत सिंह ने इसे तुरंत कनेक्ट कर लिया। अपने गुस्से को जज़्ब करते हुए चाय का प्याला तीन घूँटों में ख़त्म कर दिया। इतनी देर में विक्रमजीत सिंह ने यह तय कर लिया कि परितोष शर्मा के साथ क्या करना है। बाक़ी अख़बारों में छपी ख़बरें भी निश्चिंत भाव से पढ़ते हैं। मानो कुछ हुआ ही न हो।

कुछ देर बाद वह तैयार होते हैं और गाड़ी में बैठकर ऑफ़िस के लिए रवाना होते हैं। रास्ते भर उनके दिमाग़ में अख़बार में छपी ख़बरें और ज़िले में चल रही राजनीति के तारों को जोड़ने की कशमकश चल रही थी।

यूँ तो आईपीएस अधिकारियों के लिए ऐसी ख़बरें मायने नहीं रखतीं, लेकिन आइएएस-आइपीएस अधिकारी एक-से नहीं होते। कुछ अधिकारी ऐसे मामले को लेकर पर्सनल हो जाते हैं, आख़िर वे भी तो हाड़-मांस के बने होते हैं। बड़े ओहदे पर होने का मतलब यह तो नहीं कि हल्के-फुल्के मामले को नज़रअंदाज़ कर दिया जाए। कम से कम विक्रमजीत सिंह तो ऐसे नहीं थे, उनमें क्षत्रियों वाला गुण भी था और अधिकारियों वाली समझ भी। विक्रमजीत सिंह अच्छे से समझते थे कि उनकी नियुक्ति ही मीडियाबाज़ी की वजह से हुई थी। इससे पहले वाले एसएसपी का ट्रांसफ़र भले ही पंचशील डबल मर्डर केस की वजह से हुआ था लेकिन आग में घी डालने का काम तो पत्रकारों ने ही किया था।

अख़बार में छपी ख़बरों का आम जनता पर काफ़ी असर होता है। इस तरह की ख़बरों से पुलिस विभाग में भी ग़लत मैसेज जाता है। चूँकि पुलिस की पब्लिक से डायरेक्ट डीलिंग होती है इसलिए पब्लिक में प्रतिक्रिया को लेकर अधिकारी

बहुत सतर्क रहते हैं। अपनी पहली प्रेस कॉन्फ्रेंस की ऐसी नेगेटिव कवरेज से एसएसपी साहब का हत्थे से भड़कना जायज़ था। सरकार की सुशासन वाली छवि को सुधारने के लिए ही उनको एसएसपी लखनऊ बनाया गया है और ऐसी न्यूज़ कवरेज से उसी छवि को नुक़सान पहुँच रहा था। विक्रमजीत सिंह इसे ईगो पर ले लेते हैं। उनका क्षत्रियोचित गुण उन्हें ललकारता है लेकिन ज़िम्मेदार पद पर होने की एक मर्यादा होती है। एसएसपी साहब अपना ग़ुस्सा सही समय पर और सही टाइम पर दिखाने का फ़ैसला लेते हैं।

एसएसपी साहब की गाड़ी कार्यालय में पहुँचती है। पीआरओ इंस्पेक्टर एसपी तिवारी एसएसपी के स्टाफ़ अफ़सर के कमरे के बाहर ही उनको सैल्यूट देते हैं। एसएसपी साहब एक पल के लिए पीआरओ साहब को देखते हैं फिर कहते हैं, “आधे घंटे बाद आओ।” अख़बारों में मीडिया कवरेज पढ़ चुके तिवारी जी की घिग्घी बँधी है और मारे डर के पैर काँप रहे थे। आज सुबह घर से यह मानकर चले थे कि कम से कम लाइन हाज़िर होना तो तय है। फ़िलहाल यह ख़ौफ़ आधे घंटे के लिए स्थगित हो जाता है।

ज़रूरी फ़ाइलें निपटाकर एसएसपी विक्रमजीत सिंह ने अपने स्टाफ़ अफ़सर से कहा कि इलाहाबाद क्राइम ब्रांच इस्पेक्टर प्रदीप सिंह से बात कराओ। थोड़ी ही देर में प्रदीप सिंह लाइन पर होते हैं।

“जयहिंद सर! प्रदीप बोल रहा हूँ।”

“हाँ, हेलो प्रदीप। क्या हाल हैं?”

“सर, बढ़िया सर! कल ही एसएसपी साहब ने रिलीव किया है सर।”

“गुड! तो फिर कब यहाँ जॉइन कर रहे हो तुम?”

“सर, बस अगले सोमवार को जॉइन कर रहा हूँ। वह क्या है न थोड़ा फ़ैमिली टाइम सर।”

प्रदीप अपनी बात पूरी कर पाता इससे पहले एसएसपी साहब ने उसकी बात काटते हुए कल ड्यूटी जॉइन करने का फ़रमान सुना दिया। यह बात प्रदीप सिंह भी अच्छे से जानते हैं कि विक्रमजीत सिंह ने ख़ुद उसका ट्रांसफ़र

इलाहाबाद से लखनऊ कराया था और एसएसपी इलाहाबाद से पर्सनली बोलकर रिलीव भी। प्रदीप सिंह को यूपी पुलिस का तेज़-तर्रार इंस्पेक्टर माना जाता है। एन्काउंटर स्पेशलिस्ट ऑफ़िसरों की लिस्ट में उसका नाम टॉप टेन में है। लेकिन आईपीएस अधिकारियों के आगे इंस्पेक्टर की क्या मजाल है, कितने ही बड़े स्पेशलिस्ट क्यों न हों हाज़िरी तो देनी ही पड़ती है।

9

शहर का सिस्टम

लखनऊ के अख़बारों में नए एसएसपी की प्रेस कॉन्फ्रेंस को लेकर छपी ख़बरों की चर्चा तो आम लोगों में थी। लेकिन स्पेशल ब्रांच के बनाने की बात और पंचशील सोसायटी वाले हाई प्रोफ़ाइल मर्डर की जाँच स्पेशल ब्रांच के प्रदीप सिंह करेंगे। यह ख़बर शहर के मानिंद लोगों को परेशान कर रही थी। हालाँकि एसएसपी विक्रमजीत सिंह की जॉइनिंग, उनकी प्रेस कॉन्फ्रेंस में परितोष शर्मा से सवाल-जवाब की चर्चा भी शहर के अभिजात्य वर्ग में ख़ूब थी। यह मार्केटिंग ही एक जर्नलिस्ट की कमाई होती है। बिना कुबेर के ख़ज़ाने के उसे शहर के अभिजात्य वर्ग में एक्सेस मिलता है। दूसरी तरफ़ गीतांजलि चौधरी के बॉस को टीआरपी की चिंता है, क्योंकि उनके चैनल पर प्रदीप सिंह वाले एंगल से स्टोरी नहीं चली। टीआरपी और कंपटीशन के ज़माने में एक ख़बर क्या उसका एंगल भी न्यूज़ चैनल में काम करने वालों के लिए बहुत बड़ी चुनौती है। यह बात कम ही लोग जानते हैं कि अख़बारों और न्यूज़ चैनलों में ख़बर की हेडलाइन तय करने में भी सिर फुटव्वल होता है।

चलिए, पहले माननीय लोगों में से एक विपक्षी दल के विधायक रामलखन यादव की चिंता समझ लेते हैं। शहर के कुछ बडे बिज़नेसमैन भी

सुबह से परितोष शर्मा को फ़ोन करके हालात का जायज़ा ले रहे हैं। लेकिन यादव जी के माथे पर चिंता की लकीरें ज़्यादा गहरी हैं क्योंकि दीक्षित दंपत्ति मर्डर केस में उनका भी नाम आ रहा है। विधायक रामलखन यादव लखनऊ के दंबग छवि के नेता हैं। सभी दलों के साथ पुलिस-पत्रकारों में भी उनकी बराबरी की पकड़ है। लेकिन परितोष शर्मा की ख़बरिया नेटवर्क के वह भी फ़ैन हैं। अख़बार पढ़कर सुबह-सुबह ही फ़ोन घुमा दिया।

"क्या परितोष भाई, बहुत दिन हुए, मुलाक़ात नहीं हुई आपसे।"

"प्रणाम है विधायक जी! जब कहें मुलाक़ात हो जाएगी।"

"घर आइए कभी, बढ़िया चाय पिलाते हैं आपको।"

"जी, कल ही आते हैं। त्रिलोचन को भी मिलवाना था आपसे। इस बार छात्रसंघ का टिकट हमें चाहिए विधायक जी।"

"आपका ही है टिकट जिसको कहेंगे उसको देंगे। क्या बात करते हैं परितोष भाई आप भी। ले आइए त्रिलोचन को भी। आइएगा ज़रूर!"

"ज़रूर विधायक जी! नमस्कार!!!"

"अच्छा सुनो परितोष भाई, एक और काम है आज; अपना अंबेडकर मूर्ति पर धरना है, ज़रा उसको अच्छे से कवरेज करने देना।"

परितोष, "जी बिल्कुल!"

विधायक जी के फ़ोन के बाद परितोष शर्मा के चेहरे पर कुटिल मुस्कान है। उसे त्रिलोचन को छात्रसंघ अध्यक्ष पद पर चुनाव लड़वाना है और रामलखन यादव इसके लिए बेहद ज़रूरी कड़ी है।

अब गीतांजलि के चैनल की फुसफुसाहट जान लेते हैं। उसके चैनल पर नए एसएसपी की प्रेस कॉन्फ्रेंस और क्राइम कंट्रोल के लिए स्पेशल ब्रांच के बनाए जाने की ख़बर तो चली; लेकिन एन्काउंटर स्पेशलिस्ट प्रदीप सिंह वाला एंगल ख़बर नहीं थी। और आज सुबह लक्ष्मणपुर टाइम्स में यह ख़बर छपने के बाद गीतांजलि चौधरी को ऑफ़िस से इनपुट हेड की लंबी-चौड़ी डाँट पड़ी। रिपोर्टरों के लिए ख़बर का एंगल भी कभी-कभी

सिर-दर्द बन जाता है। ख़ैर, गीतांजलि चौधरी दिल्ली की पढ़ी-लिखी पत्रकार थी, इमोशन कम प्रोफ़ेशन हर दम वाले जंतर पर काम करती है, सो आगे ऐसा कुछ न हो गीतांजलि परितोष शर्मा को फ़ोन करती है।

"सर, गुड मॉर्निंग!"

"जी बताइए, कैसी हैं आप?"

"अरे सर, बस ठीक हूँ। आपने तो फोड़ ही दिया आज। हर तरफ़ आपकी ही चर्चा है।"

"पाँच-छः दिन में लखनऊ के कितने कोने देख लिए आपने जो हम जैसे लोगों की चर्चा सुन ली।"

"अरे सर, आप हमेशा प्रेस कॉन्फ्रेंस में ही रहते हैं क्या? कभी-कभी तारीफ़ भी सुन लिया कीजिए।"

गीतांजलि के इस शब्द के बाद तो परितोष शर्मा के एटीट्यूड को लक़वा मार गया। आवाज़ लजरा गई और शब्द ढूँढ़े नहीं मिल रहे थे। फ़ोन पर ही गीतांजलि का चुस्त-दुरुस्त शरीर आँखों के सामने घूमने लगा। ऐसे वक़्त पर उनके मुख से कबीरी फूट पड़ती है :

धीरे-धीरे रे मना धीरे सब कुछ होय
माली सींचे सौ घड़ा ऋतु आए फल होय

दिल्ली की पढ़ी-बढ़ी गीतांजलि चौधरी भी परितोष के जज़्बात को पकड़ लेती है और मीठे-मीठे शब्दों में बताती है कि उसके फ़ेवरेट हीरो शाहरुख़ ख़ान की फ़िल्म '*रब ने बना दी जोड़ी*' का गाना '*हौले-हौले हो जाएगा प्यार*' सुनना ज़्यादा अच्छा लगेगा। फिर वह गुनगुनाती है :

'तू सबर तो कर मेरे यार
ज़रा साँस तो ले दिलदार

चल फ़िकर नू गोली मार
है दिन जिंदड़ी दे चार
हौले-हौले...'

इतना सुनकर परितोष बाबू निढाल हो जाते हैं। फिर गीतांजलि दो-तीन बार आवाज़ देती है, "सर जी कहाँ खो गए?"

गीतांजलि की चीख़ती आवाज़ के साथ सुधबुध खो चुके परितोष शर्मा जागते हैं, "हाँ बताइए।"

"कुछ नहीं! मैं फ़ील्ड पर हूँ, हज़रतगंज की तरफ़ आना हो तो आपसे मुलाक़ात हो जाती और साथ में एक-एक कप चाय भी पी लेते।"

"जी ज़रूर! मैं उधर आकर आपको फ़ोन करता हूँ। लेकिन मैंने सुना है कि बडे ब्रांड वाले चैनल के लोग कॉफ़ी ज़्यादा पीते हैं।"

गीतांजलि चौधरी भी परितोष के फ़्लर्ट को ख़ूब समझती है। और बिना गैप दिए कहती है, "अब गुरु बनाया है तो कॉफ़ी भी पिला देंगे।"

फ़ोन कॉल पर गपशप कर गीतांजलि ने परितोष शर्मा को लूप लाइन पर ले लिया। कौन-कब-कहाँ काम आ जाए, यह कौन जानता है?

10

ख़बर पर दबाव

पुलिस मुख्यालय में एक तरफ़ लखनऊ की क़ानून व्यवस्था को चुस्त करने की रूपरेखा बन रही थी तो दूसरी तरफ़ न्यूज़ पेपर लक्ष्मणपुर टाइम्स के दफ़्तर में अगले दिन के अख़बार की तैयारियाँ की जा रही थीं। न्यूज़ पेपर के सम्पादक अनामी प्रसाद कुछ सीनियर जर्नलिस्टों के साथ मीटिंग कर रहे थे। न्यूज़ एडिटर के साथ पॉलिटिकल ब्यूरो रिपोर्टर्स और क्राइम रिपोर्टर परितोष शर्मा भी मीटिंग में मौजूद था।

"कल एसएसपी की प्रेस कॉन्फ्रेंस की ख़बर को फ्रंट पेज पर लेने की क्या ज़रूरत थी?" अनामी प्रसाद परितोष को देखते हुए गरजे, लेकिन परितोष शर्मा ने कोई जवाब नहीं दिया और न्यूज़ एडिटर की तरफ़ देखा। अनामी प्रसाद भी न्यूज़ एडिटर को देखते हैं।

"सर, परितोष की रिपोर्ट में स्पेशल ब्रांच बनाए जाने की बात थी जो बड़ी न्यूज़ थी इसलिए फ्रंट पर ले लिया। और परितोष ने लिखा भी बड़े रोचक अंदाज़ में है सर।"

"क्या ख़ाक रोचक अंदाज़ में लिखा है। रोचक छापना है तो मनोहर कहानियाँ छाप दीजिए, अख़बार चलाने की क्या ज़रूरत है?" अनामी प्रसाद ने न्यूज़ एडिटर के लॉजिक को बेरहमी से काटते हुए ऊँची आवाज़ में कहा।

उसके बाद न्यूज एडिटर ने फिर अपनी बात रखी, "सर, पूरा शहर पिछले एक सप्ताह से हाई प्रोफ़ाइल डबल मर्डर केस में अँधेरे में तीर मार रहा है, तो हम क्या करें? जो लोग पढ़ना चाहते हैं वही न छापेंगे। ऐसे में हमें लगा कि पाँच कॉलम में न्यूज़ जानी चाहिए इसलिए फ्रंट पर लिया, सर।"

"आप अपना भी दिमाग़ लगा लिया करें। स्पेशल ब्रांच का प्रस्ताव ही है न, अभी तक बना तो नहीं। फ़ोर्स बनाकर तीन-चार का एन्काउंटर करता तो पूरा पेज रँग देते, क्यों ख़्वाह-मख़्वाह की आफ़त पाल ली।"

अनामी प्रसाद की आवाज़ लो बैंड पर आते ही अखिल सिंह भी बीच में कूद पड़ते हैं। लक्ष्मणपुर टाइम्स के पॉलिटिकल एडिटर थे और परितोष शर्मा से दो हाथ की दूरी रखते थे।

"सर, इस तरह अख़बार में प्रशासन की धज्जी उड़ेंगी तो विज्ञापन मिलने में प्रॉब्लम होगी। आप तो जानते ही हैं सर, राजधानी की पुलिस का मामला है। सरकार की इमेज ख़राब होती है इससे!"

विज्ञापन का मसअला आते ही सम्पादक चिहुँक जाता है, फिर ज़िंदगी में की गई आदर्शवादी पत्रकारिता की तमाम मिसालों को सरकारी विज्ञापन ने दबा दिया। उनकी आवाज़ लो बैंड से भी नीचे चली जाती है।

"ध्यान रखिए आप लोग भाई। ज़्यादा सनसनी मचाने से क्या फ़ायदा!"

फिर न्यूज़ एडिटर की तरफ़ मजबूरी से देखा और परितोष से कहा, "परितोष, पंचशील सोसायटी डबल मर्डर में कुछ है तो लगवा दो।"

"हाँ सर, शहर में बहुत चर्चा है; रोज़ कुछ न कुछ अपडेट जाना चाहिए।"

न्यूज़ एडिटर भी हाँ में हाँ मिलाते हैं लेकिन अनामी प्रसाद की तल्ख़ी से परितोष का मूड उखड़ जाता है।

"अभी कुछ पता नहीं चल पा रहा है और पुलिस भी अँधेरे में तीर मार रही है। कुछ पॉलिटिकल लोगों के नाम आ रहे हैं। अखिल भाई चाहें तो मैं लिखकर देता हूँ। पहले अपने सोर्स से चेक करा लें, उसके बाद ही आप

लीजिएगा। बड़ी ख़बर तन जाएगी, मुझे तो पी फ़ॉर पुलिस आता है, पी फ़ॉर पॉलिटिक्स अखिल भाई का समझें।"

विज्ञापन की बात कहकर पॉलिटिकल एडिटर अखिल सिंह अख़बार के भविष्य की गहरी चिंता प्रकट कर ख़ुद को सयाना टाइप साबित कर रहे थे। लेकिन परितोष को मालूम था कि ऐसे पॉलिटिकल बीट वालों की नब्ज़ कमज़ोर होती है।

पुलिस से बड़े-बड़ों की सिट्टी-पिट्टी गुम हो जाती है। परितोष का तंज़ सही जगह लगा था। अखिल सिंह का मुँह उतर जाता है। यह बात पूरा लखनऊ जानता है कि परितोष शर्मा के पास पक्की ख़बर रहती है। मीटिंग में मौजूद लोग भी जानते हैं कि परितोष कह रहा है तो इस मर्डर केस में ज़रूर कोई बड़ा नेटवर्क है। लेकिन सम्पादक जी को एसएसपी के भड़कने की ख़बर भी ख़ूब थी, इसलिए वह यह न्यूज़ को ड्रॉप कर देते हैं। अनामी प्रसाद व्यवहारिक पत्रकारिता में यक़ीन रखते हैं। उनकी व्यावहारिकता का अंदाज़ा आप इसी से लगा सकते हैं कि पॉलिटिकल लोगों के नाम आने से ख़बर ड्रॉप कर देते हैं।

ख़ैर, ऑफ़िस का माहौल तनिक गंभीर बना हुआ था। मीटिंग के बाद भी सम्पादक जी अंदर-बाहर कर रहे थे। कभी डेस्क के सब-एडिटर पर भड़क रहे थे तो कभी पेज-डिज़ाइनर पर, उनकी चिड़चिड़ाहट से लोगों को पता चल गया था कि एसएसपी साहब ने उन्हें फ़ोन कर रेला है। लेकिन वह यह बताने को तैयार नहीं थे कि एसएसपी ने उन्हें आज की स्टोरी पर हड़काया था या परितोष शर्मा को टाइट करने को कहा था। सम्पादक का भी एक ईगो होता है। क्राइम रिपोर्टर जैसे बीस रिपोर्टर उसके अंदर में काम करते हैं और यहाँ तो परितोष उनका ही चेला था। संजय त्रिपाठी के कहने पर परितोष शर्मा को दस साल पहले उन्होंने जूनियर रिपोर्टर रखा था। अब गुस्सा उतारें तो किसपर? परितोष तो उनका अपना बनाया जर्नलिस्ट है जिसे उन्होंने ख़ुद प्रमोट किया है।

एक सम्पादक के पास ऐसे कई मामले आते रहते हैं। न्यूज़ पेपर और उसके संपादकों के लिए ऐसी ख़बरें चौदहवीं का चाँद होती हैं। जिनके छप जाने पर जब कोई अधिकारी फ़ोन करता है, तो सम्पादक के मन में लड्डू फूटते हैं कि चलो मार्केट में अख़बार की कुछ तो इज़्ज़त है। लेकिन अपने मातहतों पर एहसान लादना नहीं भूलते। मानो वे न रहते तो ख़बर रद्दी की टोकरी में होती, पर यहाँ मामला दूसरा था। अनामी प्रसाद परितोष के तेवर से बहुत मोहब्बत करते हैं। बिल्कुल महाजन की तरह जिसको मूल से ज़्यादा सूद पसंद आता है। परितोष को अनामी प्रसाद अपना सूद समझते थे इसलिए अपने अनुभव की चाशनी से उसकी मेहनत की लिपाई-पुताई करते रहते थे। यही एक तार था जो दोनों को जोड़ता था बाक़ी परितोष शर्मा जैसा क्राइम रिपोर्टर सम्पादक-वम्पादक का ज़रा-सा लोड नही लेता है। आज की मीटिंग में सम्पादक जी की झुँझलाहट को परितोष ख़ूब समझ रहा था इसलिए अपने कम्प्यूटर में दोनों आँखों को झोंक दिया था। इतने में परितोष के मोबाइल फ़ोन पर त्रिलोचन का नाम चमकता है। परितोष फुर्ती से कॉल रिसीव करता है।

"हाँ त्रिलोचन, ऑफ़िस कब तक आ रहे हो?"

"भइया रास्ते में हैं। थोड़ा ट्रैफ़िक है।"

"जल्दी आ जाओ। विधायक जी बहुत देर से उसका इंतिज़ार कर रहे हैं।"

परितोष त्रिलोचन से बात कर रहा था कि सम्पादक जी फिर एक बार उसके क़रीब से गुज़रते हैं। परितोष उन्हें नज़रअंदाज़ करने की कोशिश करता है। आसपास किसी को न पाकर सम्पादक जी उसे टोकते हैं, "पीआरओ तिवारी ने फ़ोन किया था। बता रहा था कि जानबूझकर तूने प्रेस कॉन्फ्रेंस में एसएसपी को कई बार टोका था, फ़ुज़ूल के सवाल किए थे।"

परितोष अनामी प्रसाद को देखता है, फिर चुपचाप सुनने लगता है। "असल में परितोष शर्मा एक शुद्ध क़िस्म का पत्रकार है, सिस्टम की कमियों के बारे में लिखना एक पत्रकार की ज़िम्मेदारी होती है। शुद्ध क़िस्म के लोगों

में एक ही कमी होती है कि वे जज़्बाती होते हैं। परितोष भी ज़रा जज़्बाती है। ख़बर जिसके ख़िलाफ़ होती है, वह उसे व्यक्तिगत ले लेता है। इस बार भी वही हुआ; नए एसएसपी विक्रमजीत सिंह की प्रेस कॉन्फ्रेंस में हुए सवाल-जवाब को उसने पर्सनली ले लिया था। अहं और वहम की लड़ाई में नुक़सान सिर्फ़ पत्रकारों को होता है। क्योंकि सिस्टम में तो कोई दूसरा अधिकारी आ जाता है लेकिन सिस्टम के ख़िलाफ़ लिखने का कलेजा हर पत्रकार में नहीं होता है।"सम्पादक जी अपने शिष्य को अनामी-उपदेश देते हैं।

"देख, मैंने तुझे कई बार कहा है कि किसी आईपीएस को पर्सनली चैलेंज नहीं करना। ख़ूब नेगेटिव ख़बर लिख, कोई तुझे कुछ नहीं कहेगा; लेकिन इन आईपीएस अधिकारियों का ईगो कभी हर्ट नहीं करना। इनके सिर पर श्रेष्ठता का घमंड चढ़ा होता है। उसको डिस्टर्ब करना अपना काम नहीं, उनकी श्रेष्ठता की तारीफ़ करके ख़बर निकालना अपना काम है। एक जर्नलिस्ट ख़बर से लड़ता है, ज़बान से नहीं।"

लेकिन परितोष के ऊपर इस उपदेश का फ़र्क़ नहीं पड़ता क्योंकि उसने सिर्फ़ अपना काम किया है। सवाल पूछना उसका काम है, ख़बर लिखना उसका धर्म। अब भला एसएसपी साहब से उसे क्या मतलब था। थोड़ी देर तक अनामी प्रसाद उसे समझाते हैं, लेकिन ख़ुद उन्हें ही यह समझ में नहीं आ रहा था कि मामला परितोष के ईगो पर जा अटका है और ईगो का वायरस कोरोना वायरस से भी ख़तरनाक होता है जिसके लक्षण किसी को नहीं दिखते हैं। यह देखकर कि चेला गुरु का लोड नहीं ले रहा, अनामी बाबू चुपचाप अपने केबिन में चले जाते हैं।

11

कौन हैं इंस्पेक्टर प्रदीप सिंह?

इंस्पेक्टर प्रदीप सिंह नौकरी में घुमक्कड़ होने के लिए अभिशप्त हैं। उनकी तेज़-तर्रार छवि ही उनकी सबसे बड़ी मुसीबत है। पुलिस विभाग में अक्सर ऐसा होता है कि काम करने वाले इंस्पेक्टरों को अधिकारी अपनी सुविधा से जहाँ ज़रूरत पड़ती है, वहाँ की ड्यूटी का पर्चा थमा देते हैं। ऐसे में ट्रांसफ़र वाला बोरिया-बिस्तर इनके साथ चलता है। ख़ैर, नौकरी तो सबकी सँभल ही जाती है। लेकिन घरवाली को सँभालना हर किसी के बस की बात नहीं होती है। प्रदीप सिंह भी एसएसपी विक्रमजीत सिंह के फ़रमान को लिफ़ाफ़े में लपेटकर जैसे-तैसे घर का माहौल सँभालते हैं और अपनी पत्नी जी को मायके की गोली देते हैं, "कल ही लखनऊ निकलना है, तुमको रायबरेली छोड़ते हुए उधर से ही निकल जाएँगे। कुछ दिन मायके का मज़ा लो तब तक मैं चार्ज ले लेता हूँ। एक-आध हफ़्ते में आवास अलॉट करा लूँगा और बाक़ी सब काम निपटाकर तुमको भी वहीं ले चलूँगा।"

पति-पत्नी को लेकर प्रचलित कहानियाँ प्रदीप सिंह पर लागू नहीं होतीं। हाँ, उसको यह ज़रूर लगता है कि उसकी पत्नी बहुत तेज़ है। लेकिन प्रदीप सिंह की पत्नी चाहे जितने नखरे दिखाए, करती वही हैं जो पति कहते हैं। इस बार भी ट्रांसफ़र में वही रोना-धोना था, पर वह बेचारी क्या कहतीं,

मायके का चूरण पत्नी जी लोगों का दिल जीतने की जाँची-परखी दवा है। इस प्रकार की पत्नियों को बस इसी बात का गुमान रहता है कि पतिदेव पुलिस में हैं। बाक़ी दिल की धड़कन तो पुलिस की गाड़ियों के हूटर की तरह बजती रहती है। जब तक प्रतापी एन्काउंटर स्पेशलिस्ट घर लौटकर न आ जाए, तब तक यह हूटर कहाँ शांत रहता है। किसी आशंका के डर से दिलो-दिमाग़ चमकाए रहता है।

जैसे कि प्रदीप सिंह इलाहाबाद के मूल निवासी हैं और संयोग से उनकी पत्नी जी रायबरेली की हैं, सो विक्रमजीत सर के फ़ोन आने के साथ ही उसने प्लान कर लिया कि लखनऊ के रास्ते में रायबरेली में ससुराल भी हो लेंगे, जिसके बाद घर-परिवार की शांति बरक़रार रहेगी। प्रदीप सिंह का अनुमान फ़िट रहा, पत्नी जी इस प्रस्ताव से ख़ुश हो गईं। प्रदीप सिंह ने गाड़ी उठाई और सीधे लखनऊ रवानगी भरी। रास्ते में ऊँचाहार के मशहूर बटोही रेस्टोरेंट पर रुककर पत्नी जी को डोसा खिलाया, पेप्सी पिलाई। बटोही पर ही बाहर दुकान से इमली की खट्टी-मीठी गोलियाँ ख़रीदकर दीं। मिठाई के चार डिब्बे बँधवाए और ख़ुशी-ख़ुशी पत्नी जी को रायबरेली उनके मायके छोड़ दिया। फिर गाड़ी ऐसे चली कि सीधा लखनऊ पुलिस मुख्यालय के दफ़्तर में ही पहुँचकर रुकी।

12

एसएसपी, इंस्पेक्टर और ऑपरेशन

रायबरेली से निकली गाड़ी ताव से लखनऊ पहुँचती है और सीधे एसएसपी दफ़्तर के बाहर रुकती है। प्रदीप सिंह बा-अदब गाड़ी को दफ़्तर के बाहर ठीक से पार्क करता है। फिर बॉटल में रखे पानी से चेहरे की थकान मिटाता है और सादी वर्दी की सिकुड़न को ठीक करके एसएसपी विक्रमजीत सिंह के कमरे की तरफ़ बढ़ता है। पुलिसवाले पुलिसवालों की चाल-ढाल को बख़ूबी पहचानते हैं, इसलिए बिना रोक-टोक के वह सीधा एसएसपी साहब के कमरे में चला आता है और कड़कते हाथों से सीधे खड़ा होकर सैल्यूट मारता है। इस तरह एसएसपी के कमरे में घुसने की हिम्मत कोई बहुत मुँह लगा ही कर सकता है। वरना आईपीएस ऑफ़िसर के प्रोटोकॉल में इंस्पेक्टर क्या, सीओ-एसीपी भी बिना परमिशन के आ-जा नहीं सकते हैं। बहरहाल, विक्रमजीत सिंह ने प्रदीप को देखते ही पूछा, "कब आए?"

प्रदीप ने वही जवाब दिया जिसकी आला अधिकारी उम्मीद करते हैं, "सर, जस्ट अभी। सीधा आपके पास ही चला आ रहा हूँ।"

कुछ फ़ाइलों पर दस्तख़त करते हुए एसएसपी साहब उसे बैठने का इशारा करते हैं और फ़ॉलोअर को चाय लाने के लिए कहते हैं।

“पिछले एसएसपी साहब का ट्रांसफ़र एक डबल मर्डर केस के बाद हुआ है, जिसमें पति-पत्नी दोनों की हत्या हुई है। मैंने इस मामले की डिटेल्स क्राइम ब्रांच और लोकल थाने से मँगवाई हैं। केस में दो-तीन बड़े लोगों के नाम इन्वॉल्व हैं। इसको जल्द से जल्द क्लोज़ करना है लेकिन किसी को प्रॉब्लम न हो।”

प्रदीप सिंह को डबल मर्डर केस के बारे में पहले से ही पता है। वह एसएसपी साहब को बताता है कि मृत महिला एक बार इलाहाबाद विश्वविद्यालय के महिला छात्रावास में मारपीट के मामले में गिरफ़्तार हुई थी। वहाँ उसपर कुछ लड़कियों से पैसे के लेन-देन का मामला था। प्रदीप यह भी बताता है कि आरोप तो सेक्स रैकेट का था लेकिन हाई कोर्ट के एक नामी आदमी की बड़ी पैरवी थी इसलिए 151 का मुक़दमा करके छोड़ दिया गया था। एसएसपी साहब को जैसी उम्मीद थी प्रदीप वैसा ही तेज़-तर्रार इंस्पेक्टर है। प्रदेश के हर चर्चित मामले का होमवर्क उसके दिमाग़ में रहता है।

“हाँ, यहाँ भी ऐसा ही कुछ होगा। क्योंकि हल्का-फुल्का मामला होता तो पहले वाले एसएसपी का ट्रांसफ़र नहीं होता; अच्छा यह बताओ कि परितोष शर्मा नाम का एक क्राइम रिपोर्टर है, उसको जानते हो?”

प्रदीप सिंह ने वही बताया जो सब जानते हैं, “एक बेहतरीन क्राइम रिपोर्टर लेकिन पुलिस का बड़ा विरोधी।”

एसएसपी साहब कुछ सोचते हुए प्रदीप से बोलते हैं, “परितोष शर्मा की हरकतें ठीक नहीं हैं, पहुँचा हुआ खिलाड़ी लगता है। इसके दिमाग़ में हमेशा कोई न कोई साज़िश चल रही होती है। पॉलिटिकल माइंड का है।”

अपने 15 साल के तजुर्बे और भारतीय पुलिस सेवा की ट्रेनिंग के आधार पर एसएसपी साहब ने परितोष शर्मा को पूरी तरह स्कैन कर लिया था। राजधानी में भी लोग परितोष को एक शार्प माइंड जर्नलिस्ट के तौर पर ही जानते हैं। उसकी ख़बरों की लेखन शैली, उसकी कहानी गढ़ने की कला के बारे में बताती है और सोने पर सुहागा यह कि उसका पुलिस महकमे के

अंदर इन्फ़ॉर्मेशन सिस्टम भी बहुत स्ट्रॉन्ग है। प्रदीप जब तक एसएसपी साहब के इशारे को समझ रहा होता है तब तक चाय आ जाती है।

एक आईपीएस अधिकारी एक इंस्पेक्टर से किसी पत्रकार के बारे में पूछेगा, यह पचने वाली बात नहीं है। प्रदीप सिंह भी समझ जाता है कि मामला कुछ ज़्यादा गंभीर है। वह आगे बोलता है, "सर, एक बार रायबरेली में एक शादी में मुलाक़ात हुई थी इससे, लो प्रोफ़ाइल ही रहता है। लेकिन डिपार्टमेंट के लोगों से इसकी अच्छी जान-पहचान थी। मुझे दो-तीन नाम गिनाए थे।"

"हाँ-हाँ-हाँ! तुमको भी अरदब में ले लिया है।"

"नहीं सर, हम तो कलेजा देखते हैं और घुटनों की ताक़त का अंदाज़ा लगा लेते हैं।"

विक्रमजीत सिंह उसे तरेरती नज़रों से देखते हैं। प्रदीप सिंह के लिए इसका मतलब है कि वह परितोष की ताक़त को कुचलना चाहते हैं।

"इसका पूर्वी उत्तर प्रदेश के बाहुबलियों से ठीक-ठीक संबंध है और यहाँ शहर में यूनिवर्सिटी के लड़कों का पूरा नेटवर्क बना रखा है। इसके नेटवर्क में सब साले यूनिवर्सिटी के छात्र नेता या फिर छुटभैये बदमाश हैं... प्रॉब्लम यह है कि इनमें से कौन कितना ख़तरनाक हो सकता है, यह अंदाज़ा लगाना मुश्किल है। इसलिए इनकी गुंडई का नशा इसी उम्र में उतार दो। बाद में पावरफ़ुल हो जाएँगे तो पब्लिक थ्रेट बढ़ जाएगा।"

"सर-सर-सर!"

प्रदीप सिंह एसएसपी साहब की हर बात को जज़्ब करता चला जाता है। और जब अधिकारी अपने रौ में होता है तो मातहत सर-सर-सर बोलकर उसकी हाँ में हाँ मिलाता है। विक्रमजीत सिंह एक बार फिर उसे देखते हैं।

"एक बात और प्रदीप! स्टूडेंट कितनी ही बदमाशी क्यों न करें, जनता की नज़र में छात्र ही होता है। इसलिए कोई लॉ एंड ऑर्डर का इश्यू न हो, इसका ख़याल रखना।"

समाज में शांति और क़ानून व्यवस्था क़ायम रहे और अपराधी से कोई मुरव्वत न हो यह एक आईपीएस अधिकारी की प्राथमिकता होती है। कुछ अच्छे अधिकारी, बड़े ख़तरों को पहले ही भाँप लेते हैं और ऐसे अपराधियों का जीवनकाल वे अपने ही कार्यकाल में समाप्त कर देते हैं। लेकिन वर्दी और ज़िम्मेदारियों के दबाव में कभी-कभी ग़लत फ़ैसले हो जाते हैं।

प्रदीप सिंह एसएसपी साहब के मैसेज को नोट कर लेता है और इजाज़त लेकर बाहर पीआरओ साहब के कमरे में आकर बैठ जाता है। इंस्पेक्टर तिवारी और प्रदीप सिंह एक ही बैच के इंस्पेक्टर हैं।

13

ब्रेकिंग न्यूज़ की कवरेज

सुबह-सुबह चैनल के इनपुट हेड का डाँट कम ज्ञान सुनकर गीतांजलि भी फ़ुल स्पीड में कोई तगड़ी ब्रेकिंग न्यूज़ खोज रही थी। टीवी न्यूज़ चैनल की अपनी ही दुनिया है। वहाँ ब्रेकिंग और एक्सक्लूसिव न्यूज़ चाहिए होती है। इसलिए टीवी की दुनिया में क्राइम रिपोर्टर की भाग-दौड़ ज़्यादा ही रहती है। कभी किसी मौक़ा-ए-वारदात पर, तो कभी थाने पर; तो कभी एसएसपी सीओ के ऑफ़िस। ख़ैर, इंडिया 24x7 की क्राइम रिपोर्टर गीतांजलि चौधरी हाई प्रोफ़ाइल पंचशील मर्डर केस में पुलिसिया जाँच की धीमी रफ़्तार के विरोध में अखिल भारतीय समाजवादी दल के प्रदर्शन की रिपोर्टिंग करने हज़रतगंज पहुँच जाती है।

इधर रामलखन यादव भी अच्छे से जानते हैं कि राजनीति में विपक्ष के लिए ऐसे मौक़े सक्रियता के लिहाज़ से बड़े कारगर होते हैं। लोकतंत्र में नए कप्तान को पत्रकार अपना परिचय ख़बर छापकर देते हैं तो नेता धरना प्रदर्शन कर अपना संख्याबल दिखाकर। विधायक रामलखन यादव को ऐसे मौक़े पर राजनीति करना बहुत अच्छे से आता है। उन्हें यह मालूम है कि लोकतंत्र में जनशक्ति का गहरा असर होता है। अवसरानुसार विधायक जी ने हज़रतगंज चौराहे पर अंबेडकर मूर्ति के नीचे एक दिवसीय धरने का

आयोजन किया। मीडिया के सभी बंधुओं को धरना कवर करने का न्योता भेजा गया। रिपोर्टर, फ़ोटोग्राफ़र और कैमरामैन धरने की तस्वीरें बनाने लगे। नेता लोगों की दो ही कमज़ोरियाँ होती हैं—पहली : जनता और दूसरी : कैमरा। विधायक जी ख़ुश थे। वह भी चहकते हुए प्रदेश की ख़राब क़ानून व्यवस्था के लिए सरकार को कोस रहे थे और भ्रष्ट अधिकारियों को बर्ख़ास्त करने की माँग कर रहे थे।

लेकिन इस पूरे कार्यक्रम का केंद्र बिंदु बनी थी गीतांजलि चौधरी। अन्य पत्रकारों के साथ विधायक जी और उनके समर्थक भी उसकी अदाओं से शराबोर थे। इनपुट हेड का टेंशन, ख़बर की टेंशन और फिर शरीर का एक्सरे करती सैकड़ों आँखों की टेंशन; इस सब में कभी वह माइक आईडी सँभालती, तो कभी मोबाइल फ़ोन; कभी दुपट्टा, तो कभी कैमरामैन को। कुल मिलाकर धरना स्थल पर मौजूद विधायक जी के युवा साथी ख़ुश थे और गीतांजलि चौधरी की अदाओं से बुझे हुए थे।

क्या मजाल कि पान-पत्ता, गुटखा-मसाला के लिए भी इधर-उधर हो लें। सब की नज़रें गीतांजलि चौधरी की चौधराहट में इंक़लाब किए हुए थी। इसी बीच गीतांजलि के फ़ोन पर एसएसपी के पीआरओ की कॉल आती है।

“नमस्कार गीतांजलि जी! कैसी हैं आप?”

गीतांजलि अपने चैनल के माइक आईडी को लहराते हुए दूसरे हाथ से फ़ोन कॉल रिसीव करती है।

“तिवारी जी का फ़ोन हम जैसे छोटे पत्रकारों को कैसे आ गया। आप तो बस परितोष शर्मा को फ़ोन करती हैं। क्या बात है आज हमें कैसे याद किया?”

“अरे आप मुख्यालय आती ही नहीं हैं। हमेशा फ़ील्ड में भाग-दौड़ किए रहती हैं। हम भी आपकी ख़बर रखते हैं। सुनिए, ब्रेकिंग और लाइव रिपोर्ट की टेंशन छोड़िए और कभी हमारे हाथ की भी चाय पीने आ जाया करिए। मसाला-वसाला हम भी रखते हैं।”

हमेशा की तरह पीआरओ साहब लिजलिजाते हुए बोलते हैं तो गीतांजलि भी मज़े लेते हुए जवाब देती है, "क्या बात है तिवारी जी, परितोष शर्मा के ख़ेमे से बग़ावत कर दी क्या?"

"पुलिस और पत्रकारों में एक ही चीज़ कॉमन है; जानती हैं क्या?"

"क्या?"

"दोनों बग़ावत नहीं कर सकते हैं।"

कहते हुए ज़ोर मारकर हँसता है फिर धीमी आवाज़ में कहता है, "सुनिए एसएसपी साहब शहर के तेज़-तर्रार रिपोर्टरों के नाम पूछ रहे थे तो मैंने सबसे पहले आपका नाम बता दिया। आ जाओ, मिलवा देते हैं।"

"तिवारी जी थैंक्यू वेरी मच! भगवान् करे आपको जल्दी चिनहट थाना मिले।"

यह की न बात आपने दबंगों वाली। आप आ जाओ। मैं आपका काम करता हूँ आप मेरा। आ जाओ जल्दी से।"

"ठीक है तिवारी जी! कब आ जाऊँ?"

"कभी भी!"

"तो फिर आती हूँ!"

गीतांजलि बिना टाइम ख़र्च किए कार में बैठती है और अपने कैमरामैन को धरना स्थल पर छोड़कर सीधा एसएसपी ऑफ़िस पहुँचती है। आमतौर पर टीवी के रिपोर्टर ऐसा करते हैं क्योंकि उनके लिए विज़ुअल ज़रूरी होता है। कैमरामैन के धरना स्थल पर रहने से कोई घटना घटित होती है तो वह शूट कर लेगा। हज़रतगंज से पुलिस एसएसपी ऑफ़िस पाँच मिनट का रास्ता है। गीतांजलि पुलिस हेडक्वॉर्टर पहुँचती है। पीआरओ एसपी तिवारी अपने कमरे में बैठा है। उसके सामने ही इंस्पेक्टर प्रदीप सिंह भी विराजमान हैं।

"आइए गीतांजलि जी! क्या बात है, बहुत सही टाइमिंग है आपकी!! आइए आपका परिचय करा दूँ। प्रदीप भाई भी बड़े मौक़े से आ गए हैं।

यही हैं प्रदीप सिंह। स्पेशल ब्रांच इंचार्ज। प्रेस कॉन्फ्रेंस में इन्ही को लेकर तो फ़िल्म खींची थी।"

गीतांजलि और प्रदीप एक-दूसरे को नमस्कार करते हैं। और गीतांजलि वहीं चेयर पर बैठ जाती है।

"बहुत धार है आप लोगों की न्यूज़ में!"

यह सुनकर गीतांजलि प्रदीप सिंह के चेहरे का भाव देखती है।

"वह तो है प्रदीप जी, सब आप लोगों की मेहरबानी है!"

"पुलिसवालों से आप पत्रकारों की इतनी बेरुख़ी समझ में नहीं आती मैडम। पानी पी-पीकर पुलिस को गाली देते हैं आप लोग। आतंकवादी मरे तो भी, चोर-उचक्का पिटे तो भी; अपराधी अपनी मौत मरे तो भी, एन्काउंटर करो तो बवाल और अपराधी खुले आम घूमे तो भी हमारा ही दोष। मीडिया का हलाहल सवाल हमी लोगों से होता है, क्यों?"

इन जुम्लों से ही गीतांजलि समझ गई कि इंस्पेक्टर प्रदीप सिंह किसी बात को लेकर मीडिया से बहुत नाराज़ रहता है। जो भी हो गीतांजलि ने इंस्पेक्टर के दिमाग़ की मैपिंग कर ली थी। भगवान् ने लड़कियों को यह ख़ास गुण दिया है। सामने वाले के दिमाग़ में क्या चल रहा है यह समझने के लिए उन्हें गिनकर दस सेकेंड लगते हैं।

गीतांजलि (हँसते हुए व्यंग्य करती है), "बहुत जल्दी समझ गए पत्रकारों के मिज़ाज को; एसएसपी साहब ने स्पेशल ब्रांच की ज़िम्मेदारी दी है। आप तो लगे क्राइम रिपोर्टरों की रिपोर्टिंग करने।"

प्रदीप सिंह भी कटाक्ष में बोलने से नहीं चूका, "चार्ज तो स्पेशल ब्रांच का ही है। लेकिन आप लोगों की गाड़ी कहाँ अटकती है, इसको भी समझना पड़ता है।"

"आप कुछ ज़्यादा ही ऐंठन में हैं इंस्पेक्टर साहब। यह अंदाज़ अपराधियों के लिए रखिए, जर्नलिस्ट भी अपनी ड्यूटी करता है। आपसे लड़ने के लिए नौकरी नहीं करते हम लोग।"

प्रदीप की दिली भड़ास किस बात पर निकल रही थी, यह तो वही जाने; लेकिन पत्रकार बिरादरी पर उनका प्रवचन सुनते ही गीतांजलि चौधरी का भी पारा सातवें आसमान पर पहुँच जाता है और उसकी कर्ण प्रिय आवाज़ कड़क हो जाती है। लेकिन सामने बैठे पीआरओ एसपी तिवारी बीच में कूद पड़ते हैं, "अरे मैडम छोड़िए! इधर आइए साहब इंतिज़ार कर रहे हैं। अरे आइए, इनको तो एन्काउंटर के सिवा कुछ दिखता ही नहीं।"

"प्रदीप जी, पत्रकारों के बारे में एक ग़लतफ़हमी दूर कर लीजिए, जैसे पुलिस किसी की नहीं होती, वैसे पत्रकार भी किसी के नहीं होते। जिस दिन ख़बर मिलती है सबसे पहले पत्रकारिता करते हैं।"

एसएसपी साहब के कमरे में जाते-जाते गीतांजलि ने प्रदीप सिंह को उसकी भाषा में ही जवाब दे दिया। असल में प्रदीप सिंह जैसे पुलिस अधिकारी बहुत हैं जिन्हें लगता है कि समाज से बुरे लोगों को ख़त्म करने के लिए ईश्वर ने सिर्फ़ उन्हीं को भेजा है और क्या ग़लत है, क्या सही, सिर्फ़ वही अच्छा समझते हैं।

14

परितोष और त्रिलोचन की जुगलबंदी

लखनऊ विश्वविद्यालय छात्रसंघ चुनाव में अध्यक्ष पद का चुनाव लड़ रहा त्रिलोचन यादव अपनी फ़ॉर्चूनर से लक्ष्मणपुर टाइम्स के कार्यालय पहुँचता है और परितोष को फ़ोन कॉल करके बताता है कि वह नीचे आ गया है। परितोष चाहता है कि रामलखन यादव अपनी पार्टी के स्टूडेंट विंग से त्रिलोचन को छात्रसंघ अध्यक्ष पद का प्रत्याशी बना दे। इसी योजना के मुताबिक़ त्रिलोचन को शहर के दबंग विधायक रामलखन जी से मिलना था। रामलखन भी बीस साल पहले यूनिवर्सिटी छात्रसंघ के अध्यक्ष रहे हैं और अब विधायकी के साथ-साथ वहाँ की मठाधीशी भी करते हैं इसलिए परितोष शर्मा क्राइम रिपोर्टरी वाले प्रभाव के ज़रिए से त्रिलोचन को रामलखन यादव का आशीर्वाद दिलाना चाहता है।

अनामी प्रसाद अपने केबिन से परितोष को देख रहे होते हैं। दोनों की नज़रें एक-दूसरे से लड़ती हैं। अनामी प्रसाद पकड़ लेते हैं कि परितोष के दिमाग़ में कुछ ख़ुराफ़ात चल रहा है। लेकिन वे अब क्या कर सकते हैं? उन्हें जो ज्ञान देना था, दे दिया। अब परितोष को लेना है कि नहीं, यह तो वही तय करेगा। चेला गुरु को कब लाइन हाज़िर कर दे, यह रहस्य दुनिया के किसी भी अनुभवी आदमी को नहीं पता होता है।

ऑफ़िस में तनातनी के माहौल से परितोष भी निकलना चाहता है और त्रिलोचन के पहुँचते ही वह बिना देर किए नीचे उतरता है और फ़ॉर्चूनर में बैठ जाता है। ड्राइविंग सीट पर बैठा त्रिलोचन यादव बैठे-बैठे ही परितोष को पैर छूकर प्रणाम करता है।

"क्या भइया, टेंशन में दिख रहे हैं। चलने का मन नहीं है क्या?"

"न सब ठीक है, बस सम्पादक जी का मूड ख़राब था। इनका भी कुछ करना होगा, बहुत उँगली करने लगे हैं आजकल, मैंने भी ज़रूरत से ज़्यादा इज़्ज़त दे दी है। जब देखो तब ज्ञान की उल्टी करते रहते हैं।"

"कहिए भइया तो, एक रोज़ बोरिया पहनाकर ठोक दें यहीं ऑफ़िसिए के नीचे।

परितोष हँसते हुए, "अरे नहीं त्रिलोचन बाबू। काग़ज़-क़लम के सिपाही हैं, काग़ज़-क़लम की मार से ही इन्हें चोट लगती है। अपने गुरु जी हैं, डाँट-डपट का रिश्ता बना रहता है। लेकिन कभी-कभी उनका ज्ञानवा ओभर हो जाता है।"

"भइया कग़ज़िया-क़लमवा तो ठीक है लेकिन सम्पादक जी के ख़िलाफ़ कहाँ लिखाई होगी? अख़बारवा तो वही देखते हैं न।"

"है एक मसअला, किसी दिन कोर्ट से नोटिस भिजवा देंगे तो बुढ़ऊ राइट टाइम हो जाएँगे।"

त्रिलोचन यह सुनकर चौंकता है कि कोर्ट से नोटिस भिजवाना! परितोष ऐसे बोल रहा है जैसा गोयल किराना स्टोर से चॉकलेट ख़रीदना हो। जिज्ञासावश पूछता है, "कइसन नोटिस भिजवाएँगे भइया।"

"सम्पादक जी का एक पुराना मरज़ है, इलाज हम ही कराए थे। लेकिन दवाई का पर्चा अपने पास रख लिए थे। समय आएगा तो ले चलेंगे डॉक्टराइन के पास, अभी तो विधायक जी के पास चलते हैं।" त्रिलोचन खिखियाकर हँसता है और एक्सीलेटर चाँप देता है।

15

एसएसपी ऑफ़िस की ओर

"बात अपने तक ही रखिएगा मैडम। साहब परितोष शर्मा और उस अरशद रिज़्वी को लाइक नहीं करते हैं। अँग्रेज़ी न्यूज़ पेपर वालों को ज़्यादा पसंद करते हैं। आप जाओ आपको मिलवाते हैं सर से। बहुत हेल्पफ़ुल नेचर है सर का।"

एसएसपी का पीआरओ तिवारी, गीतांजलि का गुस्सा शांत कराते हुए साहब के कमरे की तरफ़ ले जाता है। एक पल ठहरकर दोनों कमरे में प्रवेश करते हैं। सामने एसएसपी साहब बैठें हैं। उनके सामने ज़िले के पाँच अफ़सर बैठें है। एसएसपी ने गीतांजलि को इशारे से सामने लगे सोफ़े पर बैठने को कहा, गीतांजलि उन्हें हैलो कहते हुए वहाँ बैठ जाती है। ज़िले के सारे बड़े ऑफ़िसर्स बैठे थे—एसपी सिटी, एसपी आरए, एसपी क्राइम ब्रांच। मीटिंग स्पेशल ब्रांच के कार्यक्षेत्र पर ही चल रही थी। सोफ़े पर बैठी गीतांजलि टेबल पर पड़ी मैगज़ीन के पन्ने पलटने लगी और पीआरओ साहब वापस चले गए। गीतांजलि ने आँख उठाकर देखना चाहा कि कौन-कौन-से ऑफ़िसर्स बैठे हैं क्योंकि उसकी तरफ़ सभी की पीठ थी। क्राइम रिपोर्टरों के लिए यह बड़ी बात होती है। बड़े अधिकारी के साथ आपके संबंध होने से अधीनस्थ अधिकारी आपका बहुत लोड लेते हैं और हाई

लेवल की मीटिंग के दौरान उसे अपने कमरे में बैठाने का मतलब तो यही है कि एसएसपी साहब गीतांजलि चौधरी को इंपॉर्टेंस दे रहे हैं।

बहरहाल, मीटिंग लगभग ख़त्म ही थी, तब तक गीतांजलि के लिए जूस और बिस्किट आ गए। एसएसपी ने इंटरकॉम पर पीआरओ को अंदर बुलाया। सारे अधिकारी एक-एक करके वहाँ से जाते हैं और तिरछी नज़र से गीतांजलि को ऊपर से नीचे तक देख लेते हैं। ज़ाहिर है, उन्हें भी तो पता रहे कि एसएसपी साहब के ख़ास संबंध किससे हैं, काम तो सबको पड़ता है। एसएसपी साहब अपने वर्किंग टेबल से उठकर सोफ़े पर आते हैं। तब तक पीआरओ तिवारी भी पहुँच जाता है और भरी मीटिंग के दौरान गीतांजलि को कमरे में लाने पर सफ़ाई देते हुए बताता है।

"सर, बाहर प्रदीप सिंह से मैडम की थोड़ी बकझक हो गई इसलिए यहाँ ले आया..."

एसएसपी हाथ उठाकर उसे बोलने से रोकते हैं और हँसते हुए कहते हैं, "क्राइम रिपोर्टरों से उलझेगा तो बकझक होगी ही; ये लोग अपना काम करते हैं। उसके मुल्ज़िम हैं क्या, जो डर जाएँगे।"

गीतांजलि के चेहरे पर इत्मीनान की साँस है और तिवारी भी राहत में आता है। आमतौर पर मीटिंग के बीच किसी को कमरे में लाना लापरवाही थी। लेकिन आने वाली एक ख़ूबसूरत लड़की है तो भला किसी को क्या बुरा लगेगा। सामने टेबल पर जूस, बिस्किट, स्नैक्स आदि पड़ा है। एसएसपी गीतांजलि को लेने का इशारा करते हुए पूछते हैं, "और क्या चल रहा है शहर में गीतांजलि?"

"शांति है सर, बस डबल मर्डर का ख़ुलासा जल्दी कर दीजिए। पब्लिक जानना चाहती है कि इतनी सेफ़ सोसायटी में पति-पत्नी का मर्डर कैसे हो गया।"

एसएसपी साहब सोफ़े पर आराम से बैठते हुए उसे भी आराम से बैठने को कहते हैं, "बी-कंफ़र्टेबल!" और बिस्किट उठाते हुए कहते हैं, "हाँ,

हमारी टीम लगी हुई है। सॉलिड इनपुट मिले हैं, बस दो-एक दिन में दो लोगों को गिरफ़्तार कर लेंगे।"

एसएसपी साहब ने चारा फेंका और गीतांजलि उसमें फँस गई। उसने पूछा, "कैसा इनपुट है सर।"

"एक्स्ट्रा मैरिटल अफ़ेयर का मामला लगता है।"

"इंटरेस्टिंग!" गीतांजलि कहती है।

"अभी कहाँ इंटरेस्टिंग है। दोनों हज़बैंड-वाइफ़ सेक्स रैकेट चलाते थे और इस शहर के एक से एक रईस लोग उनके कस्टमर थे। तुम इस न्यूज़ को फ़्लैश कर दो, इतना मसाला तो काफ़ी है न्यूज़ के लिए।"

एसएसपी साहब एकटक गीतांजलि को देखते हुए न्यूज़ देते हैं और वह मुस्कुराते हुए न्यूज़ को ग्रहण करती है।

"थैंक्यू सर! बड़ी न्यूज़ है यह।"

"देखो, सोर्स के हवाले से बताना, यह न कह देना कि लखनऊ एसएसपी ने कहा है।"

"श्योर सर, आप मेरे करियर का पहला पर्सनल कॉन्टेक्ट हैं, आपका नाम कहीं भी, किसी भी मामले में सामने नहीं आएगा।"

गीतांजलि एहसान के दबाव में शर्माए जा रही है या प्रोफ़ेशनल ज़रूरत के हिसाब से रिएक्ट कर रही है, यह तो भगवान् ही जानें, लेकिन पिछले दस दिनों से शहर की सबसे चर्चित घटना की एक्सक्लूसिव जानकारी सिर्फ़ उसके पास थी। वह एसएसपी सर को थैंक्यू कैसे कहे, उसकी आँखों में बस यही सवाल था। इस सवाल को विक्रमजीत सिंह बहुत अच्छे से समझ रहे थे। सोफ़े पर टेक लेते वह अपने दोनों हाथ फैलाते हैं।

"देख लो, लड़कियों को अक्सर बैड कमेंट सुनने को मिलते हैं। कहीं तुम्हारा ही कोई साथी ख़बर न लिख दे कि गीतांजलि चौधरी का एसएसपी के साथ चल रहा है चक्कर।"

गीतांजलि इस बात को डोंट केयर टाइप अंदाज़ में हवा में उड़ा देती है।

एसएसपी साहब ने हँसते हुए गीतांजलि को एक छोटे-सी स्लिप पर चार नाम लिखकर दिए जिसपर पंचशील सोसायटी डबल मर्डर केस का शक है। फिर दोनों के बीच काफ़ी देर तक तमाम केसों के बारे में बातें होती हैं। पुलिस मीडिया का इस्तेमाल कई चीज़ों में करती है। ख़बर जुटाने में भी और ख़बर देने के लिए भी। एसएसपी साहब के कमरे के बाहर ज़िले के कई सीओ और दरोग़ा मिलने के लिए लाइन लगाए हैं, प्रदीप सिंह भी तभी से इंतिज़ार कर रहा है। लेकिन एसएसपी साहब गीतांजलि को भरपूर टाइम दे रहे थे। कभी-कभी ऐसा करना भी बड़ा पुलिसिंग का पार्ट ही है। आमतौर पर देखें तो बड़े अधिकारियों को अपने मातहतों पर शिकंजा कसने के लिए यह रिपोर्टर बड़े काम आते हैं। शहर में क्या चल रहा है, इसकी जानकारी उनको सीधे मिलती है। मातहत तो वही बताएँगे जो उनको ठीक लगेगा। जो भी हो मैसेज लाउड एन क्लियर था और नए रिपोर्टर के लिए एसएसपी से इतना भाव मिलना बहुत बड़ी बात होती है। गीतांजलि का भी कॉन्फ़िडेंस हाई हो गया। उसे अभी समझने में टाइम लगेगा कि उसके जैसे रिपोर्टरों को आईपीएस नैपकीन की तरह यूज़ करके छोड़ देते हैं।

16

जर्नलिस्ट और छात्र राजनीति

उधर परितोष शर्मा दूसरी ही कहानी लिख रहा था। छात्र जीवन में राजनीति से छोटा-मोटा इंट्रोडक्शन होने के बाद परितोष अब फ़ुल सर्किल में राजनीति करना चाहता था। वह त्रिलोचन यादव के साथ विधायक रामलखन यादव के आवास पर पहुँचता है। चुनाव की तैयारियों को लेकर पार्टी कार्यकर्ताओं में गहमागहमी का माहौल है। विधायक जी हज़रतगंज में धरना देकर गर्व की अनुभूति के साथ आवास पहुँचे थे। परितोष के अलावा अरशद और दो-तीन पत्रकार भी विधायक जी के आवास पर पहुँचे थे। यह राजनीति में अच्छा संकेत माना जाता है, पत्रकारों का आना-जाना बना रहना चाहिए। सभी लोगों को विधायक जी ने अंदर वीआईपी रूम में बैठने को कहा। विधायक जी के ख़ास-उल-ख़ास कम निजी सचिव, लालटू बाबू कमरे में काजू-कतली पहुँचा दिए और पत्रकारों ने भोग लगाना शुरू कर दिया। थोड़ी देर में विधायक जी कमरे में आते हैं।

"वाह भाई परितोष बाबू, आपने तो पहले ही दिन एसएसपी की बोलती बंद कर दी। भाई ऐसा क्या खाते-पीते हो जो दिमाग़ इतना तेज़ चलता है।"

हमेशा की तरह अरशद बीच बात में टपकता है, "विधायक जी अपना तो एक ही फ़ार्मूला है—मूतो कम, हिलाओ ज़्यादा; और जहाँ मौक़ा मिले ख़बर को तान दो, कामयाबी हमेशा क़दम चूमेगी।"

"डबल मर्डर केस में क्या अपडेट है?"

लेकिन परितोष गंभीरता के साथ बैठा है। विधायक जी के सवाल पर परितोष अरशद को देखकर मुस्कुराता है और त्रिलोचन के कंधे पर हाथ रखते हुए कहता है, "विधायक जी, आप तो त्रिलोचन यादव को जानते ही होंगे। युनिवर्सिटी चुनाव में प्रेसिडेंट पद का चुनाव लड़ रहे हैं। हम लोग चाहते हैं कि आप अपना आशीर्वाद त्रिलोचन को दीजिए।"

त्रिलोचन विधायक जी का पैर छूता है। विधायक जी एक पल के लिए सन्नाटे में चले जाते हैं। विधायक जी की पार्टी की अंदरूनी राजनीति थी कि विश्वविद्यालय छात्रसंघ चुनाव में प्रत्याशी यादव न हो। ऐसे में परितोष की पैरवी ग़लत पड़ गई। विधायक जी को यह भी पता था कि इन लड़कों को सही बात बताना भी उचित नहीं है क्योंकि लौंडों की दोस्ती जी का जंजाल होती है। इसलिए वे बड़े महीन ढंग से अपना पीछा छुड़ाते हैं।

"परितोष भाई आपने तो धर्म संकट में डाल दिया। पार्टी के छात्र प्रकोष्ठ ने किसी और कैंडिडेट, क्या नाम है उस लड़के का..." लालटू बोला, "दिग्विजय सिंह!"

"हाँ, वही दिग्विजय सिंह को लड़ाने का फ़ैसला किया है। हालाँकि हम उस कैंडिडेट को पसंद नहीं करते मगर पार्टी के ख़िलाफ़ जाना ज़रा मुश्किल है।"

लेकिन नेता को क्या चाहिए—जनता; और विश्वविद्यालय के छात्र भीड़ लाने में सबसे अव्वल होते हैं। और राजनीति का उसूल भी यही है कि किसी को न नहीं कहना है। यह सोचकर लालटू राजू यादव को बुलाने को कहते हैं। प्रदेश की राजधानी में लखनऊ विश्वविद्यालय की छात्र राजनीति काफ़ी महत्वपूर्ण मानी जाती है। इसलिए सभी प्रमुख पार्टियों के स्टूडेंट

विंग चाहते हैं कि छात्र संघ पर उनके दल का क़ब्ज़ा हो। तब तक राजू यादव कमरे में आता है। राजू बनारस का हार्डकोर क्रिमिनल है। राजू यादव परितोष को पहचानता है और उससे दुआ-सलाम होती है।

"राजू देख लेगा सारा सिस्टम, त्रिलोचन तुम केवल प्रचार करो। कोई डिस्टर्ब करे तो राजू को बोल देना, सब मैनेज हो जाएगा। लेकिन बिना पार्टी सिंबल के फ़ाइट टफ़ होगी। पता नहीं दिग्विजय ने किसके ज़रिए अध्यक्ष जी को मैनेज किया है।"

वह परितोष की तरफ़ देखते हुए बड़ी निराशा से कहते हैं, "हमसे तो पार्टी ने एक बार भी पूछा नहीं।"

विधायक जी की बात पर परितोष को यक़ीन नहीं है, फिर भी वह उनको इस बात का एहसास नहीं होने देता है।

"वह आप मुझपर छोड़ दें नेता जी। यह कैसे जीतेगा, मुझे नहीं मालूम लेकिन यह जीतेगा ज़रूर मुझे मालूम है। और आपके साथ ही रहेगा, इसकी गारंटी परितोष शर्मा की है।"

विधायक जी कच्ची गोली नहीं खेले थे। उन्होंने परितोष के चेहरे पर बात काटने की पीड़ा पढ़ ली थी। और परितोष जैसे दबंग पत्रकार से अदावत मोल लेना राजनीति के ख़िलाफ़ था। वह तुरंत लालटू को इशारे से माल लाने को कहते हैं।

इन सबके बीच अपने मोबाइल में व्यस्त अरशद परितोष को एक वीडियो क्लिप दिखाता है। यह क्लिप इंडिया ख़बर 24x7 की ब्रेकिंग न्यूज़ की है। वीडियो में डबल मर्डर केस के ख़ुलासे की ब्रेकिंग है। जिसमें रिपोर्टर गीतांजलि चौधरी बता रही है

> *"शहर की पॉश सोसायटी पंचशील में हुए पति-पत्नी के डबल मर्डर के पीछे अवैध संबंधों का मामला है। जिसके तार शहर के रसूख़दार लोगों तक जाते हैं। लखनऊ पुलिस की जाँच फ़िलहाल जारी है और पुलिस एक राजनीतिक दल के विधायक समेत*

दो बड़े बिज़नेस मैन को जल्द ही इस मामले में गिरफ़्तार कर सकती है।"

विधायक जी का लालटू कमरे में वापस आता है और विधायक जी को पाँच सौ की एक गड्डी देता है। विधायक जी त्रिलोचन को पकड़ाते हुए कहते हैं, "मेरा आशीर्वाद तुम्हारे साथ है।"

परितोष ने टीवी ऑन कर दिया। जिसपर डबल मर्डर की ख़बर चल रही है और विधायक जी का गला सूख रहा है। परितोष कहता है कि आपसे भी पूछताछ तो होगी ही भाई साहब।

विधायक जी कभी टीवी पर चल रही ख़बर को देखते हैं, कभी परितोष शर्मा को, लेकिन बोलने के लिए उनके पास कुछ था नहीं। ख़ैर, उनके आवास से निकलकर परितोष, अरशद और बाक़ी पत्रकार उनके अड्डे पर पहुँचते हैं। जहाँ परितोष ने त्रिलोचन से कहा कि अरशद और बाक़ी रिपोर्टरों को गड्डी में से कुछ रुपए दे दें।

17

न्यूज़ चैनल पर ब्रेकिंग पट्टी का असर

चैनल इंडिया 24x7 की स्क्रीन पर 'पंचशील सोसायटी डबल मर्डर केस में बड़ा ख़ुलासा' की ब्रेकिंग पट्टी चलने लगी।

1. 'पंचशील में हुए डबल मर्डर में अवैध संबंध का कनेक्शन'
2. 'दोहरे हत्याकांड में मारे गए दंपत्ति का था बड़े लोगों से कनेक्शन'
3. 'पंचशील सोसायटी के फ़्लैट से चलता था सेक्स रैकेट'
4. 'पैसों के लेन-देन में हुई दीक्षित दंपत्ति की हत्या'
5. 'लखनऊ पुलिस की जाँच में बड़ा ख़ुलासा'

न्यूज़ चैनल पर डबल मर्डर पर इस बड़े ख़ुलासे के बाद प्रदेश और ख़ासकर राजधानी लखनऊ में सनसनी फैल गई। टीवी न्यूज़ चैनल पर चली सनसनीख़ेज़ ख़बर आग से भी तेज़ फैलती है। हर आदमी की ज़ुबान पर डबल मर्डर केस में अवैध संबंध, सेक्स रैकेट और रसूख़दार लोगों के शामिल होने की ख़बर थी। टीवी न्यूज़ चैनल के टीआरपी के लिए यह न्यूज़ परफ़ेक्ट थी। लेकिन परितोष शर्मा का फ़ोन घनघना रहा था। लोग यह

जानने के लिए उतावले हैं कि वे रसूख़दार लोग कौन हैं? जिनका नाम इस जघन्य हत्याकांड में आ रहा है।

हाइफ़ाइ सोसायटी के इस फ़्लैट में सेक्स रैकेट कौन चला रहा था? सेक्स रैकेट में लड़कियाँ दिल्ली से आती थीं या बंबई की हीरोइनें होती थीं? अवैध संबंध का मामला किनके बीच था? क्या पति-पत्नी वाइफ़ स्वैपिंग में लिप्त थे? इन सारे सवालों का जवाब पुलिस के पास था। मीडिया के पास तो बस मसालेदार कहानियाँ थीं जिसे गीतांजलि चौधरी ने एसएसपी साहब से मिले इनपुट को ब्रेकिंग न्यूज़ बना दिया था। अपने इनपुट हेड से मिले चैलेंज पर उसने लीड ले लिया। शहर का दिग्गज क्राइम रिपोर्टर परितोष शर्मा इस बड़ी ख़बर पर पिछड़ गया था। वह यह जानना चाह रहा था कि एक नई क्राइम रिपोर्टर को इस बीट की सबसे बड़ी न्यूज़ कैसे और किसने दी?

अनामी प्रसाद कहा करते थे कि न्यूज़, क्राइम और पॉलिटिक्स की दुनिया में जल्वा उसी का होता है, जिनके पास नेटवर्क होता है। यहाँ नेटवर्क ही नेटवर्थ होता है। परितोष अपनी दिमाग़ी कसरत में गीतांजलि के नेटवर्क का जोड़-घटाव कर ही रहा था कि अनामी प्रसाद जी का फ़ोन आता है।

"टीवी पर चल रहे न्यूज़ में कुछ डेवल्पमेंट है तो पता करो, क्योंकि अब इस न्यूज़ को कल के एडिशन में लेना पड़ेगा। सेक्स रैकेट का एंगल आने से यह मामला मसालेदार हो गया है और ख़बर बड़ी तो है ही।"

"मेरे पास सिर्फ़ इस केस में रसूख़दार लोगों के शामिल होने की न्यूज़ थी, जो मैंने दोपहर की मीटिंग में आपसे साझा की थी। सेक्स रैकेट और अवैध संबंध वाले एंगल पर मेरे पास कोई जानकारी नहीं है।"

परितोष ने सम्पादक जी को फ़ोन पर ही तल्ख़ अंदाज़ में कहा, "दोपहर की एडिटोरियल मीटिंग में यही ख़बर अनामी प्रसाद ने अखिल सिंह के कहने पर ड्रॉप कर दी थी। अब टीवी पर चलने के बाद उसे फ़ोन करके अपडेट माँग रहे हैं, भला कौन रिपोर्टर बर्दाश्त करेगा?"

अनामी प्रसाद समझ गए थे कि ग़लती हो गई है। व्यवसायिक व्यवहारिक के आधार पर वह ख़ुद ख़बर छापने का जोखिम टाल गए थे। इसको ख़बरों की डीलिंग कहते हैं। कोई चूकता है, कोई जमाता है। इंडिया ख़बर 24x7 ने ख़बर जमा दिया था। चूँकि न्यूज़ टॉक ऑफ़ द टाउन है इसलिए उन्हें अब इस ख़बर को छापना ही पड़ेगा। यह सम्पादकीय कॉल है।

फ़ॉर्चूनर पर लखनऊ की सड़कें नाप रहा त्रिलोचन परितोष की फ़ोन पर हो रही बात सुन रहा है, उसे अब तक मामला समझ में आ गया था। लिहाज़ा अपनी फ़ॉर्चूनर गोमतीनगर की तरफ़ मोड़ लेता है। परितोष शर्मा को ख़बर का खेल समझ में नहीं आ रहा था। सीधी बात यह थी कि उसे पच नहीं रहा था कि हफ़्ते-दस दिन पहले नोएडा से लखनऊ आई लड़की ने इतने चर्चित केस में बड़ा ख़ुलासा कैसे कर दिया। बहुत सोचते-सोचते वह गीतांजलि को फ़ोन करता है और फ़न मॉल मिलने के लिए बुलाता है। त्रिलोचन परितोष की बातें सुनकर कार को मॉल की तरफ़ लेता है और मॉल के बाहर ही परितोष को ड्रॉप कर देता है। ठीक सामने पान के खोखे से सिगरेट लेता है, जेम्स बॉन्ड स्टाइल में बड़ी ही बेफ़िक्री के साथ सुलगाता है और गीतांजलि का इंतिज़ार करने लगता है। गीतांजलि तो पहले से ही उसकी दीवानी है। थोड़ी ही देर में वह अपने कैमरामैन के साथ वहाँ पहुँचती है। परितोष जैसे ईगोइस्ट जर्नलिस्ट के लिए यह बहुत बड़ी बात थी कि उसपर वह अपने ईगो को एक किनारे रखकर गीतांजलि को फ़ोन करता है। उसके लिए यह जानना बहुत ज़रूरी था कि ख़बर का सोर्स क्या है? और दुनिया का सबसे सामान्य नियम, जब किसी से कोई राज़ उगलवाना हो तो उसे ख़ूब खिलाओ-पिलाओ, यह सब आज़माए नुस्ख़े हैं। परितोष गीतांजलि को रेस्टोरेंट में ले जाता है।

अब धरती पर भला कौन पुरुष है जिसे सौंदर्य पसंद नहीं। अपने परितोष को भी गीतांजलि अच्छी लगती है, लेकिन ख़बर को लेकर परितोष के अंदर की ईर्ष्या उसके पुरुषत्व वाले दिल को सौतिया डाह वाला स्त्री

बना देता है। उसके एक फ़ोन कॉल पर काम छोड़कर हाज़िर होने वाली गीतांजलि चौधरी का समर्पण देख परितोष पूछता है, "ड्यूटी पर हो...?"

गीतांजलि को परितोष शर्मा का यह पूछना अच्छा लगता है। टीवी न्यूज़ चैनल की ख़बरों के पीछे भाग-दौड़ में भला कौन पूछता है कि ड्यूटी पर हो या शिकार पर। परितोष ने कम से कम परवा तो की।

"हाँ! बट कोई इश्यू नहीं है। दिनेश दा मस्त आदमी हैं!"

परितोष शर्मा ने पीछे आ रहे कैमरामैन दिनेश को देखा। टीवी चैनलों के रिपोर्टरों के लिए कैमरामैन पत्नी के भाई की तरह होते हैं। कहीं कुछ इधर-उधर किया नहीं कि संस्थान के प्रबंधन का सारी बात उगल देंगे। यह अच्छी बात है कि गीतांजलि का कैमरामैन दिनेश मस्त आदमी है। इधर की बात उधर नहीं करते हैं। तीनों मॉल के अंदर जाते हैं।

परितोष दिनेश को देखकर मुस्कुराता है और गीतांजलि से पूछता है, "यहाँ के बंटी जी से परिचय है कि नहीं?"

"बंटी जी कौन?"

"इस मॉल के इंचार्ज हैं। आओ मिलाता हूँ।"

दोनों मॉल के अंदर जाते हैं तो कैमरामैन दिनेश बाहर ही रुक जाता है। यह देखकर परितोष उसे अंदर बुलाता है और कहता है, "दो पैग लेने में कोई प्रॉब्लम तो नहीं है।" दिनेश दा भी ज़रा संकोच करते हुए अंदर चल देते हैं। तीनों मॉल के तीसरे फ़्लोर पर स्थित रेस्ट्रो बार में जाते हैं और कोने की सीट पकड़कर बैठ जाते हैं। बार अटेंडेंट आता है तो परितोष उससे कहता है कि बंटी जी को भेज देना। फिर बातचीत शुरू हो जाती है। गीतांजलि ने उसे बताया कि आज एसएसपी साहब से मुलाक़ात हुई और वहीं स्पेशल ब्रांच वाले प्रदीप सिंह भी मिले थे।

"ही इज़ सो स्टूपिड! मैंने ज़रा-सा हेलो क्या कह दिया, अपने आपको सुपर कॉप समझने लगा।"

तभी बंटी जी भी आ गए और परितोष को ससम्मान नमस्कारी ठोकी, "बंटी जी कैसे हैं आप?"

“बढ़िया सर जी! आप सुनाओ, आजकल आ नहीं रहे इधर।”

“हाँ, बस ऐसे ही। गीतांजलि जी से मिलना था तो मैंने कहा यहीं बुला लेते हैं। यह गीतांजलि है बंटी जी। कोई दिक़्क़त न हो इसे।”

“हाँ-हाँ इनकी रिपोर्ट देख रहा था मैं थोड़ी देर पहले चैनल पर। बड़ा ख़ुलासा कर दिया मैडम आपने। आप मेरा नंबर लिख लो। एनी टाइम कॉल करना। दिस इज़ योर प्लेस!” वह फ़ोन में नंबर सेव करती है, बंटी जी नंबर बोलते हैं।

परितोष पैग लेता है और कैमरामैन दिनेश चिकन पीस तोडते हैं। परितोष की नज़र गीतांजलि पर है और गीतांजलि की आँखें परितोष पर। और टेबल पर सजी शराब तो पत्रकारों को हमेशा से पसंद आती है। गीतांजलि भी नोएडा जैसे शहर से आई है इसलिए खाने-पीने को लेकर वह भी खुले दिमाग़ की है। इस दौरान एसएसपी से मुलाक़ात में क्या बात हुई इसपर कोई चर्चा नहीं हुई। लेकिन परितोष को जो जानकारी चाहिए थी उसका सिरा कहाँ था, वह समझ चुका था। गीतांजलि ने ख़ुद ही बता दिया कि वह किससे मिलने गई थी और जिससे मिलने गई थी डबल मर्डर केस के बारे में सबसे ज़्यादा उसी को पता है। उसे यह समझते देर नहीं लगी कि एसएसपी साहब ने अपनी ख़बरों को प्लांट करने के लिए 24 घंटे लाइव टीवी न्यूज़ चैनल और 24 कैरेट जैसी ख़ूबसूरत गीतांजलि चौधरी को चुना है।

अब तक ईर्ष्या में जल रहे परितोष का तन-बदन सुलग रहा था। परितोष के चेहरे पर पराजित होने का दुख था। लेकिन सामने एसएसपी साहब की ख़ूबसूरत चाल को देखकर वह मुस्कुरा रहा था।

18

कैंपस और पुलिस इंवेस्टिगेशन

लखनऊ विश्वविद्यालय के कैंपस में छात्रसंघ चुनाव को लेकर गहमागहमी और चकल्लस चल रही थी। कुलपति कार्यालय के बाहर प्राध्यापकों और कर्मचारी नेताओं के बीच युवा छात्र नेता आशीर्वाद लेते फिरते थे। नेस्कैफ़ काफ़ी शॉप पर नए जोड़े भी चुनाव को लेकर रोमांचित हैं तो दूसरी तरफ़ शताब्दी हॉल के बाहर उम्मीदवार छात्रों को अपने शानदार तर्कपूर्ण भाषण से प्रभावित करने की कोशिश करते हैं। कैंपस के बाहर की स्थिति का क्या कहा जाए। पूरी राजधानी में लखनऊ विश्वविद्यालय के चुनाव को लेकर समीकरण बन रहे थे। अपराधी और नेता, दोनों ही वर्गों में अपने-अपने उम्मीदवारों को जिताने के लिए गुणा-गणित चल रहा है। असल में छात्रसंघ चुनाव से अपराधियों और नेताओं, दोनों को मैनपावर की ख़ुराक मिलती है। यह अजब संयोग है कि छात्र राजनीति की इस ख़ुराक से विचार का प्रसार भी होता है और अपराध का भी।

इंस्पेक्टर प्रदीप सिंह लखनऊ पहुँचने के साथ ही विश्वविद्यालय के चुनावी बयार में डबल मर्डर केस का सुराग़ खोज रहा था, लेकिन हाथ कुछ लगा नहीं। ब्रांच में तैनात अपनी टीम के दोनों सब इंस्पेक्टर और कॉन्स्टेबल

को भी डबल मर्डर केस के पीछे लगा देता है। उसे हर हाल में इस केस को खोल देना है। इंस्पेक्टर सिंह का अनुभव बता रहा था कि इस ब्लाइंड मर्डर केस में सेक्स रैकेट की लीड कहीं न कहीं विश्वविद्यालय में छुपी है क्योंकि डीपी दीक्षित की पत्नी रोली दीक्षित का संपर्क छात्र नेताओं से ख़ूब अच्छा था और हो सकता है वुमेन हॉस्टल में रह रही नई उम्र की लड़कियों में भी रहा हो।

प्रदीप कैंपस स्थिति एक पान की दुकान पर पहुँचता है। सिविल ड्रेस में प्रदीप सिंह दुकान से एक सिगरेट लेता है और चुनाव प्रचार कर रहे छात्र नेताओं को ताड़ रहा है। पान की दुकान पर लिखा है—*पवन गोसाई एंड परिवार* सिगरेट का कश छोड़ते हुए, "इस बार किसका पलड़ा भारी है गोसाई जी?" भारी-भरकम आवाज़ सुनकर पान वाला एक नज़र इंस्पेक्टर साहब की ओर देखता है। सादी वर्दी में प्रदीप सिंह की पर्सनालटी बहुत साधरण थी, इसलिए पान वाले ग़ोसाई को सिर्फ़ आवाज़ ही ठीक-ठाक समझ में आई। फिर बाहरी आदमी जानकर कहता है, "कहना मुश्किल है भइया! त्रिपुरारी मिश्र और दिग्विजय सिंह में टक्कर है। दूनों को फ़ुल सपोर्ट मिल रहा है। उनकी पार्टी का अखिल भारतीय छात्र परिषद और समाजवादी छात्र दल एही में से कोई जीतेगा। बहुत पइसा और बम-बारूद भरा है। किसी से कहिएगा नहीं।"

"किसी से मतलब?"

"पुलिस से! ससुरे ख़ुद को बहुत तेज़ बनते हैं। उतार के वर्दी आए न कैंपसवा में; ई स्टूडेंट हैं न, सब बहुत पॉवर फ़ुल हैं। सारी पुलिस की बैंड बजा देंगे।"

स्पेशल ब्रांच के प्रभारी के सामने पुलिस की भारी बेइज़्ज़ती हो रही थी। भला प्रदीप सिंह कब तक बर्दाश्त करते। मारे ग़ुस्से के चेहरा तमतमाए जा रहा था। फिर भी अपने ग़ुस्से पर कंट्रोल करता है।

"इधर कुछ आयटम भी मिल जाएगा क्या?"

आयटम—यह शब्द सुनते ही पवन गोसाई चौंक जाता है और प्रदीप सिंह से पूछता है, "कहाँ से आए हो?" प्रदीप सिंह धीरे-से उसके कान में अपना परिचय देता है।

पवन गोसाई के होंठ सूख जाते हैं और आवाज़ रुँध जाती है।

"सर जी! आपकी आवाज़ से हमको पहले से ही लग रहा था कि आप कोई हाई प्रोफ़ाइल आदमी हैं इसीलिए सब बक दिए। सर जी, हमारे पिता जी यह टपरी शुरू किए थे। हम बहुत छोटे थे तब से देख रहे हैं कैंपस में। इ जो स्टूडेंट लोग हैं इन्हें दुनियादारी नहीं आती है न, किसी को भी बम मार देते हैं। अब हम कुछ बोलेंगे तो दुकनिया उड़ा देंगे सर।"

"अच्छा! छात्र लोगों का इतना डर है यहाँ। पुलिस वाले कुछ एक्शन नहीं लेते हैं क्या?"

"एक्शन तो लेते हैं सर। लेकिन सब स्टूडेंट है न, नेता लोग धरना प्रदर्शन शुरू कर देते हैं और अख़बार वाले पुलिस को खलनायक बताएँगे। लिखेंगे कि छात्रों पर ज़ुल्म, बिना सुबूत के हवालात में डाला।"

"भले आदमी हो गोसाई जी।"

"सर, दो-एक दिन में छूट जाते हैं, उसके बाद वहीं करते हैं जो उन्हें आता है। हम को तो दुकान चलाना है सर।"

"कोई बात नहीं गोसाई, तुम अपनी दुकान चलाओ लेकिन इधर कुछ भी हो तो मुझे फ़ोन कर देना। और जानकारी न दी तो तुम्हारी दुकान उठा ली जाएगी।"

पान वाला कुछ जवाब नहीं देता, बस एक नंबर लिखने के लिए सिगरेट के डब्बे का टुकड़ा थमा देता है। गोसाई प्रदीप सिंह को कॉल गर्ल सप्लायर के तीन नंबर देता है।

"सर, हम जानते हैं कि आप पुलिस से हैं। पुलिसवालों से डरना नहीं चाहिए और कुछ छुपाना भी नहीं चाहिए।"

गोसाई जी की सिट्टी-पिट्टी गुम हो गई। जितना ज्ञान दे रहे थे, सब चूने में कत्थे की तरह मिल गया। लेकिन अब क्या हो सकता है। बंदूक़ से निकली गोली और मुँह से निकली बोली कभी लौटती नहीं है।

19

परितोष से मिला वॉन्टेड क्रिमिनल

गीतांजलि से उसके ख़बर का सोर्स क्या है इसकी जानकारी लेकर दोपहर के ठीक दो बजे परितोष शर्मा अपने ऑफ़िस पहुँचता है जहाँ एक लड़का सुशील त्यागी उससे मिलने आता है। सुशील को देखकर सम्पादक जी की भौहें तन जाती हैं। आख़िर हैं तो परितोष के गुरु ही, चेहरे को ख़ूब पहचानते हैं। भले परितोष आज बड़ा क्राइम रिपोर्टर हो गया हो लेकिन ख़बर सूँघने की शक्ति तो अनामी बाबू ही सिखाए हैं। तो चार दिन से क्या हो रहा है यह भी वह ख़ूब सूँघ रहे थे। सुशील त्यागी बुलंदशहर का वॉन्टेड अपराधी है। एक मामले में ज़िला-बदर है और लखनऊ में ही रहता है। परितोष शर्मा के नेटवर्क में ऐसे कई अपराधी और प्रदेश के कई ज़िलों के रिपोर्टर हैं।

परितोष सुशील को ऑफ़िस में देखकर पूछता है, “ऑफ़िस क्यों आए?... फ़ोन पर बात कर लेते।”

“ज़रूरी बात थी इसलिए चला आया। पता नहीं क्यों लगता है कि आपका फ़ोन टेप हो रहा है।”

इतना सुनते ही परितोष उसे ऑफ़िस के नीचे ले जाता है। अपने अड्डे पर पहुँचकर परितोष दो पेप्सी और सिगरेट लेता है और सुशील से पूरी बात

तफ़्सील से जानता है। सुशील की आवाज़ धीमी है और एक-एक शब्द ठोंक-पीटकर बोलता है।

"भइया, गोरखपुर के माफ़िया डॉन कौशल तिवारी हुसैनगंज के एक गेस्ट हाउस में ठहरा हुआ है। पाँच दिन से ऊपर हो गए हैं। हम गए थे कमरा लेने लेकिन मिला नहीं। मैनेजर ने बताया कि 15 कमरे थे, सब बुक हैं। हमने पूछा शादी है क्या? तो कुछ कहा नहीं, बस बताया कि गोरखपुर की पार्टी है कई दिन से रुकी है।"

परितोष उसकी बात ध्यान से सुन रहा था और सिगरेट के कश लिए जा रहा था। सुशील गेस्ट हाउस की पूरी जानकारी बताता है।

"भइया, कम से कम बीस आदमी हैं कौशल तिवारी के संग। हम बाहर वाली चाय की दुकान पर दो-तीन घंटे रहे थे। यूनिवर्सिटी का स्टूडेंट लीडर त्रिपुरारी मिश्र मिलने आया था और एक दो घंटे बाद वहाँ से चार-पाँच लड़के अस्लहे समेत उसके साथ कहीं गए थे। उसके बाद हम सीधे आपके पास चले आए।"

परितोष उसकी बात सुनकर त्रिलोचन को फ़ोन करता है और सुशील की कही बात को काउंटर चेक करने को कहता है। त्रिलोचन का सबसे बड़ा विरोधी कोई है तो वह त्रिपुरारी है। परितोष अब जानना चाहता है कि गेस्ट हाउस के त्रिपुरारी के साथ निकले अस्लहधारी लड़के कहाँ से आए हैं और लखनऊ में कहाँ रुके हैं।

परितोष शर्मा के लिए यह सूचना बहुत काम की है। ख़बर के लिहाज़ से सोलह आने खरी और नए एसएसपी साहब को डिस्टर्ब करने के लिए पर्याप्त मसाला। लेकिन परितोष अपने काम में कच्चा नहीं है। वह जानता है कि सुशील त्यागी पहले कौशल तिवारी के यहाँ गोरखपुर रहता था और तिवारी ने सुशील से किसी का मर्डर भी करवाया था। लेकिन काम होने के बाद सुपारी के लाखों रुपए उसे नहीं दिए थे। इसलिए हो सकता है कि वह यह बात अपने स्वार्थ से उसे बता रहा है। परितोष शर्मा ये सारी बातें सिगरेट के हर कश पर सोच रहा था।

थोड़ी ही देर में त्रिलोचन यादव का वापस फ़ोन कॉल आता है और उसने कौशल तिवारी के शहर में होने और त्रिपुरारी को सपोर्ट करने की पूरी कहानी सुना दी। परितोष के दिमाग़ में चल रहे ख़ुराफ़ात ने ख़तरनाक रंग लेना शुरू कर दिया था। लेकिन बड़ा सवाल था कि इस बात को साबित कैसे किया जाए। ख़बर छापने के लिए किसी का बयान होना चाहिए या कोई फ़ोटो। ऐसे में परितोष के पास सूचना के अलावा कुछ भी नहीं था। गेस्ट हाउस का मैनेजर कुछ बोलता नहीं और उससे सीधे पूछा तो कौशल तिवारी को पता चल जाएगा। लोकल थाने से ख़बर कंफ़र्म करने का कोई फ़ायदा नहीं क्योंकि उन्हें ख़ूब पता है कि उनके इलाक़े में किस होटल और किसी गेस्ट हाउस में क्या चल रहा है। और कौशल तिवारी कोई छोटा-मोटा गुंडा तो है नहीं, प्रदेश में न जाने कितने थानेदार उसके पैर छूते हैं।

रह जाते हैं एसएसपी विक्रमजीत सिंह, तो उनको ही सरप्राइज़ देने की तैयारी परितोष बाबू कर रहे थे। उनसे ख़बर कंफ़र्म करने या बयान लेने से क्या फ़ायदा। परितोष को यह भी पता है कि सम्पादक जी बिना प्रमाण के तो ख़बर छापेंगे नहीं। उन्हें राज़ी करना पड़ेगा क्योंकि ख़बर छापने का आधार सिर्फ़ एक तड़ीपार अपराधी की सूचना नहीं हो सकती है। सभी एंगल पर सोच-विचार कर परितोष शर्मा ने त्रिलोचन से कहा कि राजू यादव को बुलाओ। क्योंकि ख़बर बिना बवाल के नहीं बनेगी।

कुछ ही देर में सारे कलाकार एक जगह इकट्ठे हो जाते हैं। फिर तैयार होती है कौशल तिवारी गैंग के ऑपरेशन की स्क्रिप्ट। प्लान के मुताबिक़ अगले दिन सुबह-सुबह गेस्ट हाउस के बाहर सुशील त्यागी और राजू यादव को कौशल तिवारी के लड़कों से झगड़ा करना था। मामला हाइलाइट करने के लिए मौक़े पर हवाई फ़ायरिंग भी करनी थी जिससे कौशल तिवारी के वहाँ रहने की न्यूज़ और बड़ी बन जाए। ख़बर जितनी बड़ी बनेगी पुलिस पर दबाव उतना ज़्यादा होगा।

परितोष के लिए यह मामला एक तीर से कई निशाने साधने जैसा शानदार मौक़ा था। पहला—एसएसपी साहब के क़ानून व्यवस्था के सामने चैलेंज खड़ा कर देना। दूसरा—कैंपस की राजनीति से त्रिपुरारी मिश्रा का खेल समाप्त। तीसरा—प्रदीप सिंह को अरदब में लेने का यही सही मौक़ा था।

डबल मर्डर केस में एसएसपी का गीतांजलि चौधरी को टिप देने को लेकर परितोष भाई ज़रा पर्सनल हो गए थे। यह तो यूनिवर्सल ट्रुथ है कि लड़की का मामला हर कोई पचा नहीं पाता है। परितोष शर्मा अनजाने में एक अपराध की तरफ़ बढ़ जाता है जिसे वह सिर्फ़ महज़ एक ख़बर समझ रहा था। योजना फ़ुल प्रूफ़ तय हो जाती है। सुशील परितोष का पैर छूकर चला जाता है। त्रिलोचन यादव सब सुनिश्चित करने की अपनी भूमिका में रहता है। परितोष ख़बर छापने के लिए अनामी प्रसाद को कैसे मनाएगा यह सोचता हुआ ऑफ़िस की सीढ़ियाँ चढ़ने लगता है। ईगो को फ़िक्स करने के लिए क्राइम फ़िक्स हो गया था।

20

ख़ूबसूरत ब्रेक और ख़तरनाक साज़िश

परितोष अपनी डेस्क पर बैठा ख़बर लिख रहा होता है। न्यूज़ एडिटर साहब अपनी प्रिय महिला (सब-एडिटर) के साथ अख़बार के पेज पर ख़बर सजाने में बिज़ी थे। जब ज़्यादा टेंशन हो तो दिमाग़ को एक ख़ूबसूरत ब्रेक देना चाहिए। परितोष, गीतांजलि को फ़ोन करके पूछता है कि डबल मर्डर केस में आज कुछ अपडेट है क्या, गीतांजलि कहती है कि नहीं, अभी तक कुछ नहीं मिला, लेकिन ख़बर है कि किसी विधायक से पुलिस पूछताछ कर रही है। उस दिन के बाद से परितोष और गीतांजलि के बीच सीनियर-जूनियर का औपचारिक संबंध भी ख़त्म हो चुका था इसलिए परितोष की आवाज़ ठिठक रही थी। कहीं वह कुछ और न कह दे, "कुछ ख़ास डेवलपमेंट हो तो बताना।" इतना कहकर फ़ोन रख दिया। रिपोर्टर एक-दूसरे से न्यूज़ इन्फ़ॉर्मेशन लेते-देते रहते हैं और क्राइम में तो इतनी घटनाएँ होती हैं कि एक न्यूज़ कभी भी बड़ी हो सकती है, इसलिए एक-दूसरे का बड़ा सम्मान होता है।

ख़ैर, त्रिलोचन ने अरशद को फ़ोन करके प्लान के बारे में बता दिया। योजना के अनुसार अरशद को सुबह गेस्ट हाउस के पास होने वाली घटना का वीडियो बनाकर अपने चैनल पर ब्रेकिंग न्यूज़ चलानी थी। परितोष ने

लखनऊ पुलिस को ख़बरों से घेरने की पूरी फ़िल्डिंग तैयार कर दी थी। और ख़ुद बड़ी ख़बर बनाकर सम्पादक जी से निवेदन किया कि इस ख़बर को लगा दें। सम्पादक जी बहुत देर से ख़बर सूँघ रहे थे और परितोष के निवेदन के पीछे क्या स्क्रिप्ट लिखी गई है, उन्हें समझते देर नहीं लगी। लेकिन सम्पादक जी की यही एक ख़ासियत थी कि उनके हाथ से छपी ख़बर कटती नहीं है। उन्होंने पूछा, "प्रमाण?"

परितोष, "सर, गेस्ट हाउस के मालिक से बात की थी, लेकिन वह मना कर रहा है कि कोई अपराधी रुका है और सर वह हमें बताएगा भी क्यों? आप तो जानते ही हैं कि ज़बरदस्ती ही टिका होगा कौशल!"

सम्पादक जी स्पष्ट शब्दों में पूछते हैं, "कल को गेस्ट हाउस वाला कह देगा कि फ़र्ज़ी ख़बर है तो क्या जवाब देंगे हम लोग?"

परितोष, "फ़र्ज़ी नहीं है सर यह, मैं कल सुबह सात बजे से पहले साबित कर दूँगा।

यह सुनकर सम्पादक जी चौंक गए। उनके करियर में अब तक कोई ऐसा रिपोर्टर नहीं मिला था जिसने ख़बर को साबित करके फ़ैक्ट छपने के बाद देने को कहा हो। सम्पादक जी इससे पहले कि कुछ कहते उनकी आँखें फट गईं और चेहरा ग़ुस्से से लाल हो गया, लेकिन वह ही जानें परितोष से उन्हें मूल और सूद का कितना हिसाब बाक़ी है। बात को टालते हुए कहा, "ख़बर छपने के बाद तुम साबित करोगे कि ख़बर सही है। दिमाग़ का फ्रेम कैसे टाइट हो गया है तुम्हारा। जाओ निकलो यहाँ से, फ्रेम खोलकर ख़बर लाना, तब लिखना ख़बर।"

"सर, एक पत्रकार का काम यह लिखना है कि अपराधी कहाँ क्या कर रहे हैं। अब हम पुलिस को बताने लगें कि अपराधी कहाँ छुपे हैं और कौन-सा अपराध करने वाले हैं तो फिर पुलिस क्या काम करेगी?"

गुज़ारिश के अंदाज़ में परितोष की इमोशनल ब्लैकमेलिंग को सम्पादक जी ख़ूब अच्छे से समझ रहे थे।

"इन भावनात्मक बातों से ओपिनियन आर्टिकल लिखा जाता है परितोष, ख़बर नहीं। दिमाग़ का दही न करो बिना किसी वर्ज़न के कैसे एक्सक्लूसिव ख़बर छाप दूँ मैं? मेरा वादा है कि इसे लीड स्टोरी में छाप दूँगा लेकिन पहले पुलिस का वर्ज़न।"

परितोष शर्मा सम्पादक जी को बहुत समझाता है कि सूत्र के हवाले से ख़बर छाप दें, लेकिन अनामी प्रसाद टस से मस नहीं हुए। काफ़ी देर के मान मनौव्वल और इमोशनल अत्याचार के बाद यह तय हुआ कि कोई पुलिस को इस बात की जानकारी दे और उसके वर्ज़न लिया जाएँ। अनामी प्रसाद इस बात पर राज़ी हो गए। परितोष की नाक पर बैठी ईगो दिमाग़ की ख़ुराक पाकर ज़िद पर अड़ी थी। पुलिस महकमे को अरदब में लेने के लिए उसने गेम सेट किया। गुरु इसीलिए गुरु होता है, अनामी प्रसाद अपने चेले को हार मानता न देखकर रास्ता बता देते हैं। परितोष भी शार्प शूटर जर्नलिस्ट हैं उसने फ़ौरन त्रिलोचन को फ़ोन घुमाया और फिर अरशद को कैंपस में भेजकर शिकायती पत्र लिखवाया।

थोड़ी ही देर में लखनऊ विश्वविद्यालय के छात्रसंघ चुनाव में अध्यक्ष पद के उम्मीदवार त्रिलोचन यादव कुलपति को इस बाबत एक ज्ञापन देता है।

"छात्रसंघ चुनाव में उम्मीदवारों के प्रचार हेतु बाहरी युवक परिसर में आ रहे हैं। जिससे छात्र-छात्राओं की सुरक्षा चिंता का विषय है। अतएव माननीय कुलपति महोदय से निवेदन है कि बाहरी युवकों का विश्वविद्यालय परिसर में प्रवेश पर अति शीघ्र प्रतिबंध लगाएँ। महोदय को सूचित करना है कि प्रार्थी को सूचना मिली है कि पूर्वांचल के एक बड़े माफ़िया के लोग एक उम्मीदवार के समर्थन में अस्लहों से लैस परिसर में आते-जाते

हैं। उक्त माफ़िया हुसैनगंज के एक गेस्ट हाउस से चुनाव का संचालन कर रहा है।

आपका त्रिलोचन यादव
एमए द्वितीय वर्ष[इतिहास]

इस पत्र के आधार पर ख़बर तो खड़ी हो गई। लेकिन एक और पेंच फँसा था कि कुलपति को ज्ञापन रात आठ बजे कैसे दिया जाए। बहरहाल, परितोष ने इस शिकायती पत्र के आधार पर ख़बर को री-एडिट कर दिया और सम्पादक जी के हवाले कर दिया।

सम्पादक जी ने भी ख़बर को सही मान लिया, वे जानते थे कि त्रिलोचन अपनी बात पर क़ायम रहेगा। लेकिन उन्होंने परितोष को चेताया ज़रूर, "परितोष बस एक बात याद रखना, साहस अच्छा होता है, दुस्साहस नहीं।"

परितोष, "सर दस साल से आप देख रहे हैं कि कभी कोई ख़बर ग़लत नहीं दी। थोड़ा ज़रूरी था इसलिए।" उसकी बात काटते हुए सम्पादक जी पूछते हैं, "कल सुबह क्या कर रहे हो तुम लोग वहाँ?"

शातिर परितोष गुरु को गुरु की बात से काटता है, "सर, आपने ही तो कहा था कि जो आपको रौंदने की कोशिश करे उसके रास्ते में काँटे बो देने चाहिए।"

इधर अरशद और त्रिलोचन ने जुगत लगाई और शिकायती पत्र चीफ़ प्रॉक्टर कार्यालय में सौंप दिया जिसके नीचे लिख दिया— '*कॉपी मीडिया को प्रकाशनार्थ*' योजना के मुताबिक़ कुलपति को सुबह कार्यालय खुलने पर ज्ञापन सौंप दिया जाएगा।

सूद के मोह ने सम्पादक जी के उसूल को तोड़ दिया। उन्होंने ख़बर अप्रूव कर दी और रात के एक बजे तक अपने पास रोके रखी। सारा स्टाफ़

एक-एक कर जा रहा था, लेकिन ख़बर अभी तक पेज पर लगी नहीं। अनामी जी ने पेज डिज़ाइनर को रोक लिया था। अनामी जी अक्सर यही करते थे। सबके जाने के बाद ख़ुद ख़बर संपादित कर पेज डिज़ाइनर से कोई ख़बर हटाकर एक्सक्लूसिव न्यूज़ लगा देते और आख़िरी टाइम पर प्रिंटिंग प्रेस को भेजते ताकि ख़बर लीक न हो।

21

बैक टू बैक प्लान

माफ़िया गेस्ट हाउस में—पुलिस रेस्ट हाउस में

पूर्वी उत्तर प्रदेश के माफ़िया हरिहर तिवारी के पुत्र कौशल तिवारी पिछले पाँच दिनों से हुसैनगंज के एक गेस्ट हाउस में अपने बीस आदमियों के साथ टिके हुए हैं। और लखनऊ पुलिस को इसकी जानकारी तक नहीं। सूत्र बताते हैं कि कौशल तिवारी अपनी बिरादरी के छात्र नेता त्रिपुरारी मिश्र के समर्थन में लखनऊ में डेरा डाले हुए हैं। और उन्हें विश्वविद्यालय का अध्यक्ष बनवाकर ही दम लेंगे।

छात्रसंघ अध्यक्ष पद के दूसरे प्रत्याशी त्रिलोचन ने कुलपति से की शिकायत। गेस्ट हाउस से माफ़िया चुनाव को कर रहा है प्रभावित।

अगले दिन सुबह लक्ष्मणपुर टाइम्स लखनऊ के फ्रंट पेज पर पूर्वांचल के माफ़िया कौशल तिवारी की ख़बर छप गई। न्यूज़ पेपर और न्यूज़ चैनल के बीच यही अंतर है कि पेपर 24 घंटे बाद ही आता है जबकि

न्यूज़ चैनल 24 घंटे चलता रहता है। चौबीस घंटे बाद ही सही न्यूज़ चैनल की ब्रेकिंग ख़बर से पिटे अख़बार के लिए आज की सुबह लक्ष्मणपुर टाइम्स अख़बार के नाम थी। पंचशील डबल मर्डर केस में एसएसपी से गीतांजलि को मिले एक्सक्लूसिव इनपुट की वजह से इंडिया चैनल 24x7 दिनभर लीड पर रहा। यह परितोष शर्मा जैसे दिग्गज क्राइम रिपोर्टर की शान में गुस्ताख़ी थी। गेस्ट हाउस में माफिया के रुकने की खबर फोड़कर लक्ष्मणपुर टाइम्स ने फिर लीड ले ली। सुबह-सुबह सनसनीख़ेज़ एक्सक्लूसिव न्यूज़ से लखनऊ का सियासी माहौल गर्मा गया और चंद घंटों में लखनऊ के गली-मोहल्लों और सरकारी अधिकारियों के आवास पर पहुँच गया। चूँकि लखनऊ यूनिवर्सिटी का मामला था इसलिए लोगबाग और मज़े लेकर ख़बर न सिर्फ़ पढ़ रहे थे बल्कि लखनऊ पुलिस की कार्यशैली का मज़ा भी ले रहे थे। वैसे भी लोगबाग मानते हैं कि पुलिस केवल कमज़ोरों को ही पकड़ती है। परितोष ने पुलिस की कार्यशैली पर बड़ा सवाल खड़ा कर दिया। महीने भर पहले हुए दंपत्ति के डबल मर्डर के बाद इस तरह की ख़बरों से लॉ एंड ऑर्डर पर असर पडता है और सरकार की छवि को नुक़सान पहुँचता है। ज़ाहिर है, इस मर्डर केस को सॉल्व करने के लिए लाए गए एसएसपी पर एक नए बवाल का इनाम मिल जाता है। लेकिन परितोष शर्मा ने तो सुबह-सुबह सनसनी ही नहीं धमाके की पूरी तैयार कर रखी थी। अख़बार में छपी ख़बर पर पुलिस महकमा कुछ प्रतिक्रिया देता, उससे पहले दूसरा धमाका होने वाला था।

लक्ष्मणपुर टाइम्स न्यूज़ पेपर लखनऊ के हर कोने, हर दफ़्तर में पहुँच चुका था। माफ़िया कौशल तिवारी के हुसैनगंज के गेस्ट हाउस में रहने और लखनऊ विश्वविद्यालय के छात्रसंघ चुनाव में अपने प्रत्याशी को जिताने के लिए गेम सजाने की ख़बर लोगबाग को बड़ी ही दिलचस्प लग रही थी। एक ख़बर छपने के बाद बात जंगल में आग की तरह फैलती है, लेकिन परितोष एंड गैंग को ख़बर छापने के साथ-साथ उसे एस्टेबलिश करना था और यह

उतना ही ख़तरनाक था जितना बिना आधार के ख़बर छापना। परितोष के नाक पर चढ़े ईगो ने अजीबो-ग़रीब जंग का प्लान बनाया था जो एक के बाद एक क्राइम लाइन पर होता जा रहा है था। प्लान के मुताबिक़ सुशील त्यागी और राजू यादव के लोग अपने दो दोस्तों के साथ गेस्ट हाउस के पास वाली चाय की दुकान पर पहुँचते हैं। चाय की दुकान पर जनता अख़बार में छपी ख़बर का आनंद ले रही थी। वहीं पर कौशल तिवारी गैंग के तीन गुंडे भी चाय की चुस्की ले रहे थे और न्यूज़ पेपर में अपने बारे में छपी ख़बर के मज़े ले रहे थे। अपराधी प्रवृत्ति के लोगों को अपनी बुराई भी अख़बार में पढ़कर फ़ील गुड होती है। बेचारे शूटरों को क्या पता कि उनकी ख़बर उनके महिमामंडन के लिए नहीं, उनकी फ़िल्डिंग सजाने के लिए छपी है। तभी राजू यादव ने सबसे आगे बैठे एक गुंडे को गोली मार दी, गोली चलते ही बाक़ी दोनों चाय फेंककर गेस्ट हाउस की तरफ़ भागते हैं। सुशील त्यागी उन्हें ललकारता है और चीख़-चीख़कर बोलता है, "बता देना अपने डॉन को कि छात्रसंघ चुनाव में दख़्ल न दें, नहीं तो अगली गोली उसपर चलेगी।"

राजू यादव अस्लह लहराकर चाय की दुकान पर मौजूद लोगों को ट्रेलर देता है और सुशील चीख़-चीख़कर सब को बताता है कि माफ़िया डॉन कौशल तिवारी कई दिनों से इस गेस्ट हाउस में टिका है। इस सारी घटना को वहाँ से गुज़र रहे यूपी टीवी के क्राइम रिपोर्टर अरशद रिज़्वी ने कैमरे में शूट कर लिया और थोड़ी देर में अपने न्यूज़ चैनल यूपी टीवी चैनल पर गेस्ट हाउस के बाहर गोली मारकर हत्या करने की ख़बर ब्रेकिंग कर दी। गेम प्लान के मुताबिक़ खेला जा चुका था, कौशल तिवारी गेस्ट हाउस में रुका है यह साबित हो चुका था।

परितोष की बनाई स्क्रिप्ट पर अमल करते हुए, अरशद अपने चैनल पर ख़बर ब्रेक करके दूसरे रिपोर्टरों को भी शेयर कर देता है, साथ ही अरशद ने ख़बर और वीडियो गीतांजलि चौधरी को भी भेज दी। जिस ख़बर की बीती रात बारह बजे तक कोई पुष्टि नहीं थी। सुबह आठ बजते-बजते वह ख़बर साबित

हो गई, बस उस एक अदद ख़बर को साबित करने के लिए एक शख़्स की हत्या हो जाती है। गेस्ट हाउस में माफ़िया कौशल तिवारी है, यह अब सबको पता चल चुका था। पुलिस अब इस ख़बर को फ़र्ज़ी या ग़लत नहीं बता सकती है।

सुशील त्यागी और राजू यादव अपना काम करके वहाँ से निकल जाते हैं। कौशल तिवारी के लोग अचानक हुए वारदात से भौंचक हो जाते हैं। हालाँकि कौशल न्यूज़ पेपर में ख़बर छपने के बाद ही समझ जाता है कि पुलिस गेस्ट हाउस पर छापा ज़रूर मारेगी इसलिए सब ठिकाना बदलने की तैयारी में थे। लेकिन गोली चलने की वारदात से वे सकते में हैं और फटाफट गेस्ट हाउस छोड़कर फ़रार हो जाते हैं। थोड़ी ही देर में गेस्ट हाउस पर पुलिस का छापा पड़ता है। स्पेशल ब्रांच इंचार्ज प्रदीप सिंह भी मौक़े पर पहुँचता है। चाय की दुकान पर युवक की लाश को पुलिस क़ब्ज़े में ले लेती है और पंचनामे की कार्यवाही करती है। थोड़ी देर में ही मौक़ा-ए-वारदात पर एसएसपी साहब पहुँचते हैं। कई सारे रिपोर्टर्स-फ़ोटोग्राफ़र्स भी पहुँच जाते हैं। सर्किल के सीओ और लोकल थाने का एसएचओ एसएसपी साहब को ब्रीफ़िंग देते हैं।

सीओ, "सर, मरने वाले की शनाख़्त हो गई है। गोरखपुर के चिल्लूपार इलाक़े का रहने वाला है। इसका नाम सत्यप्रकाश पाण्डेय है। गेस्ट हाउस के मालिक जग प्रवेश गोयल को हिरासत में ले लिया है। पूछताछ में बताया गया है कि कौशल तिवारी ने तीन दिन से दस कमरे ज़बरदस्ती ले रखे थे और उसके साथ क़रीब 20-25 लड़के रह रहे थे। सभी सुबह ख़बर छपने के बाद यहाँ से निकलने की तैयारी में थे। उनमें से कुछ बाहर चाय के ठीहे पर चाय पी रहे थे कि तभी वहाँ पहुँचे एक अन्य ग्रुप के सदस्य से किसी बात पर कहा-सुनी हुई और दोनों तरफ़ से गोलियाँ चलीं जिसमें यह लडका मारा गया। गोली चलाने वाले के बारे में चाय वाले को कोई जानकारी नहीं है।"

एसएसपी विक्रमजीत सिंह लोकल थाने के एसएचओ साहब की तरफ़ देखते हैं। एसएचओ साहब की हालत ख़राब हो जाती है। थानेदार एसएसपी साहब के आँखों से पूछे गए सवाल का लटपटाते हुए जवाब देते हैं, "सर,

कल ही मुझे सूचना मिली थी कि गेस्ट हाउस में कुछ लोग ज़बरदस्ती रुके हैं तो मैंने स्वयं मय फ़ोर्स रेड की थी। मौक़े पर कोई नहीं था और रजिस्टर में भी कोई एंट्री नहीं थी, सर। मैंने इसके मालिक गोयल को चेतावनी दी थी सर। गोयल को थाने पर बिठा रखा है सर, थोड़ी देर में गोली चलाने वालों को खोज लेंगे। यहीं आसपास के लगते हैं।"

इंस्पेक्टर प्रदीप सिंह एसएसपी साहब को सलामी देकर कान में कुछ कहता है और मौक़े का मुआयना करता है। इतनी देर में अरशद से वीडियो और ख़बर मिलते ही गीतांजलि चौधरी भी मौक़े पर पहुँचती है और अपने कैमरामैन को कैमरा ऑन करने की डायरेक्शन देते हुए सीधे एसएसपी साहब के पास पहुँचती है और चैनल का माइक आईडी मुँह पर लगा देती है।

"सर पाँच दिनों से कोई अपराधी शहर में है और उसकी भनक तक पुलिस को नहीं लगती है। हालत तो यह है कि आज सुबह न्यूज़ अख़बारों में भी छप गई। विरोधी गैंग के लोग ख़बर पढ़कर गेस्ट हाउस पर हमला कर देते हैं लेकिन पुलिस कंबल ओढ़कर सो रही है। सर आपका क्या रिएक्शन है?"

"हम सभी घटनाओं के हर पहलू की जाँच कर रहे हैं और बहुत जल्दी किसी नतीजे पर पहुँचेंगे।"

तभी एक दूसरे पत्रकार ने एसएसपी पर सवाल दाग़ा, "सर मीडिया में माफ़िया कौशल तिवारी के शहर में होने और किसी बड़ी घटना के होने का अंदेशा जताया जा रहा है, लेकिन पुलिस को जानकारी तक नहीं है; क्या अब भी आपको पुलिस फ़ोर्स से ज़्यादा पत्रकारों पर भरोसा है?"

"पत्रकारों पर भरोसा था, लेकिन उन्होंने ख़बर छापने में दिलचस्पी लेने की जगह हमें कल रात सूचित किया होता है तो शायद यह घटना नहीं होती। अच्छा समाज बनाने की ज़िम्मेदारी सिर्फ़ पुलिस की ही नहीं है। हम भी तभी सफल होंगे जब आप लोग अपनी ज़िम्मेदारी निभाएँगे। इस मामले में पुलिस विभाग के जिस भी अधिकारी ने ग़लती की है, हम उसके

ख़िलाफ़ विभागीय कार्रवाई करेंगे। सभी के सहयोग से ही आदर्श समाज बनता है। वरना खोजते रहिए पुलिस की कमियाँ, निकालिए हमारे काम में मीनमेख़। ख़बर छापने से पहले आपकी भी ज़िम्मेदारी बनती थी कि आप पुलिस को इन्फ़ॉर्म करते लेकिन आप भला क्यों करते आपको इससे क्या फ़र्क़ पड़ता है। ख़बर मिलने और सुबह लोगों तक पहुँचने में दस घंटे लग गए। इतनी देर में हम उन्हें पकड़ सकते थे। लेकिन आपके बीच के ही एक क्राइम रिपोर्टर ने हमें बताना उचित नहीं समझा।"

एसएसपी साहब सवालों से झल्लाकर पत्रकारों को लेक्चर देते हैं, लेकिन पत्रकारों का काम ख़बर निकालना है, लेक्चर सुनना नहीं। गीतांजलि ने दूसरा सवाल पूछा, "सर, सारी बातें सही हैं लेकिन सनसनीख़ेज़ डबल मर्डर केस में अभी तक कोई गिरफ़्तारी नहीं हुई है। उसके बाद होटलों और गेस्ट हाउसों में अपराधी भरे पड़े हैं। क्या होटल बिना वेरिफ़िकेशन के चल रहे हैं?"

पहले से ही इरिटेट हो चुके एसएसपी विक्रमजीत सिंह क्या कहते, इस बार रटारटाया जवाब दे दिया, "हमने सभी होटल्स और गेस्ट हाउसों की चेकिंग शुरू कर दी है। और ग़लत तरीक़े से स्टे दे रहे होटल का लाइसेंस रद्द करने के लिए संबंधित विभाग को लिखेंगे।"

गीतांजलि कैमरे की तरफ़ टर्न लेती है। लाइव टेलीकास्ट टीवी न्यूज़ चैनल पर चल रहा है। वह कहती है :

पुलिस की जाँच जारी है। लेकिन पुलिस एसएसपी का कहना है कि कुछ पत्रकार केवल ख़बर बनाना चाहते हैं जिन्हें इस घटना की जानकारी थी उन्हें पुलिस को बताना चाहिए था। लेकिन यह नहीं बता पा रहे हैं कि गेस्ट हाउस में इतनी बड़ी संख्या में अपराधी कैसे रुके थे। या आतंकवादी भी हो सकते थे। कैमरापर्सन दिनेश प्रजापति के साथ गीतांजलि चौधरी इंडिया ख़बर 24x7 लखनऊ।

22

सिस्टम इज़ सिस्टम

जगलर क्राइम रिपोर्टर परितोष शर्मा ने अपना काम कर दिया था। एक माफ़िया जो शहर में ग़लत तरीक़े से एक गेस्ट हाउस में अपने गैंग के साथ क़ाबिज़ था और लखनऊ पुलिस को इसकी भनक थी या नहीं, यह बहुत मतलब नहीं रखता, लेकिन ख़बरों की दुनिया में पाठक और दर्शकों को परसोने के लिए एक रिपोर्टर के लिए मसालेदार ख़बर थी। और परितोष शर्मा को लखनऊ पुलिस की क़ाबिलियत पर सवाल उठाने के लिए यह सूचना काफ़ी थी। वह कहते हैं न मीडिया वाले तिल को ताड़ बना देते हैं। लेकिन ख़बरों की दुनिया के क्राइम मास्टर परितोष शर्मा ने ख़बर छापने के साथ गोलीबारी की घटना की जो रणनीति बनाई वह अपराध की श्रेणी में आती है। एसएसपी विक्रमजीत सिंह ने इस पूरे मामले को बहुत पर्सनली ले लिया क्योंकि यह लखनऊ पुलिस पर सवाल से ज़्यादा एसएसपी की धमक पर हमला था। लिहाज़ा, उन्होंने ज़िले के सभी सीनियर अफ़सरों को इस मामले की जाँच में लगा दिया, साथ-साथ यह भी इनपुट माँगा कि इस पूरी घटना के साथ जयहिंद में ख़बर लिखे जाने की वजह और टाइमिंग का कुछ कनेक्शन है क्या? हालाँकि स्पेशल ब्रांच के प्रदीप सिंह ने पूरा होमवर्क पहले ही कर रखा था। उसे कड़ी से कड़ी जोड़ते देर नहीं लगी। घटना के ठीक पहले, रात में चीफ़

प्रॉक्टर को शिकायत करना और उसके आधार पर दूसरे दिन सुबह परितोष की एक्सक्लूसिव ख़बर लिखना एक संयोग हो सकता है। लेकिन मौक़े पर अरशद रिज़्वी की एक्सक्लूसिव रिपोर्टिंग करना पुलिस का शक पुख़्ता करता है कि कहीं न कहीं गेस्ट हाउस के बाहर मर्डर एक सोची-समझी साज़िश है। एक और बात जिसके बारे में परितोष ने भी अंदाज़ा नहीं लगाया था कि उसके ऑफ़िस में उससे मिलने बुलंदशहर का तड़ीपार हिस्ट्रीशीटर सुशील त्यागी का आना एक अहम कड़ी साबित होगी। यही वह कड़ी थी जहाँ प्रदीप सिंह अपने इन्वेस्टिगेशन में अटकता है। आख़िरकार एक तड़ीपार हिस्ट्रीशीटर से परितोष का क्या संबंध हो सकता है। पुलिस को यह मुलाक़ात संदिग्ध लगती है। इसी आधार पर प्रदीप सिंह सुशील त्यागी को उठा लेता है।

परितोष अपने घर बैठा चाय की चुस्की का आनंद ले रहा था और टीवी न्यूज़ चैनल पर गीतांजलि की धारदार रिपोर्टिंग देख रहा था। मन ही मन उसे ख़बरों में पीटने के गर्व में डूबा था। कमरे की दीवार पर भगत सिंह का पोस्टर लगा था जिसपर लिखा था :

मैं एक मानव हूँ और जो कुछ भी मानवता को प्रभावित करता है उससे मुझे मतलब है।

परितोष शर्मा की ज़िंदगी के फ़लसफ़े बदल चुके थे। एक क्रांतिकारी विचार वाला पत्रकार क्राइम बीट का धाकड़ रिपोर्टर बनता है, लेकिन सिस्टम के दाँव-पेंच में उसका ट्रैक कब बदल गया उसे ख़ुद भी नहीं पता चला। तभी उसके मोबाइल पर किसी सिपाही का कॉल आता है, वह तुरंत फ़ोन कॉल रिसीव करता है, कॉल पर पुलिस में उसका इन्फ़ॉर्मर है। उसने सिर्फ़ इतना बताया कि सुशील त्यागी को प्रदीप सिंह ने उठा लिया है। सामने न्यूज़ चैनल पर गीतांजलि चौधरी लाइव हैं और ब्रेकिंग न्यूज़ की पट्टी चल रही है :

इस वक़्त की बड़ी ख़बर—गेस्ट हाउस कांड में एक बदमाश को गिरफ़्तार कर लिया गया है। लखनऊ पुलिस की स्पेशल ब्रांच ने

घटना के घटित होने के एक घंटे के अंदर हुसैनगंज में गेस्ट हाउस के बाहर गोली चलाने वाले सुशील त्यागी को गिरफ़्तार कर लिया है। स्पेशल ब्रांच का ऑपरेशन इंस्पेक्टर प्रदीप सिंह ने लीड किया। सुशील त्यागी पश्चिमी उत्तर प्रदेश के बुलंदशहर का रहने वाला है और उसपर 25 से ज़्यादा मुक़दमे हैं। सुशील त्यागी को ज़िला अदालत ने पिछले साल तड़ीपार कर दिया था जिसके बाद से वह गोरखपुर में रहता था। लेकिन पैसों के विवाद की वजह से वह लखनऊ में रहने लगा था। पुलिस के सूत्रों की मानें तो स्पेशल ब्रांच पता कर रही है कि सुशील त्यागी ने ये हत्या क्यों की और इस घटना में और कौन-कौन शामिल हैं।

परितोष शर्मा के चेहरे पर तनाव की लकीरें पड़ जाती हैं, घंटे भर में ही पुलिस ने उसकी स्क्रिप्ट पलट दी थी और न्यूज़ चैनलों पर ख़बर पुलिस के फ़ेवर में हो गई थी। असल में एसएसपी विक्रमजीत सिंह ने बड़ी तेज़ी के साथ सुशील त्यागी की गिरफ़्तारी की ख़बर गीतांजलि से ब्रेक भी करवा दी थी ताकि पुलिस की नाकामयाबी की ख़बरों से जनता में ग़लत संदेश न जाए। लेकिन इससे ज़्यादा डराने वाली बात दूसरी थी कि कहीं सुशील त्यागी के बाद पुलिस परितोष को न पकड़ ले। परितोष शर्मा साहसी ही नहीं दुस्साहसी था। परितोष ने बिना सोचे-समझे सीधे प्रदीप सिंह को फ़ोन करता है। प्रदीप सिंह एक रिंग में ही फ़ोन रिसीव करता है।

"प्रदीप जी कैसे हैं!"

"कौन..."

"परितोष!"

"कौन परितोष?"

प्रदीप सिंह को भी उम्मीद नहीं होगी कि परितोष सीधे उसे फ़ोन करेगा। इसके बाद परितोष अपने नाम पर ज़ोर देकर कहता है, "परितोष शर्मा।"

"प्रदीप सिंह तो जानता ही है कि परितोष शर्मा दबंग क्राइम रिपोर्टर है।"

"अच्छा! पत्रकार महोदय... कहिए क्या सेवा करें?"

परितोष अच्छे से जानता है कि प्रदीप सिंह टेढ़ा और अक्खड़ पुलिसवाला है सो सीधे मुद्दे पर आता है, "सुशील कहाँ है?"

"मालूम है! मालूम है साहब!! आप ही का शागिर्द है, लेकिन मैं छोड़ूँगा नहीं!!! कोई और सेवा हो तो आदेश करें।"

"फिर क्या बात करें प्रदीप जी आपसे। आपने तो बात सुनने से पहले ही सेवा करने से मना कर दिया। जैसी आपकी मर्ज़ी।"

"जैसा सुना था, वैसे ही हो परितोष शर्मा। चिड़िया उड़ने से पहले ही उसकी उड़ने की दिशा जान लेते हो।"

परितोष मुस्कुराता हुआ कहता है, "इंस्पेक्टर साब, सिर्फ़ चिड़िया की दिशा ही नहीं बल्कि उड़ती चिड़िया को मार गिराने का हुनर भी आता है। अब आपने बात छेड़ ही दी है तो नमूना भी बहुत जल्द पेश कर देंगे।"

इंस्पेक्टर प्रदीप सिंह फ़ोन पर हुई इस बातचीत से परितोष की साइकोलॉजी समझ लेता है। इस छोटी-सी बातचीत से एक तेज़-तर्रार इंस्पेक्टर को समझने में देर नहीं लगी कि परितोष शर्मा सिस्टम से दो-दो हाथ करने को तैयार है, प्रदीप ने सिर्फ़ इतना ही कहा, "सिस्टम इज़ सिस्टम परितोष जी।"

हालाँकि परितोष शर्मा ने फ़ोन करके प्रदीप सिंह को मनोवैज्ञानिक दबाव बनाने की कोशिश की थी। अब यह कितना असर दिखाती है यह तो बाद में पता चलेगा लेकिन यह जिगरा बहुत कम पत्रकारों में होता है। एक छोटा-सा ईगो अब एक बहुत बड़ी घटना की वजह बन गया था और एक पेशेवर काम बिना वजह दूसरे पेशेवर ज़िम्मेदारियों को चुनौती दे रहा था।

23

क्या परितोष गिरफ़्तार होगा

जानने वाले जानते हैं कि परितोष शर्मा एक शानदार जर्नलिस्ट है। उसका दिमाग़ अपने आसपास होने वाली घटनाओं को कम्प्यूटर की तरह पढ़ता है और लगे हाथ समीकरण भी सेट कर देता है। लेकिन पुलिस एक सिस्टम है और वह महज़ एक आदमी। सिस्टम से लड़ना इतना आसान नहीं होता है। टीवी न्यूज़ चैनलों पर दिनभर गेस्ट हाउस कांड को लेकर न्यूज़ अपडेट्स दिखाई जाती रहीं। हर ब्रेकिंग न्यूज़ के साथ जनता टीवी सेट से चिपकी रही। मानो लखनऊ पुलिस टीवी स्क्रीन से निकलकर हत्यारों को पकड़ लेगी।

परितोष शर्मा को भी उसके सूत्र की पल-पल जानकारी दे रहे थे। लेकिन यह सारी ख़बरें उसके काम की नहीं थीं क्योंकि पुलिस के पास सुशील त्यागी था जिसने परितोष शर्मा के कहने पर गेस्ट हाउस घटना को अंजाम दिया था। पुलिस की नज़र में केस ओपन एंड क्लोज़ था लेकिन परितोष शर्मा का भी अपना एक नेटवर्क है। इस बार लखनऊ पुलिस का सामना किसी क्रिमनल नेटवर्क से नहीं, एक जर्नलिस्ट के नेटवर्क से हुआ था।

इधर लक्ष्मणपुर टाइम्स के दफ़्तर में भी अगले दिन की हेडलाइन और बैनर, बॉटम और लीड स्टोरी क्या होगी इसपर सम्पादकीय मीटिंग चल रही

थी। गेस्ट हाउस कांड में हर मिनट अपडेट हो रहा था, ऐसे में प्रिंट वालों को रात तक इंतिज़ार करना होता है और आख़िरी अपडेट ही उनके लिए ज़्यादा ज़रूरी होती है। ख़ैर, हमेशा की तरह सम्पादक जी ने अपना ज्ञान देकर गेस्ट हाउस कांड और सुशील त्यागी की गिरफ़्तारी, पूरे दिन में इस प्रकरण में जो भी हुआ, उसको कंपाइल करके हेडर हेडलाइन ख़बर छाप दी। व्यवसायिक दृष्टि से लखनऊ की जनता लक्ष्मणपुर टाइम्स में क्राइम इंवेस्टिगेशन की ख़बर पढ़ना पसंद करती है। इसलिए सम्पादक जी क्राइम की ख़बरों का ट्रीटमेंट शानदार करते हैं और भरसक कोशिश करते हैं कि क्राइम की ख़बरें छपें। हालाँकि ख़बरों के धंधे में हैं सो पार्टी बनने से बचते हैं। हाँ, हेडलाइन धारदार होती है।

गेस्ट हाउस गैंग फ़रार—गुंडे पर पुलिस का गुड वर्क

कुल मिलाकर ख़बर यह थी कि पुलिस ने एक छुटभैये अपराधी को गिरफ़्तार कर लिया और शाबाशी का ढिंढोरा पीट दिया। लेकिन यह नहीं बता पा रही है कि गेस्ट हाउस के मालिक को हड़काकर एक बड़ा माफ़िया पाँच दिनों से शहर में किस एजेंडा से रुका था। और यदि कोई बड़ी घटना घट जाती तो उसकी ज़िम्मेदारी किसकी होती। पुलिस ने एक तड़ीपार गुंडे को गिरफ़्तार करके गुड वर्क दिखा दिया और मीडिया में ख़बर चला दी कि एक घंटे में कार्रवाई की, लेकिन पाँच दिन का हिसाब नहीं दे पा रही है।

जो कि होना था, वही हुआ। विपक्षी राजनीतिक दलों के नेता परितोष की ख़बर पढ़कर टीवी न्यूज़ चैनलों पर बयान देने लगे। क्राइम रिपोर्टर भी उसी एंगल में अपने-अपने न्यूज़ चैनल पर लाइव देने लगे। एसएसपी साहब का मीडिया मैनेजमेंट एक बार फिर गड़बड़ा गया। उन्होंने पीआरओ तिवारी से कहा कि प्रेस कॉन्फ्रेंस अरेंज करें मीडिया के सभी सवालों का जवाब वह ख़ुद देंगे। पीआरओ ने दस मिनट में सभी रिपोर्टर को मैसेज कर दिया।

गीतांजलि ने मैसेज पढ़कर एसएसपी को फ़ोन किया। टीवी न्यूज़ चैनल के क्राइम रिपोर्टरों के साथ यह कॉमन प्रॉब्लम है। वे चाहते हैं कि प्रेस कॉन्फ्रेंस के पहले ही उन्हें कुछ एक्सक्लूसिव न्यूज़ मिल जाए। सबका अपना-अपना एजेंडा होता है। एसएसपी विक्रमजीत सिंह के एजेंडे में गीतांजलि चौधरी फ़िट है इसलिए उसकी कॉल पिक की और बहुत मुहब्बत से कहा कि वह उसे जल्द ही कॉल बैक करेंगे।

इधर स्पेशल ब्रांच के दफ़्तर के एक रहस्यमयी कमरे में प्रदीप सिंह सुशील त्यागी से पूछताछ कर रहा था। सुशील त्यागी की जब ठीक से कुटाई हो गई तो उसने परितोष की लिखी सारी स्क्रिप्ट इंस्पेक्टर को सुना दी। प्रदीप सिंह के पास सिर्फ़ सुशील त्यागी का बयान था। अब उसे इस बयान को सीजेएम कोर्ट में साबित करने लिए सबूत चाहिए।

इधर एसएसपी साहब चाहते हैं कि जल्दी से जल्दी केस वर्कआउट हो क्योंकि मीडिया में ख़बरें आने से विभाग के साथ-साथ उनकी भी इमेज ख़राब होगी। गीतांजलि का फ़ोन काटकर उन्होंने सीधे प्रदीप सिंह को कॉल लगाया और अपडेट पूछा। इंस्पेक्टर साहब जैसे उनके ही फ़ोन का इंतिज़ार ही कर रहा थे। उसने तत्काल प्रभाव से कॉल रिसीव किया।

“हाँ सर, एक्सेप्ट कर लिया है त्यागी ने! सत्यप्रकाश पाण्डेय को गोली राजू यादव ने मारी थी। त्यागी बाइक चला रहा था। कनपटी सेंकी तो बताया कि कौशल तिवारी के गेस्ट हाउस रुकने की जानकारी परितोष शर्मा को इसने ही दी था। और सर इसके बाद ही आनन-फ़ानन में परितोष शर्मा ने पूरी कहानी लिखी है।”

विक्रमजीत सिंह पूरी बात सुनकर पूछते हैं, “आगे का क्या करोगे?”

“सर, राजू यादव को पकड़ने के लिए टीम लगा दी है। एक बार रिवॉल्वर बरामद हो जाए तो हमारा केस मज़बूत हो जाएगा सर।”

“राजू यादव को उठाओ! जहाँ मिले वहाँ से उठाओ!! कोई प्रेशर आए तो सीधे मुझे बताना और वारदात में उपयोग किए गए हथियार को बरामद

करो। लेकिन परितोष शर्मा को भी अरेस्ट करना है, बाहर रहेगा तो केस ख़राब करेगा।"

प्रदीप सिंह इसी निर्देश का इंतिज़ार कर रहा था क्योंकि परितोष शर्मा जैसे क्राइम रिपोर्टर को गिरफ़्तार करना इतना आसान काम नहीं था।

24

ख़बर ब्रेक की प्लानिंग

इधर हज़रतगंज चौराहे पर गीतांजलि चौधरी परितोष शर्मा से मिलने पहुँच जाती है। पहले परितोष को लेकर उसे कुछ झिझक थी लेकिन अब परितोष शर्मा के नेटवर्क में गीतांजलि सहज हो चुकी है। लड़कियों के साथ अक्सर ऐसा होता है कि पुरुषवादी समाज को जब कोई लड़की चुनौती देते हुए आगे बढ़ती है तो उसे कोई असामान्य व्यवहार वाला पुरुष ही अच्छा लगता है। गीतांजलि चौधरी चतुर थी या परितोष से आकर्षित, यह बता पाना मुश्किल है। लेकिन वह पहले दिन से ही उससे मिलने या बात करने में हिचकती नहीं थी। उसका बोल्ड तेवर रिपोर्टिंग में भी दिखता है। परितोष शर्मा जैसे दबंग क्राइम रिपोर्टर अपना गैंग बनाकर चलते हैं। चूँकि परितोष प्रिंट का जर्नलिस्ट था इसलिए टीवी न्यूज़ चैनल का रिपोर्टर उसके लिए बड़े काम का होता है। वैसे अरशद भी टीवी न्यूज़ चैनल का ही रिपोर्टर है। लेकिन वह रीजनल चैनल का है और गीतांजलि नेशनल न्यूज़ से है। उसका चैनल बड़े ब्रांड का है। ब्यूरोक्रेसी और राजनीतिक हल्क़ों में ब्रैंड वाले चैनल को गंभीरता से लेते हैं।

ब्रैंड कॉन्शस होना नई सामाजिक कुरीति है। उदारवादी अर्थ व्यवस्था ने दरवाज़े सबके लिए खोले, लेकिन ब्रैंड वाली बात समझना भारतीयों के बस

की बात नहीं है। हज़रतगंज चौराहे के कोने पर ही सीसीडी है, वहाँ दोनों धुरंधरों के लिए कैपुचिनो कॉफ़ी आती है। दोनों ने स्वाद अनुसार शुगर का पाउच कॉफ़ी में डाला लेकिन आज परितोष की नज़रें गीतांजलि पर टिक नहीं रही हैं। वह कॉफ़ी मग से खेलते हुए कुछ जानना चाहता है।

"दो दिन से लगातार बड़ी ख़बरें ब्रेक कर रही हो। कुछ तगड़ा इन्फ़ॉर्मर सेट कर लिया है क्या? लखनऊ पुलिस की वॉट ही लगाकर रख दी है। पूरा महकमा तुम्हारीं रिपोर्टिंग देख रहा था। मुझे भी कई लोग फ़ोन करके पूछ रहे हैं कि यह इंडिया ख़बर 24x7 वाली लड़की कौन है जो तुमसे ज़्यादा अंदर की ख़बर रखती है।"

इतनी सारी बातें बोलने के बाद भी परितोष की नज़र उठ नहीं रही है। गीतांजलि उसे कॉफ़ी के प्याले को गोल-गोल घुमाते देख रही है। यह और बात है कि तारीफ़ सुनकर गीतांजलि अंदर ही अंदर ख़ुश है पर परितोष पर ज़ाहिर नहीं कर रही है। परितोष एक नज़र उठाकर उसकी भाव-भंगिमा को देखता है और फिर कॉफ़ी की चुस्की लेते हुए बोलता है, "तुम्हारी लाइव रिपोर्टिंग ने डीजीपी मुख्यालय और सरकार में भी हचलच मचा दी है।"

अपनी ख़बर से सरकार हिल जाए यह सुनकर बड़े से बड़े जर्नलिस्ट की आँखें फट जाती हैं और दिल गर्व से भर जाता है। ऐसे मौक़े की फ़ीलिंग को पचा ले जाना संसार का भवसागर पार करने जैसा होता है। फिर जिसका करियर ही कुल दो साल का हो उसके अंदर की उमड़ती ख़ुशी को परितोष शर्मा का दिमाग़ भला क्यों न पढ़ पाता, फिर बिना देर किए सफलता की ख़ुमारी में गमकती रिपोर्टर के सामने ख़बर का गाजर लटकता है।

"ख़बर है कि हाई प्रोफ़ाइल मीटिंग चल रही है। वैसे एक और ख़बर है।"

इससे ज़्यादा सुनने से पहले फ़ुल कॉन्फ़िडेंस में आ चुकी गीतांजलि चहकते हुए पूछती है, "क्या है बॉस! बताओ तो सही..."

इतना-सा रिएक्शन पाते ही अनामी प्रसाद स्कूल ऑफ़ जर्नलिस्ट से घाघ बनें परितोष से चारा फेंककर फुसफुसता है, "हाँ, अभी कंफ़र्म नहीं है। इन्फ़ॉर्मर के फ़ोन का वेट कर रहा हूँ। कंफ़र्म होते ही तुम्हें बताऊँगा।"

गाजर थोड़ी दूर पर लटकाकर परितोष फिर कॉफ़ी मग को दोनों हथेलियों से पकड़ता है, लेकिन मौक़े की गर्माहट का असर गीतांजलि पर ज़्यादा था। ख़बर के कंफ़र्मेशन का इंतिज़ार ज़रा लंबा हो गया तो वहाँ बिखरी ख़ामोशियों को तोड़ते हुए गीतांजलि ने एक और कॉफ़ी का ऑर्डर दिया, "सॉलिड-स्ट्रॉन्ग बनाई है। ऐसी ही एक आप भी लेंगे क्या?"

परितोष ने मना कर दिया। गीतांजलि को परितोष से ज़्यादा उसके इन्फ़ॉर्मर के फ़ोन कॉल आने की जल्दी थी। स्ट्रॉन्ग कॉफ़ी आ जाती है।

"इसे दोनों हथेलियों से पकड़िए, मग अभी काफ़ी गर्म होगा।"

परितोष के दिमाग़ में चल रही ख़ुराफ़ात को ब्रेक लगता है। गीतांजलि मुस्कुराते हुए कॉफ़ी मग उसकी तरफ़ खिसकाती है। परितोष एक नज़र गीतांजलि की आँखों में देखता है, जिनमें उस वक़्त की ख़ामोशियों को तोड़ने की शैतानी थी और वह मुस्कुरा देता है। ऐसे रोमांटिक मौक़ों पर ही तीसरे का फ़ोन कॉल आता है। एकदम फ़िल्मी टाइप परितोष के फ़ोन पर इन्फ़ॉर्मर का कॉल आता है। परितोष उस फ़ोन कॉल को ध्यान से सुनता है। उसके दिमाग़ में अब भी पुलिस को नीचा दिखाने का ख़ुराफ़ात चल रहा है। कहते हैं कि ईगो जब एथिक्स पर हावी होने लगे तो समझिए जर्नलिस्ट की क़लम की धार ख़त्म हो रही है। परितोष अपने काम से भटककर बदले की भावना से काम करने लगा था। उससे फ़ोन पर बात करने के बाद वह लंबी साँस लेता है और सामने रखे कॉफ़ी मग को दोनों हथेलियों से पकड़ता है। फिर गीतांजलि से कहता है, "कंफ़र्म हो गया! न्यूज़ ब्रेक करना है तो कर दो, एसएसपी विक्रमजीत सिंह को गृह मंत्री ने तलब किया है। वह एसएसपी ऑफ़िस के सचिवालय की तरफ़ निकले हैं।"

यह सुनते ही गीतांजलि परितोष को थैंक्यू बोलती है और न्यूज़ मैटर फ़ोन पर टाइप करके चैनल के असाइनमेंट डेस्क को भेजती है और पाँच मिनट में ही उसे ऑफ़िस से फ़ोन आता है कि इस मुद्दे पर उसका लाइव होगा। इतनी ही देर में गीतांजलि ने परितोष से विदा ले ली। अब ख़बर को तानने की तेज़ी थी। परितोष भी यही चाहता था कि शहर में ख़बर आग की तरह फैल जाए।

न्यूज़ चैनलों में इस तरह की बड़ी ख़बर जिसे ब्रेकिंग लिखकर दिखाया जाता है, उसको सीधे रिपोर्टर द्वारा बताने के लिए लाइव टेलीकास्ट किया जाता है और किसी तकनीकी खामी की वजह से लाइव रिपोर्टिंग न हो सके, तो रिपोर्टर को फ़ोन कॉल पर लिया जाता है और स्टूडियो में ख़बर पढ़ रही एंकर की रिपोर्टर से सीधी बातचीत दर्शक देखते हैं। ख़ैर, एसएसपी विक्रमजीत सिंह के गृह विभाग में तलब करने की ख़बर चलने लगती है। गीतांजलि बिना किसी तकनीकी व्यवधान के चैनल पर लाइव ख़बर बताती है।

25

ख़बर से बिगड़ी सरकार की इमेज

परितोष को मिली ख़बर पुख़्ता थी। लेकिन अख़बार में यह ख़बर अगले दिन सुबह छपती है। इसलिए ख़बर उसने गीतांजलि के ज़रिए टीवी न्यूज़ चैनल पर ब्रेक कराने का प्लान किया। टीवी न्यूज़ चैनल के बाद आए डिजिटल ज़माने में ख़बर की रीयल वैल्यू बढ़ गई है। ख़बर अब पाँच मिनट भी लेट हो तो आप पिछड़ जाते हैं। बहरहाल, गृह मंत्री के दफ़्तर में न्यूज़ चैनल पर ब्रेकिंग बैंड चल रहा है। और ख़ुद गृह मंत्री, गृह सचिव, डीजीपी, डीएम लखनऊ और एसएसपी लखनऊ इंडिया ख़बर 24x7 पर ब्रेकिंग न्यूज़ देख रहे हैं।

1. *'लखनऊ के एसएसपी विक्रमजीत सिंह गृह विभाग में तलब किए गए।'*
2. *'शहर की बिगड़ती क़ानून व्यवस्था पर हाई लेवल की मीटिंग; मीटिंग में डीजीपी भी मौजूद।'*

टीवी पर चल रही ख़बर को देखते हुए गृह मंत्री जी सीरियस अंदाज़ में बैठे विक्रमजीत सिंह से पूछते हैं, "एसएसपी साहब, गेस्ट हाउस वाले मामले

को जिस तरह से पेश किया जा रहा है उससे सरकार की छवि को बहुत नुक़सान हो रहा है। यह बात तो आप समझते ही होंगे। आज फिर पता नहीं क्या-क्या छापा है अख़बार ने। अभी दीक्षित वाला मामला सॉल्व हुआ नहीं कि यह अलग पंचायत शुरू हो गई। आप ही कहें क्या किया जाए।"

"सर, मीडिया तो सनसनीख़ेज़ मैटर खोजता है। छात्रसंघ चुनाव की वजह से लोगों की नज़र लखनऊ यूनिवर्सिटी पर ज़्यादा है। अब आप देखिए कि कैंपस में सिंगल क्राइम की घटना नहीं हुई है। अब यह मामला योजनाबद्ध है सर। क्राइम रिपोर्टर परितोष शर्मा को इस बात की सूचना थी कि गेस्ट हाउस में अपराधी हैं। उसने ख़बर छापी और हमारे पास सबूत हैं कि बुलंदशहर के एक तड़ीपार को हायर करके उसने ही सुबह-सुबह वहाँ गोली चलवाई है। ताकि ख़बर हाइलाइट हो जाए। अब सर कोई किसी को कफ़न बाँधकर मारने ही निकला हो तो पुलिस को सपना तो आएगा नहीं न कि ऐसा कुछ होगा। हमने फ़ौरी कार्रवाई की है। एक घंटे में एक अभियुक्त को गिरफ़्तार किया है। 24 घंटे में इस घटना के पीछे जो लोग भी हैं, उन्हें कोर्ट में पेश कर देंगे।"

"एसएसपी साहब, आपकी सारी विवेचना सही है लेकिन जब परितोष शर्मा को ख़बर थी तो पुलिस के लोग क्या कर रहे हैं? लोकल थाने को, आपके एलआईयू को, किसी को पता नहीं कि इतना बड़ा माफ़िया पाँच दिन से आपके शहर में है और अकेला नहीं है, अपने बीस-पच्चीस गुंडों के साथ है। वह बड़ी वारदात को अंजाम देने के लिए ही तो आया होगा या शादी-तिलक-तेरही में आया था? पुलिस को कुछ पता ही नहीं, अजीब है। जनता तो हमसे पूछेगी न सर।"

गृह मंत्री धैर्यपूर्वक विक्रमजीत सिंह की बात सुनकर जब बोलते हैं तो वहाँ बैठे किसी भी पुलिस के अधिकारी के पास कोई जवाब नहीं था। लोकतंत्र में जनता का सवाल बड़ा होता है। परितोष शर्मा की स्क्रिप्ट अपना काम कर गई थी। एसएसपी विक्रमजीत सिंह कुछ बोलने के लायक़ नहीं

रह गए थे। यह स्थिति एक आईपीएस अफ़सर के लिए बेहद गंभीर थी। गृह मंत्री भी समझते हैं कि वह भी क्या कर सकते हैं। घटना हो गई है और आगे नहीं होगी, इसकी गारंटी तो विधाता भी नहीं ले सकते हैं। थोड़ी देर के लिए सब शांत हो जाते हैं।

मामले की पेचीदगी को समझते हुए डीजीपी साहब इंटरफ़ेयर करते हैं और एसएसपी साहब को झिड़कते हैं, "शहर में पाँच दिनों से एक माफ़िया है, आपको ख़बर नहीं। और आप कह रहे है कि एक पत्रकार ने ख़बर प्लांट की है। आप क्राइम पर कंट्रोल कीजिए और इन ख़बरों पर भी। बहुत किरकिरी हो रही है विक्रम।"

"डीजीपी साहब, इनका बंदोबस्त कीजिए। अभी डबल मर्डर वाले मामले का बवाल कम हुआ नहीं कि यह एक और आ गया। आप ही बताएँ क्या किया जाए। अभी तो ट्रांसफ़र भी नहीं कर सकते हैं। पाँच दिन भी नहीं हुए सर को आए।"

ख़ैर, बिना किसी ठोस नतीजे के मीटिंग ख़त्म होती है। डीजीपी और एसएसपी वहाँ से विदा होते हैं। लेकिन डीजीपी ने विक्रमजीत सिंह को मैटर को अपने हिसाब से डील करने की इजाज़त दे दी, इस हिदायत के साथ कि अगर परितोष का हाथ है तो कार्रवाई करें लेकिन मीडिया के एक सेक्शन को मैनेज रखें। विक्रमजीत सिंह अपने सीनियर के शब्दों से ख़ुश हैं; शायद अंदर पुलिस ऐसे ही काम करती होगी।

मीटिंग से भले ही कुछ ठोस सॉल्यूशन न आया हो लेकिन गृहमंत्रालय ख़बरों को लेकर गंभीर है, यह संदेश तो पुलिस महकमे को चला ही गया। डीजीपी साहब को उनकी कार तक पहुँचाने का प्रोटोकॉल पूरा कर एसएसपी साहब ने प्रदीप सिंह को फ़ोन किया और बिना लाग-लपेट के जर्नलिस्ट परितोष शर्मा को उठाने का निर्देश देता है।

प्रदीप सिंह भी इसी निर्देश के इंतिज़ार में था, बिना इफ़-बट किए पूछता है, "सर, आज रात उठा लूँ?"

"नहीं! रातभर थाने में रखना पड़ेगा। और रात में ही वह ऊपर से फ़ोन कराके छूट जाएगा। सुबह गिरफ़्तार करो और सीधे कोर्ट ले जाओ। मैं एसपी क्राइम को बोल दूँगा, फ़िलहाल उनको भी कुछ बताने की ज़रूरत नहीं है।"

एसएसपी साहब हर नफ़े-नुक़सान को जोड़ चुके थे। आईपीएस अफ़सर ऐसे ही होते हैं। ख़ैर, इस मामले में सिक्रेसी बरतना बेहद ज़रूरी है। क्योंकि कई बार पत्रकार ख़बरों के ज़रिए पूरे सिस्टम को हिला देते हैं। कुछ पत्रकार इस पॉवर को इंजॉय करते हैं। हालाँकि परितोष इस नेचर का नहीं था। उसे पुलिस की कमियाँ रिपोर्ट करने में मज़ा आता है लेकिन वह पॉवर को इंजॉय नहीं कर रहा है। ऐसा होता तो वह एसएसपी से मिलता और बहुत सारे फ़ायदे ले सकता था जिसे पाना एक सामान्य वेतन वाले जर्नलिस्ट के लिए रुतबे की बात होती है। परितोष ऐसा नहीं है। इस बार वह किसी अनजान शक्ति के प्रकोप में फँस गया था, शायद ईगो जैसा कुछ, एथिक्स वाले लोगों के साथ शायद यह समस्या कॉमन है। अब गीतांजलि चौधरी को अपना रुतबा दिखाना था या एसएसपी से फँसा उसका ईगो था—कहना मुश्किल है। लेकिन परितोष पुलिस को घेरने के चक्कर में ख़ुद घिरता चला जा रहा था। क्राइम की घटनाएँ और उसके बाद पुलिस की लिखा-पढ़ी फ़िल्मी कहानियों जैसी होती है। इंस्पेक्टर प्रदीप सिंह ने एसएसपी साहब से फ़ोन पर निर्देश पाकर अपना चिट्ठा मुंशी को बुलाकर लिखा। परितोष की गिरफ़्तारी की स्क्रिप्ट लिखनी शुरू होती है।

26
सच की ताक़त

सुशील त्यागी की गिरफ़्तारी के बाद से परितोष ज़रा-सा डरा हुआ है। उसे एसएसपी साहब और इंस्पेक्टर प्रदीप सिंह की जोड़ी पर पूरा यक़ीन है कि वह उसे फँसाएँगे ज़रूर, छोडेंगे नहीं। लेकिन कहते हैं न कि डर से लड़ना ही डर से जीतना होता है। परितोष शर्मा ने यही फ़ॉर्मूला लगाया था। वह गीतांजलि से मिलकर सीधे अपने ऑफ़िस पहुंचता है। शहर में एसएसपी के गृहविभाग में बुलावे की ख़बरें चटकारे लेकर सुनी-सुनाई जा रही हैं। अभी तक के डेवल्पमेंट से उसे थोड़ी-सी राहत है। उसकी गट फ़ीलिंग कह रही थी कि गृह मंत्री के बुलावे से एसएसपी विक्रमजीत सिंह पर काम भर का दबाव पड़ गया होगा। और अब इस मामले में पुलिस कम से कम उसपर हाथ नहीं डालेगी। ख़बरों की इस डीलिंग में परितोष बीस पड़ रहा था लेकिन मामला इतना आसान भी नहीं था।

उसके ऑफ़िस पहुंचने के कुछ ही देर बाद नीचे चाय की अड़ी पर अरशद और कुछ साथी पत्रकार मित्र पहुंच गए और परितोष शर्मा की पंचायत लग गई। अख़बारों और टीवी न्यूज़ चैनलों के बाहर चाय की दुकानों पर चाय की ख़ुशबू और सिगरेट की गंध में हर दिन, हर वक़्त ख़बरें पका करती हैं। यह चाय की दुकानें अपने आप में कहानियों का पुलिंदा है।

यह अड़ी परितोष शर्मा के नाम है। जहाँ उसकी पंचायत लगती है। ख़ैर, गेस्ट हाउस कांड में पुलिस के रवैये पर पत्रकारों में ग़ुस्सा है। पत्रकार संघ के अध्यक्ष भी और कुछ वरिष्ठ पत्रकारों का भी फ़ोन कॉल परितोष को आता है। विधायक रामलखन यादव का भी फ़ोन कॉल आता है।

"परितोष कहाँ हो! घर आ जाओ बहुत ज़रूरी बात करनी है।"

"भाई साहब, थोड़ी-सी व्यस्तता है लेकिन आपकी हृदय गति क्यों बढ़ी हुई है?"

अपनी लिखी कहानी में उलझा परितोष विधायक जी को आने से मना कर देता है और फ़ोन पर ही बात जानने पर ज़ोर देता है। विधायक जी ने उसे बताया कि इंस्पेक्टर प्रदीप सिंह दो बार आवास और कार्यालय पर दबिश दे चुका है। वह कह रहा है कि राजू यादव को मैंने छिपा रखा है। जितनी जल्दी हो सके पुलिस को सौंप दे। विधायक जी की हालत पतली है क्योंकि पंचशील सोसायटी वाले दीक्षित दंपत्ति डबल मर्डर केस में उनका भी नाम है और इंस्पेक्टर प्रदीप सिंह कभी भी उसे अरेस्ट कर सकता है। सारी बात सुन रहे परितोष शर्मा का दिमाग़ तेज़ी से हालात को रीड करता है।

विधायक जी ख़ुद एक मर्डर केस में उलझे हुए हैं। परितोष शर्मा अपनी उलझन को सुलझाने के लिए उनकी उलझन के तार इस्तेमाल करने का फ़ैसला करता है, उसने फ़ौरन विधायक जी को अपने प्लान में लिया। और पूरी कहानी को पलक झपकते ही विधायक जी के कंधे पर डाल दी। परितोष ने बड़ी साफ़गोई से बताया कि हुसैनगंज गेस्ट हाउस के बाहर राजू यादव से गोली चलवाने की यही वजह है कि पुलिस का पूरा ध्यान गेस्ट हाउस कांड पर डायवर्ट कर दिया जाए।

"देखिए भाई साहब, अभी के कप्तान साहब को गेस्ट हाउस केस में ज़्यादा दिलचस्पी होगी। पंचशील वाला केस पिछले कप्तान के समय का है। अब इंस्पेक्टर को डील करना आपको क्या बताना। सुशील को पकड़ ही लिया है। कहिए राजू के बारे में जब भी कोई सूचना मिलेगी आप दे देंगे?"

परितोष शर्मा का आइडिया विधायक जी को फ़िट लगता है। मामले को मैनेज करने का रास्ता उन्हें मिल गया था। बहुत दबाव पड़ने पर राजू यादव को गिरफ़्तारी देना विधायक जी के लिए बड़ी बात नहीं थी। बदले में पंचशील मर्डर केस से नाम बाहर हो जाएगा। राजनीति और अपराध की दुनिया में यह सब छोटी-मोटी बातें हैं। लेकिन परितोष शर्मा के शार्प माइंड में एक और समीकरण चल रहा था।

"और सुनिए, आप राजू के मामले को लेकर एसएसपी से मिलिए और कहिए कि आप परितोष से उनकी मीटिंग अरेंज कर देंगे।"

परितोष ने विधायक के ज़रिए चारा फेंका था, इस समीकरण में यदि विधायक जी ने एसएसपी को कंविंस कर लिया तो वह आराम से इस मामले को यहीं ख़त्म कर देगा, नहीं तो उसे पता है कि एक आईपीएस अधिकारी अपनी पर आ जाए तो उसकी ज़िंदगी ख़राब कर सकता है। इसलिए उसने एक और ट्रैक बिछाया जिसमें एसएसपी से समझौते का समीकरण है।

विधायक जी भी राजनीति के खाए-पिए खिलाड़ी थे। उन्हें भी एसएसपी विक्रमजीत सिंह से संबंध बनाने का डायरेक्ट मौक़ा दिख रहा था। ये नेता लोग भी ऐसे मौक़ों की तलाश करते हैं कि कब अपना काम सेट करने के लिए दूसरे के काम आ जाएँ। बड़े-बड़े विवाद में समझौता कराना इनकी कमाई होती है। नेता को क्या चाहिए दो-चार चमचे और एक माइक। विधायक जी को यह आइडिया ठीक लगा। उन्हें भी लग रहा था कि एसएसपी अब तक परितोष की ख़बरों से परेशान हो गया होगा और दोनों को बिठाकर दावत करा देंगे। लगे हाथ वह अपना नाम डबल मर्डर केस की जाँच से हटवा लेंगे।

दूसरी तरफ़ एसएसपी साहब की अपनी गणित चल रही थी। पीआरओ एसपी तिवारी को बुलाकर उन्होंने कहा कि प्रेस कॉन्फ्रेंस कैंसिल कर दें। तिवारी ने आदेश का पालन किया और फटाफट एक मैसेज लिखा :

'अपरिहार्य कारणों से वरिष्ठ पुलिस अधीक्षक की प्रेस कॉन्फ्रेंस स्थगित कर दी गई है। धन्यवाद!'

और व्हाट्सएप के ब्रॉडकास्ट ग्रुप में डाल दिया। मैसेज क्राइम बीट के सभी रिपोर्टरों के पास पहुँच जाता है। परितोष के पास भी और गीतांजलि के पास भी। परितोष मैसेज पढ़कर राहत की साँस लेता है। गृह मंत्री वाला उसका दाँव असर दिखा रहा था। लेकिन कहानी सिर्फ़ एक मर्डर केस सॉल्व करने की नहीं है। यह दो लोगों के ईगो के टकराव का मामला है। जिसमें नुक़सान व्यक्तित्व का होता है।

गीतांजलि के फ़ोन पर एसएसपी का नाम डिस्प्ले होता है। वह कॉल पिक करती है, "हाऊ आर यू सर! आई कुड नॉट एक्सपेक्ट योर कॉल टूडे!!!

"क्यों?"

"नहीं! आज बहुत हेक्टिक डे रहा आपका। सचिवालय में मीटिंग एंड देन आपने प्रेस कॉन्फ्रेंस कैंसिल... समथिंग इज़ टफ़!"

"हाँ, यह तो है! लेकिन तुम बताओ कि गृह विभाग वाली ख़बर तुम्हें किसने दी कि मैं वहाँ हूँ।"

गीतांजलि बात को टाल गई। उसने अपनी न्यूज़ का सोर्स उन्हें नहीं बताया। हालाँकि मीडिया में ऐसा कम ही होता है। अक्सर पत्रकार अपना नंबर बढ़ाने के लिए सीक्रेट रखने की झूठी क़सम खाकर सब बक देते हैं लेकिन गीतांजलि थोड़ी टफ़ है। एसएसपी साहब भी एक अनुभवी आईपीएस अधिकारी हैं। उन्हें यह पता है कि मीडिया को कैसे यूज़ किया जाता है। उन्होंने गीतांजलि पर दबाव नही दिया।

"अच्छा सुनो, मुझे तुमसे एक इन्फ़ॉर्मेशन चाहिए। बट यह हमारे आपस के कंज़म्पशन के लिए है।"

"डोंट वरी सर, आइ विल कीप इट विद मी ओनली!"

"यह बताओ कि परितोष शर्मा कैसा आदमी है? एक्चुअली गेस्ट हाउस केस में परितोष शर्मा का नाम आ रहा है।"

एसएसपी साहब की बात सुनकर गीतांजलि के चेहरे का रंग उड़ गया और फर्राटा भर रही आवाज़ थम गई। उसे समझ में नहीं आ रहा था कि एसएसपी साहब से क्या बोले। उसकी सहमी हुई आवाज़ से सिर्फ़ इतना निकला, "सर, मेरे पास कोई भी सूचना आएगी तो आपसे ज़रूर शेयर करूँगी।"

एसएसपी की प्रेस कॉन्फ्रेंस स्थगित होने की सूचना सम्पादक अनामी प्रसाद जी को भी मिलती है और पिछली घटनाओं के सिलसिले में उन्होंने परितोष को बुलाकर ताक़ीद की।

"तुझे पहले दिन से जानता हूँ परितोष, कोई बात है तो बता दे। अभी भी मैं सब सँभाल लूँगा।"

"सर, कोई बात नहीं है। बस मैं टाइट होकर ख़बर कर रहा हूँ। आपने उस दिन डबल मर्डर वाली स्टोरी रोक दी थी उस अखिल के कहने पर, मैंने कुछ कहा आपसे? नहीं कहा न सर, आप सम्पादक हैं तो आपको लगता है कि मेरी रिपोर्ट सही नहीं है, आप ड्रॉप कर दीजिए। मैंने कोई रिपोर्ट ग़लत नहीं लिखी है। आप वेरीफ़ाई करा लीजिए।"

सारी बात सुनकर अनामी प्रसाद कहते हैं, "देख बेटा, पत्रकारों को देश के क़ानून ने सच लिखने की ताक़त दे रखी है। लेकिन अपने से ज़्यादा ताक़तवर से लड़ने की ताक़त सिर्फ़ ईश्वर देता है। सच लिख, ख़ूब लिख लेकिन अपने से ज़्यादा ताक़तवर को सच की ताक़त मत दिखाना।"

परितोष सम्पादक जी की बात वैसे ही सुन रहा था जैसे शुरू से सुनता आ रहा है और सम्पादक जी से कहता है, "सर, आज कुछ ख़बर नहीं है और मन भी ठीक नहीं है। इसलिए जल्दी घर जाना चाहता हूँ।"

सम्पादक जी भी क्या करते? दुर्घटना से देर भली, वाले भाव में रहते हैं सो फ़ौरन छुट्टी दे देते हैं।

जब भला आदमी जानबूझकर कोई ग़लती करता है तो उसके दिल में एक चोर होता है जिसे किसी न किसी आदमी की बात खटकती है। परितोष शर्मा को सम्पादक अनामी प्रसाद की बात खटकती है। लेकिन अनजान शक्ति के प्रकोप में फँसे परितोष के लिए अब सच और झूठ के बीच का फ़ासला बड़ा हो गया था। वह संकोच में मारा जा रहा था क्योंकि सम्पादक जी को वह बता नहीं पा रहा था कि हुआ क्या है?

27

कौन किसको रौंदेगा?

सुबह के ठीक 6 बजे रहे थे। हर दिन की तरह परितोष फ्रेश होकर अख़बार पढ़ रहा था और उसके मोबाइल फ़ोन में कबीर वाणी चल रही थी :

माटी कहे कुम्हार से तू क्या रौंदे मोए
इक दिन ऐसा आएगा मैं रौंदूँगी तोए

तभी दरवाज़े पर दस्तक होती है। परितोष के घर पर इतनी सुबह शायद ही कोई आया हो। कौन हो सकता है? यह सोचते हुए वह दरवाज़ा खोलता है। सामने इंस्पेक्टर प्रदीप सिंह मय फ़ोर्स खड़ा था। यह देखकर परितोष सहम जाता है और उसके क़दम पीछे की तरफ़ जाते हैं। प्रदीप हाथ देकर परितोष को रुकने को कहता है मगर परितोष के क़दम रुकते नहीं हैं। परितोष समझ जाता है कि प्रदीप उसे गिरफ़्तार करने ही आया है। यह सब इतनी जल्दी होगा उसे यक़ीन नहीं था। दल-बल के साथ पुलिस को अपने घर पर देखकर कोई भी हिल जाता, फिर तो परितोष कोई अपराधी नहीं था। घबहराहट में उसके पाँव काँपने लगते हैं। उसने लड़खड़ाती ज़ुबान को

सँभालते हुए कहा, "भाई साहब, ज़रा अंदर तो आ जाओ। एक-एक कप चाय पिएँगे, फिर चलेंगे आपके साथ।"

"पत्रकार महोदय ने वर्दी पहनते वक़्त एक शपथ ली थी, मुझे तो उसका पूरा लिहाज़ है। गुनहगारों को उनकी जगह पहुँचाना मेरा मक़्सद है, हत्यारों के साथ बैठकर चाय की चुस्की लेना नहीं। उम्मीद है कि आपको बात समझ में आ गई होगी।"

प्रदीप ठस अंदाज़ में चाय का ऑफ़र ठुकरा देता है और परितोष का हाथ पकड़ने की कोशिश करता है। लेकिन परितोष तेज़ी से हाथ झिड़क देता है। उसे अच्छे से पता है कि पुलिस जब शिष्टाचार की भाषा न समझे तो उसपर टाइट हुए बिना काम नहीं चलता है।

"इंस्पेक्टर साहब, आप मेरे घर में हैं और क़ानूनन जब तक मैं अपने वकील से बात न कर लूँ आप मुझे छू भी नहीं सकते हैं।"

"पंडितजी जितनी चाहे दिमाग़ी कसरत कर लो आज मेरे चंगुल से निकल नहीं पाओगे।"

इंस्पेक्टर प्रदीप सिंह भी आज अपनी रौ में है। ऊपर के अधिकारियों के आदेश के बाद इंस्पेक्टर के लिए मुख्यमंत्री भी एक ड्यूटी लगते हैं। परितोष मौक़े की नज़ाकत को समझते हुए फ़ौरन अपने पुराने जानकार वरिष्ठ अधिवक्ता सीपी सिंह को फ़ोन करता है; और उसे बताता है कि "वकील साहब, एक केस में पुलिस मुझे हिरासत में ले रही है, स्पेशल ब्रांच से प्रदीप सिंह आए हैं, मय फोर्स हैं। बाकी बात आप त्रिलोचन से कर लीजिएगा, सारी व्यवस्था वही देखेगा।"

पत्रकारों और वकीलों में ख़ूब याराना होता है। वैसे भी क्राइम रिपोर्टर का ख़बरों के लिए तो कोर्ट-कचहरी में आना-जाना लगा ही रहता है। परितोष की पटती सीपी सिंह से थी, सो सीपी सिंह के लिए इतनी सूचना काम भर की थी कि त्रिलोचन से संपर्क करना है। इसके बाद परितोष कपड़े चेंज करता है और प्रदीप सिंह के साथ चल देता है। वायरलेस पर एसएसपी को एक-एक

मूवमेंट की रिपोर्ट दी जा रही है। इधर वकील साहब ने त्रिलोचन को फ़ोन किया, त्रिलोचन ने अरशद को, और परितोष की गिरफ़्तारी की ख़बर शहर में आग की तरह फैल गई। टीवी न्यूज़ चैनलों पर ब्रेकिंग न्यूज़ की पट्टियाँ चमकने लगती हैं। एसएसपी के पास सीधे गृह मंत्री का फ़ोन आता है। पत्रकार संघ के पदाधिकारी भी एसएसपी-डीजीपी को फ़ोन करके ऐसा करने से मना करते हैं। देखते ही देखते मामला गरम हो जाता है। एसएसपी साहब पर काफ़ी दबाव पड़ने लगता है। प्रदीप सिंह परितोष को लेकर स्पेशल ब्रांच के दफ़्तर की तरफ़ बढ़ता है। इतनी देर में परितोष शर्मा के समर्थन में लोगों का रेला, विश्वविद्यालय के छात्र, छोटे-बड़े सैकड़ों पत्रकार स्पेशल ब्रांच के दफ़्तर पर जुटने लगते हैं।

इस बीच प्रदीप सिंह को एसएसपी साहब का फ़ोन आता है। कहते हैं कि बहुत दबाव है परितोष से पूछताछ करके दो-तीन घंटे में छोड़ देना। प्रदीप सिंह की भी ईगो जाग जाती है। उसे लगता है कि अब यह मैटर पुलिस की नाक का सवाल हो गया है।

“सर, सर हम ऑफ़िशियली उसे गिरफ़्तार कर चुके हैं। सर, सैकड़ों स्टूडेंट्स यहाँ बैठे हैं। शहर भर में हल्ला हो गया है। महकमे की बड़ी बदनामी होगी।”

“एसएसपी साहब भी यह बात अच्छे से समझ रहे हैं, लेकिन आईपीएस अफ़सर केस के साथ शहर की क़ानून व्यवस्था को ज़्यादा महत्व देते हैं।”

“तुम पूछताछ करो, मैं देखता हूँ कि क्या करना है।”

पुलिस जिप्सी में पीछे बैठे परितोष शर्मा को एसएसपी के कॉल आने के बाद उम्मीद जगती है कि वह छूट जाएगा लेकिन प्रदीप सिंह ने उसकी उम्मीदों पर पानी फेर दिया।

“माफ़ करना शर्मा जी! आपको हम छोड़ नहीं पा रहे हैं।”

प्रदीप सिंह का इतिहास बहुत अच्छा नहीं है। यह तो परितोष को अच्छे से पता था, लेकिन उसके मामले में ऊपर वालों का दबाव भी काम

नहीं आएगा, उसको आज पता चला। आम आदमी के साथ पुलिस की बदसुलूकी की तो कई ख़बरें लिखीं। रसूख़दारों को भी ठोकते, प्रदीप सिंह जैसे इंस्पेक्टरों की भी ख़ूब न्यूज़ छापी है। लेकिन जब अपने पर पड़ती है तो कैसा लगता है, इसका अनुभव परितोष शर्मा को आज हो रहा था। पुलिस की थार जीप में पिछली सीट पर दो कॉन्स्टेबलों के बीच जकड़े परितोष का चेहरा लाल हो चुका है। मानो वह अब फट जाएगा।

परितोष के वकील स्पेशल ब्रांच के दफ़्तर पहुँच गए थे। लेकिन इंस्पेक्टर प्रदीप सिंह ने सिर्फ़ 10 मिनट ही मिलने की इजाज़त दी। और सिर्फ़ इतना बताया कि पूछताछ के लिए लाया गया है। एक घंटे बाद परितोष को जानबूझकर दो कॉन्स्टेबलों के साथ एक मोटरसाइकिल पर बिठाकर हुसैनगंज थाने पर भेजा जाता है। उसके पीछे छात्रों का हुजूम है लेकिन प्रदीप सिंह ने परितोष का जुलूस निकाल दिया, पुलिस कस्टडी में यूँ जाना किसी भी सम्मानित आदमी के लिए बेहद अपमानजनक होता है।

परितोष शर्मा पूरे रास्ते एकटक नज़रें नीचे किए हुए सड़क को देखता रहा। उसे मालूम है कि आज का दिन उसके माथे पर चिपक गया है। रास्ते भर में सैकड़ों लोगों ने उसकी वीडियो बनाई, उसकी फ़ोटो खींचीं, न जाने किसने उसे किस निगाह से देखा। परितोष शर्मा शर्मिंदगी से गड़ा जा रहा था। लेकिन उसका दिमाग़ शांत था।

नौ बज चुके थे। थाने पर उसे हवालात में ले जाकर बंद कर दिया गया। सुबह से बिना खाए-पिए परितोष के लिए त्रिलोचन नाश्ता लेकर पहुँचता है, लेकिन हवालात में नाश्ता तो दूर सोचना भी दुर्गंध भरा होता है। अरशद रिज़्वी भी प्रदीप सिंह को सैकड़ों बार फ़ोन करता है कि हवालात से बाहर निकालकर आईओ रूम में बिठाए। दूसरी तरफ़ गीतांजलि ने भी एसएसपी विक्रमजीत सिंह से पैरवी की कि वह बार-बार उससे कहते हैं कि मैं प्रदीप को बोलता हूँ कि परितोष को इज़्ज़त से बिठाए। लेकिन किसी को क्या पता

कि बोला भी कि नहीं। इधर इंस्पेक्टर प्रदीप सिंह टस से मस नहीं हुआ। उसने पूछताछ तो की नहीं, अलबत्ता परितोष को अपराधियों की तरफ़ इधर से उधर घुमाया ज़रूर। विधायक जी ने भी घोड़े खोल दिए। ख़ुद परितोष के जानने वाले पुलिस के ही बड़े अधिकारियों ने इस मैटर में हाथ डालना उचित नहीं समझा। ख़बरों की दौड़ धीरे-धीरे अहम की जंग बन गई थी जो दिख नहीं रही थी लेकिन असर कर रही थी।

क़ानूनन पुलिस किसी को हिरासत में लेने के बाद चौबीस घंटे के अंदर मुख्य दंडाधिकारी को कोर्ट में पेश करती है। एसएसपी के ऊपर शहर के मानिंद लोगों का दबाव है कि परितोष शर्मा को छोड़ दिया जाए। लेकिन पुलिस विभाग का मनोबल भी न कम हो, इसको ध्यान में रखकर उन्होंने प्रदीप सिंह से कहा कि जितनी जल्दी हो सके परितोष को सीजेएम कोर्ट में पेश कर दें।

पुलिस चाहती तो पूछताछ के बहाने उसे देर रात तक थाने में रख सकती थी। लेकिन परितोष शर्मा जैसे कलाकार पत्रकार का कागज़ बनाना भी ज़रूरी था। कोर्ट में पेश करने से पुलिस की चार्जशीट ज़्यादा मजबूत होती है।

करीब दो-ढाई घंटे परितोष को हवालात में रखने के बाद 11:30 बजे इंस्पेक्टर प्रदीप सिंह उसे ज़िला न्यायालय में पेश करने ले जाता है। कोर्ट परिसर में भारी गहमागहमी है।

28

कोर्ट में बहस

पुलिस की जीप कोर्ट परिसर में दाख़िल होती है। सड़क के दोनों तरफ़ स्टूडेंट की भारी भीड़ है। परितोष शर्मा ज़िंदाबाद के नारे लग रहे हैं। प्रेस फ़ोटोग्राफ़र और कैमरामैन वीडियो बना रहे हैं। पुलिस परितोष को कोर्ट रूम के बाहर लाती है।

गीतांजलि, अरशद और त्रिलोचन—सभी वरिष्ठ अधिवक्ता सीपी सिंह और उनेक साथ आठ-दस वकील कोर्ट रूम के बाहर मौजूद हैं। सीजेएम कोर्ट में काग़ज़ लग गए थे। पुलिस का आरोप है कि गेस्ट हाउस मर्डर केस में परितोष मास्टर माइंड है। अब कोर्ट को तय करना है कि इस केस की जाँच में पुलिस का आरोप कितना ठोस है। कोर्ट उसे न्यायिक हिरासत में जेल भेज सकती है या पुलिस कस्टडी में, जिसे आम बोलचाल में पुलिस रिमांड भी कहा जाता है। जबकि बचाव में सीपी सिंह को परितोष की ज़मानत चाहिए। वह परितोष को ढाढ़स बँधाते हैं।

“बहुत आसानी से ज़मानत मिल जाएगी। यह बहुत हल्का मामला है। इसमें विवेचना में सहयोग करने की गारंटी लेनी है। पुलिस वाले तो तुम्हें सिर्फ़ पत्रकार होने की वजह से गिरफ़्तार किए हैं। यह सरासर हुमिलिएशन है।”

वह अपने साथी वकील से कहते हैं, "चौबे जी, आप बार-बार परितोष के पत्रकार होने की दुहाई दीजिएगा। कहिएगा कि पुलिस अपनी नाकामी छिपाने के लिए पत्रकारों पर दोष लगा रही है ताकि पब्लिक में यह मैसेज जाए कि पत्रकार प्लानिंग के तहत पुलिस के ख़िलाफ़ ख़बर लिख रहे हैं।"

गीतांजलि भी वहाँ अपनी दोस्त देविना इस्माईल को साथ लेकर आई है जो ह्यूमन राइट्स एक्टिविस्ट है। वह उसे परितोष से मिलवाती है। गीतांजलि उससे कहती है कि परेशान न होइए, सभी उसकी रिहाई के लिए परेशान हैं और उसने तो ख़ुद एसएसपी से बात की है। गीतांजलि को इतना सीरियसली चिंतित होना और उसकी परवाह करना परितोष को सुकून देता है। लेकिन एसएसपी से बात करने वाली बात पर वह ठिठक जाता है और पल भर में उसके सामने प्रेस कॉन्फ्रेंस वाली तस्वीर घूम जाती है। तभी गीतांजलि देविना का परिचय कराती है और परितोष देविना को नमस्कार करता है। दोनों को एडवोकेट सीपी सिंह से मिलवाता है। ऐसे वक़्त पर कौन-कब-कहाँ काम आ जाए कोई नहीं जानता। पत्रकारों के लिए यह नेटवर्क ही नेटवर्थ है।

"बहुत ख़राब समय पर हमारी मुलाक़ात हुई है..." एडवोकेट सीपी सिंह बहुत कंफ़र्टेबली कहते हैं कि आसानी से बेल हो जाएगी, लेकिन पूरा गेम पुलिस वालों का है।

"जी थैंक्यू! क्या बताएँ पुलिस को हम लोगों की रिपोर्टिंग से काफ़ी प्रॉब्लम है।"

इंस्पेक्टर प्रदीप सिंह भी वहीं मौजूद है। सारी चहलक़दमी देख रहा है। सैकड़ों आँखें उसे घूर रही हैं। कुछ उसकी हिम्मत की दाद में, कुछ उसके दुस्साहस पर गुस्सा होकर। उसे भी पता है कि परितोष को ज़मानत मिल जाएगी। सीजेएम कोर्ट का चपरासी पुकार लगाता है, "परितोष शर्मा बनाम उत्तर प्रदेश सरकार।"

सरकारी वकील और प्रदीप सिंह, परितोष शर्मा को लेकर अदालत में जाते हैं। दूसरी तरफ़ बचाव पक्ष के वकील सीपी सिंह के साथ पाँच वकीलों की फ़ौज और त्रिलोचन यादव, गीतांजलि, अरशद—सभी कोर्ट रूम में हैं। जज के सामने एक पेपर रखा जाता है... कोर्ट में कार्यवाही शुरू होती है।

झक सफ़ेद शर्ट-पैंट के ऊपर गाउन पहने वकील सीपी सिंह ने दमदारी से अपनी बात रखनी शुरू की, "सर, एक पत्रकार को महज़ एक लोकल गुंडे के कहने पर गिरफ़्तार कर लिया जाता है... चलिए ठीक है गिरफ़्तार कर लिया, लेकिन पुलिस ने बिना पूछताछ किए अदालत के सामने लाकर कटघरे में खड़ा कर दिया। सर, पुलिस चाहती तो उन्हें दो-तीन घंटे थाने पर बिठाकर पूछताछ कर सकती थी, लेकिन यहाँ पुलिस ने शरीफ़ आदमी को सुबह-सुबह गिरफ़्तार किया और सीधे मुजरिम की तरह अदालत में पेश कर दिया। अरे भई! दो-तीन घंटे पूछताछ करनी थी तो बुला लेते थाने में... मेरा मुवक्किल रोज़ एसएसपी कार्यालय जाता है, तुम्हारी चाय भी पी लेता है।"

पुलिस का वकील, "योर ऑनर... सिंह साहब जानते हैं कि पत्रकार साहब का रुतबा क्या है... पुलिस के ईमानदार अफ़सर को यह मालूम था कि परितोष को थाने में एक मिनट भी ले गए तो ऊपर से दबाव पड़ जाएगा... और उन्हें मजबूरन छोड़ना पड़ेगा इसलिए क़ानून के रखवालों ने इन्हें सीधे क़ानून के सामने खड़ा कर दिया। फ़ैसला अदालत के हाथ में है...।"

जज, "बताते रहिए वकील साहब..."

पुलिस के वकील, "महोदय, जैसा कि सुशील त्यागी का बयान है, उससे साफ़ ज़ाहिर है कि परितोष शर्मा ने उसे इस क़त्ल के लिए भड़काया है। दरअसल, हमारी प्राथमिक जाँच में यह सामने आया है कि इस पूरी घटना का मास्टर माइंड परितोष शर्मा पुत्र श्री जगदीश प्रसाद शर्मा, निवासी कानपुर है। महोदय हत्या की साज़िश अभियुक्त परितोष शर्मा द्वारा रची

गई है। जाँच के बाद ही पता लगेगा कि सिर्फ़ साज़िश है या हत्या कराई गई है।"

सीपी सिंह, "लेकिन भला एक पत्रकार को क्या पड़ी कि वह किसी का क़त्ल कराए? परितोष शर्मा की जान-पहचान कई बड़े पुलिस अधिकारियों से, ज़िला जज से भी है। उन्हें किसी अपराधी से डर लगता होता तो पुलिस से शिकायत करते। उन्हें मर्डर की कहानी बनाने की क्या ज़रूरत सर?"

पुलिस के वकील, "दरअसल, योर ऑनर इन सभी बातों का कनेक्शन यूनिवर्सिटी के चुनाव से है। जहाँ परितोष शर्मा के कैंडिडेट भी चुनाव लड़ रहे हैं... और कौशल तिवारी के भी, जिनका आदमी उस दिन मारा गया। परितोष शर्मा ने ही अपने कार्यालय में बैठकर यह साज़िश रची है।"

सीपी सिंह, "महोदय, पिछले चार महीनों के अख़बार पर नज़र डालेंगे तो परितोष से पुलिस की अदावत साफ़ हो जाएगी। इनमें से कुछ ख़बरों की कटिंग आपके सामने रखते हैं सर।"

सीपी सिंह कोर्ट को बताता है कि परितोष की गिरफ़्तारी बदले की भावना से की गई है। वह न्यूज़ पेपर की पाँच कटिंग्स जज के सामने रखता है :

1. *'फ़र्ज़ी मुठभेड़ में पुलिस ने दो बे-गुनाहों को जान से मार दिया।'*
2. *'पुलिस कस्टडी में दो लोगों की मौत।'*
3. *'आतंकी बताकर तीन मुस्लिमों की हत्या की पुलिस ने।'*
4. *'शहर के प्रतिष्ठित उद्योगपति से पाँच लाख की उगाही करते दो पुलिस वाले धरे गए।'*
5. *'शहर के एक थाने का एसओ वैश्यावृत्ति का रैकेट चला रहा था।'*

"सर, जिस घटना का ज़िक्र शासकीय अधिवक्ता कर रहे हैं, उस केस में भी परितोष शर्मा ने उसी दिन यह ख़ुलासा किया था कि गेस्ट हाउस में एक अपराधी बहुत लोगों के साथ मय हथियार टिका है। लेकिन आश्चर्य है कि

पुलिस अपराधियों को नहीं, पत्रकार को गिरफ़्तार करती है। ताकि वह डर जाए और ऐसी ख़बरें न लिखे जिससे पुलिस की किरकिरी होती है। और ऐसा करके इस क़त्ल की साज़िश एक होनहार पत्रकार के माथे पर लिखने की कोशिश कर रहे हैं। मैं अदालत से रिक्वेस्ट करूँगा कि वह पुलिस से परितोष शर्मा के ख़िलाफ़ ठोस सबूत माँगे।"

पुलिस का वकील, "महोदय जैसा कि विभाग की तरफ़ से मैंने न्यायालय को बताया कि अभियुक्त का सूबे में अपना रसूख़ है। लेकिन गेस्ट हाउस कांड की जाँच में अब तक जो चीज़ें सामने आई हैं, उनसे यह साबित होता है कि परितोष शर्मा ने इस घटना की साज़िश रची है। इसलिए पुलिस उनकी संलिप्तता की और जाँच करना चाहती है। जिसके लिए पाँच दिन की रिमांड की दरख़्वास्त है।"

इस जिरह के बाद जज कुछ लिखते हैं... बाक़ी लोगों की साँसें थम जाती हैं। और दो बजे को फ़ैसला सुनाने का आदेश देकर चले जाते हैं। अममून इतने देर में अदालत का स्टाफ़ फ़ैसला टाइप कर लेता है। जिसके बाद जज फ़ैसला सुनाते हैं और आदेश की प्रति सभी पक्षों को दी जाती है। ख़ैर, लंच के बाद जज साहब कोर्ट रूम में आते हैं।

जज, "दोनों पक्षों की बात सुनने के बाद अदालत इस फ़ैसले पर पहुँचती है कि पुलिस के पास परितोष शर्मा के ख़िलाफ़ कोई ठोस सबूत नहीं है और न ही प्रॉसिक्यूशन घटना का मोटिव ही बता पाया। एक तड़ीपार हिस्ट्रीशीटर के बयान के आधार पर वह किसी सम्मानित अख़बार के पत्रकार को दोषी नहीं बता सकती। परितोष शर्मा को अदालत ज़मानत देती है, साथ ही उनको स्पष्ट हिदायत है कि जब भी पुलिस बुलाए तो वे पूछताछ में शामिल हों।"

बाहर ढेर सारे छात्रों का हुजूम परितोष को कंधों पर बैठा लेता है। प्रदीप सिंह अपनी जीप की तरफ़ बढ़ता है जिसपर छात्रों ने पथराव कर दिया। टीवी न्यूज़ चैनलों पर परितोष की ज़मानत की ख़बरें फ़्लैश होती

है। परितोष के बचाव में वरिष्ठ अधिवक्ता ने कोर्ट में जो दलील रखी वह सामान्य ही थी। प्रदीप सिंह ने जल्दबाज़ी में उसे हिरासत में ले लिया। अभी उसे और सबूत जुटाने थे लेकिन इस पूरे विवाद में परितोष शर्मा को जो सज़ा मिली उसकी गिनती किसी मुक़दमे में नहीं होती है।

29

पुलिस की हार

राजधानी में हुए डबल मर्डर केस के बाद गेस्ट हाउस मर्डर केस से सरकार में हडकंप मचा था। पहले केस में रसूख़दार लोगों का मामला था तो दूसरे केस में शहर के नामी अख़बार के क्राइम रिपोर्टर का नाम आने से जनता में चर्चाओं-परिचर्चाओं का दौर जारी था। क़ानून व्यवस्था के मोर्चे पर पुलिस की खिंचाई से सरकार परेशान थी। लोकतंत्र में ऐसी परिस्थितियाँ छोटे कर्मचारियों की बलि ले लेती हैं। इस बार एसएसपी विक्रमजीत सिंह अपने चहेते इंस्पेक्टर को बचा नहीं पाते हैं और प्रदीप सिंह की स्पेशल ब्रांच के प्रभारी पद से छुट्टी करनी पड़ जाती है। एक बढ़िया अधिकारी अपने मातहतों का मनोबल कभी गिरने नहीं देता है।

प्रदीप, "बहुत प्रेशर है इसलिए तुम्हारा ट्रांसफ़र कर देता हूँ। कुछ दिन एलआईयू में रहो, वहाँ ज़्यादा प्रेशर नहीं है और इस केस में एविडेंस जुटाओ। हमारे लिए यह केस क्लोज़ नहीं हुआ बल्कि शुरू हुआ है।"

"सर, जैसा आपका आदेश... आपके साथ काम करने का मौक़ा मिलते रहे सर!"

एसएसपी विक्रमजीत सिंह भारी दबाव की वजह से प्रदीप सिंह को अपने ऑफ़िस में बुलाते हैं और उसका ट्रांसफ़र लोकल इंटेलिजेंस यूनिट

में करते हैं। अधिकारियों को पता होता है कि ग्राउंड लेवल पर उन्हें प्रदीप सिंह जैसे मज़बूत जिगर वाले इंस्पेक्टर भी चाहिए जो थाने की पब्लिक डीलिंग तो नहीं सँभाल सकते हैं, लेकिन अपराध और हिंसा को सँभालने के लिए उनकी सख़्त कार्यशैली ज़रूरी होती है। इसलिए वे उन्हें प्रोटेक्ट करते हैं। आईपीएस विक्रमजीत सिंह ने भी प्रदीप सिंह को प्रोटेक्ट किया और लोकल इंटेलिजेंस यूनिट में ट्रांसफ़र कर दिया। पुलिस और अन्य विभागों की नौकरियों में सिर्फ़ एक ही अंतर है—पुलिस की नौकरी दंड संहिता की हिंसा पर निर्भर है और अन्य नौकरियाँ फ़ाइलों की परिक्रमा पर। लेकिन नौकरी तो नौकरी ही होती है। प्रदीप सिंह को भी पता है कि वह सिर्फ़ नौकरी करता है ऊपर से आए आदेश-निर्देश की तामील करना उसका काम है।

"सर, वैसे भी मुझे आदत पड़ गई है। सीधी उँगली से घी निकालो तो इन नेताओं का हाजमा ख़राब हो जाता है और टेढ़ी उँगली से निकालो तो ह्युमन राइट वालों का। हम कर भी क्या सकते हैं सर! सिर्फ़ ड्यूटी पूरी करनी है। मर्डर होने के बाद जाँच जारी है कह दो कि न्यूज़ पेपर वालों के लिए काफ़ी है। बम फटने के बाद कह दो कि आतंकवादियों का हाथ है। बस सर, पुलिस का काम हो गया। ग़लती से किसी को पकड़ लिया तो ट्रांसफ़र करा देते हैं।"

"मैं तुम्हारी बात समझता हूँ प्रदीप, लेकिन हम भी सिस्टम के पार्ट हैं... फ़िलहाल तुम एलआईयू में चार्ज ले लो। चतुर कौवा हमेशा गू खाता है, परितोष कभी न कभी तो ग़लती करेगा ही, बस आँख-कान खोलकर वक़्त का इंतिज़ार करो।"

इंस्पेक्टर प्रदीप सिंह के लिए इशारा काफ़ी था। एलआईयू किसी भी ज़िले की लोकल इंटेलिजेंस यूनिट होती है। हिन्दी में इसे स्थानीय अभिसूचना इकाई कहते हैं। यह यूनिट ज़िले में हो रही घटनाओं और कार्यक्रमों की जानकारी इकट्ठा करती है। उसका विश्लेषण कर आला

अधिकारियों को भेजती है। आम तौर पर राजनीतिक प्रदर्शनों पर इसकी ज़्यादा नज़र रहती है। हालाँकि पुलिस महकमे में कुछ लोग इसे साइड पोस्टिंग मानते हैं।

30

बदनाम न होते तो

हम तालिब-ए-शोहरत हैं हमें नंग से क्या काम
बदनाम अगर होंगे तो क्या नाम न होगा

हालाँकि लोगबाग अब बोलचाल में इसे ख़ूब इस्तेमाल करते हैं लेकिन शेर पुराना है। परितोष शर्मा आज शहर का सबसे चर्चित शख़्स है। अब उसका नेटवर्क केवल ख़बरों के दायरे में नहीं है। बल्कि चुनाव मैनेजमेंट में भी कारगर है। उसने पाँच घंटे में साबित कर दिया कि एक हत्याकांड में उसके जैसे दबंग पत्रकार का नाम आना, ऊपर से एक इंस्पेक्टर का बाक़ायदा उसे गिरफ़्तार करके अदालत में पेश करना, शर्म की बात नहीं है। वह ज़माना बीत चुका है जब घरवालों का मोहल्ले में निकलना मुश्किल हो जाता था। परितोष भाई के चेहरे की शर्म, अब सम्मान का प्रतीक है। इसके लिए ईमान का बिगाड़ ज़रूरी नहीं है। थोड़ी-बहुत ईगो की अडजस्टमेंट और ख़बरों को तोड़ना-मरोड़ना तो चलता ही है। जनता के हित के लिए जेल जाना कोई गुनाह तो है नहीं।

आम जनजीवन में ऐसे मौक़ों पर उत्सव मनाए जाते हैं। उस रात परितोष भाई की भी महफ़िल सजती है और शराब का दौर चलता है। अरशद,

त्रिलोचन यादव और प्रेस क्लब के प्रकाश तिवारी जी समेत कई लोग इस शोहरत के गवाह हैं। गीतांजलि चौधरी के साथ उसकी मानवाधिकार संस्था वाली मित्र देविना इस्माईल भी पार्टी में थी।

पूरे जश्न के दौरान परितोष शर्मा का चेहरा शर्म से पानी-पानी है। आवाज़ दबी-दबी-सी है। यह और बात है कि बाज़ारवाद की तैयार ज़मीन पर परितोष शर्मा का पुलिस वालों से दो-दो हाथ करना बड़ा कलेजे का मामला है। जिसकी तारीफ़ में गिलास लड़ रहे थे और परितोष का ज़मीर जवाब ढूँढ़ रहा था।

यूँ तो पत्रकारों की ऐसी पार्टियाँ लगभग हर रात को होती हैं, दैनिक कार्य की तरह। असल में ये ऐसे लोग होते हैं जिनके पास संबंधों की ताक़त तो होती है लेकिन सम्मान का पुथन्ना भी सिर पर सवार रहता है। सम्मान से कोई समझौता नहीं और ईमान का कोई हिसाब नहीं। पत्रकारों के ये दो पुत्र होते हैं जिनमें छोटका कई बार गड़बड़ता है लेकिन बड़ा बेटा उसे सँभालता है और जिस दिन गड़बड़ाने और सँभलने के बीच बेईमानी थोड़ा-सा स्पेस बनाती है उसी दिन दुर्घटना घट जाती है।

यही हाल गीतांजलि का भी था। परितोष शर्मा के साथ उसको घुलना-मिलना पेशेवर कार्य के तौर पर ठीक लगता था, लेकिन इस घटना के बाद उसका सम्मान बार-बार उससे सवाल कर रहा था। ईमान गड़बड़ा रहा था और सम्मान सँभाल रहा था।

एसएसपी साहब का फ़ोन कॉल बार-बार उसे सच जानने के लिए भड़का रहा था। और फिर शराब के दो घूँट गीतांजलि के मन में चल रहे सवालों को पूछने के लिए काफ़ी थे... कुछ देर में नशा बढ़ा तो उसने परितोष शर्मा पर सवाल दाग़ ही दिया।

"परितोष जी, आप पुलिस की कमियाँ पकड़ते-पकड़ते एसएसपी सर को डिफ़ेम क्यों कर रहे हैं? कोई बात हुई है क्या? मेरे हिसाब से यह जो हो रहा है, ग़लत है। आपको अलर्ट रहना चाहिए। मेरी समझ में सिस्टम से

लड़ना आसान नहीं है। वैसे ऐसी क्या बात हो गई कि जो आपने गेस्ट हाउस के पास गोली चलवा दी?"

अचानक से ख़ुद पर उठे सवाल से परितोष घबराता नहीं है, बैलेंस बनाता है। शर्म से झुकी आँखों को मानो बस इन्हीं सवालों के सफ़ाई देने का इंतिज़ार था। परितोष भले ही अपराधबोध में था, लेकिन जैसे ही उसे दबाने की कोशिश होती है उसके दिमाग़ का सातवाँ दरवाज़ा जवाब ढूँढ़ लेता है।

"सुशील त्यागी के अरेस्ट होने की ख़बर तुम्हें कैसे मिली? डबल मर्डर केस में सेक्स रैकेट का मामला है, यह इन्फ़ॉर्मेशन किसने दी तुम्हें? गीतांजलि जी इस शहर में क्या होता है, कहाँ होता है, कैसे होता है, इसकी ख़बर मुझे रहती है। पूरी न सही तो आधी ही सही।"

परितोष गीतांजलि के सवाल के जवाब में उससे सवाल पर सवाल करता है। नशे की हालत में भी उसे परितोष के जवाब देने के अंदाज़ में वही एटीट्यूड दिखता है जो पहले दिन उस प्रेस कॉन्फ्रेंस में दिखा था। नशे की चादर में लिपटी उसकी चेहरे की कुटिल मुस्कुराहट पर परितोष बहुत ध्यान नहीं देता है। गीतांजलि को जवाब देकर एक बार फिर उसका ईगो सैटिसफ़ाइड है। परितोष को अब सब अच्छा लग रहा है। उसका अहं बेईमानी से भी शांत हो तो उसे कोई परवा नहीं है। वह गीतांजलि की आँखों में एकटक देखता है और फिर महाराजा की तरह बाँहों को फैलाकर छत की तरफ़ सिर उठाकर कहता है, "वरिष्ठ पुलिस अधीक्षक साहब... यह ख़बरों की डीलिंग का मामला है जिसके हम सिकंदर हैं। हम सवालों से फाड़ देते हैं, ताक़त का हाल मालिक जाने।"

31

जाँच जारी है

इधर सिस्टम अपनी तयशुदा चाल में चलता रहता है। स्पेशल ब्रांच से ट्रांसफ़र लेकर इंस्पेक्टर प्रदीप सिंह एलआईयू में चार्ज लेता है। लेकिन दीक्षित डबल मर्डर केस और गेस्ट हाउस कांड से जुड़ी जाँच वैसे ही जारी रखता है और जैसा कि उसे शक है कि सारे बवाल की वजह कहीं न कहीं यूनिवर्सिटी के चुनाव में ही है। वह सादी वर्दी में फिर यूनिवर्सिटी अपना शिकार खोजने पहुँचता है। इत्तिफ़ाक़ से अरशद भी अपने कैमरामैन के साथ गोसाई की दुकान पर पान दबा रहा है। इंस्पेक्टर प्रदीप सिंह भी मय हमराह गोसाई की दुकान पर पहुँचता है।

"क्या गोसाई... कोई ख़बर?"

"कुछ ख़ास नहीं है साहब, मामला ठंडा पड़ा है। गेस्ट हाउस वाले मैटर के बाद से चुनाव थोड़ा दब गया है। साहब, आपने भी पतरकार जी को गिरफ़्तार करके बड़ा बवाल कर दिया। बहुत हंगामा मचा था ऊ दिन यहाँ... यह लइका सब दू-तीन सौ मोटरसाइकिल पर जुटे थे।"

प्रदीप सिंह सिगरेट जलाते हुए उसकी बात सुनता हुआ चारों तरफ़ निगाह दौड़ाता है। अरशद और वहाँ खड़े कुछ और लोगों पर भी उसकी नज़र पड़ती है। लेकिन अरशद उनकी बातचीत के दायरे से दूर है।

"सर, आपको जो नंबर दिए थे, कउनो काम का निकला। उम्मे एक नंबर है, ऊ बहुत लड़कियाँ घुमाता है।

प्रदीप सिंह अरशद को देखते हुए, "फ़ोन तो कराया था, लेकिन बात कुछ मज़ेदार नहीं हुई। पूरे लखनऊ की ख़बर रखता है तू... अच्छा यह बता पंचशील सोसायटी वाले मर्डर में वह जो महिला इधर आती थी, उसका भी तो यहाँ विश्वविद्यालय में किसी से झगड़ा हुआ था।"

"अरे साहब... यह तो सब जानते हैं। दिग्विजय सिंह को नेस्कैफ़े वाली दुकनिया पर चप्पल से पीटी रही वह (पवन का चेहरा घृणा से भर जाता है क्योंकि दिग्विजय लड़की से मार खाया था)। पूरा छुट्टा घूम रहा है निर्लज्ज! अब तो चुनाव लड़ रहा है... बीस पड़ी रही ऊ औरत (मुँह दबाकर हँसते हुए)। ऊ दिन उसके सब साथी भाग गए थे। बहुते पीटा था सर लेकिन साहब... अब उसके सपोर्ट में ज़्यादा लोग हैं। बदमाश भी और बड़े-बड़े लोग भी। जब मरा रहा था तो कोइयो नहीं था।"

दिग्विजय सिंह जैसे मज़बूत छात्र नेता की चप्पल से पिटाई की बात सुनकर प्रदीप सिंह का माथा ठनक जाता है। और बिना समय व्यर्थ किए अपने एक सब इंस्पेक्टर प्रकाश सैनी को फ़ोन करता है...

"सुनो... विश्वविद्यालय छात्रसंघ चुनाव में अध्यक्ष पद पर एक लड़का लड़ रहा है, दिग्विजय सिंह नाम है। उसका नंबर निकालो और हुलिया, हाल, मुक़ाम लेकर जितनी जल्दी हो मेरे पास ले आओ।"

पवन गोसाई से प्रदीप सिंह की खुसुर-फुसुर ख़त्म होने के बाद वह अरशद गोसाई के पास आता है। सीधा गोसाई से इस खुसुर-फुसुर के बारे में पूछता है। अब गोसाई जैसे पान की दुकान वालों के लिए पत्रकार लोग बहुत काम के होते हैं। प्रदीप सिंह जैसे कई दरोग़ा आते हैं और चले जाते हैं। स्टूडेंट भी आते हैं और चले जाते हैं लेकिन खुदा नख़्वास्ता, कभी कोई ज़ुल्मी पुलिसवाला आ जाए या कोई ग़ुंडा टाइप छात्र उनसे जबरिया सामान ले, तो यही रिपोर्टर इनके सबसे बड़े ख़ैर-ख़्वाह होते हैं। सूत्र एक ही

कि थोड़ा-सा सम्मान मिल जाता है। इस लिहाज़ से गोसाई की सामाजिक और व्यवहारिक सेवा पत्रकारों के ज़्यादा क़रीब है। पवन गोसाई इंस्पेक्टर साहब से खोद-खोदकर पूछे गए सवाल-जवाब अरशद को बताता है और अरशद सारी बात परितोष को एज़ इट इज़ उगल देता है।

संयोग से उस वक़्त परितोष का एक दोस्त अनिरुद्ध पाराशर भी साथ था। अनिरुद्ध नोएडा में एक बड़े चैनल में काम करता है और इनवेस्टिगेटिव जर्नलिस्ट है, स्टिंग ऑपरेशन का माहिर खिलाड़ी। परितोष ने जितना ज़रूरी था इस मामले के बारे में उसे बता दिया और इस कहानी के नए कलाकार ने प्रदीप सिंह के स्टिंग ऑपरेशन करने की स्क्रिप्ट तैयार कर ली। अब बारी थी मौक़े पर प्रदीप सिंह की कोई ऐसी हरकत को कैमरे में क़ैद करने की जिससे उसका पोल खोला जा सके। परितोष ने अपने स्पेशल ब्रांच वाले नेटवर्क को फ़ोन किया और कहा कि दिग्विजय सिंह जब प्रदीप सिंह से मिलने आए उसे फ़ौरन फ़ोन करके बताए।

32

पुलिस का स्टिंग

वैसे तो इंस्पेक्टर प्रदीप सिंह का ट्रांसफ़र स्पेशल ब्रांच से एलआईयू में हो चुका है लेकिन एसएसपी का वरदहस्त प्राप्त होने की वजह से वह ब्रांच में ही बैठता है। यूनिवर्सिटी के बाद वह अपने केसों की जाँच करके ब्रांच पहुँचता है। प्रदीप जल्द से जल्द इन दोनों केसों को सॉल्व करना चाहता है क्योंकि वह इस बात को अच्छे से समझ गया है कि परितोष शर्मा उसे यहाँ बहुत दिन तक टिकने नहीं देगा। वह तो एसएसपी साहब का पर्सनल इंटरेस्ट है इसलिए उसे एलआईयू में ट्रांसफ़र करके लखनऊ रोक लिया वरना कोई और एसएसपी होता तो उसे लाइन हाज़िर कर देता। इतने दबाव में वह टेबल पर पड़े लंचबॉक्स को देखता है और पत्नी जी को फ़ोन घुमा देता है।"

"अभी फ़ुर्सत मिली है खाना खाने जा रहा है।"

"कौन-सी नई बात है। लेकिन कम से कम हमें वहाँ बुला लो। घर का खाना तो मिल जाएगा... देर-सवेर खा लेना।"

"क्या बताऊँ, बहुत झाम है यहाँ... ऊपर अधिकारियों की नाक फँसी रहती है, नीचे अपराधियों की चाल; दोनों से निपटो तो मीडिया वाले पिले पड़े रहते हैं। राजधानी न होता तो नाले के किनारे लेकर मोटरसाइकिल पलट देता सालों की।"

"अब क्या ही कहें, इस महीने और वेट करो। सब ठीक रहा तो लाऊँगा तुम्हें लखनऊ... हज़रतगंज की हवा खाएँगे मिलकर हम दोनों।"

इधर प्रदीप सिंह का एसआई प्रकाश सैनी भी इंस्पेक्टर साहब की तरह तेज़ था। छात्रनेता दिग्विजय सिंह को कैंपस से खोजकर साथ लेकर आता है। उसे देखकर प्रदीप सिंह फ़ोन कट करता है और दिग्विजय सिंह को बहुत तमीज़ से बिठाता है और खाना खाने को पूछता है। स्पेशल ब्रांच के नाम से बड़े-बड़ों की फट जाती है दिग्विजय सिंह की भी हालत पतली है। खाने के लिए हाँ कहे या न, उसे समझ नहीं आ रहा था। इंस्पेक्टर साहब उसके चेहरे पर दिख रहे सन्नाटे को समझकर दो चाय लाने का ऑर्डर देता है। इतनी देर में स्पेशल ब्रांच में दिग्विजय सिंह पधार चुके हैं, इतनी-सी इन्फ़ॉर्मेशन परितोष शर्मा को पहुँच जाती है। परितोष अपने दोस्त अनिरुद्ध को लेकर फटाफट ब्रांच ऑफ़िस पहुँचता है। प्लान रेडी था, मौक़ा भी सजा था, फिर क्या था, स्टिंग ऑपरेशन के माहिर खिलाड़ी अनिरुद्ध कार से उतरकर सीधे ब्रांच के ऑफ़िस में प्रदीप सिंह के कमरे की तरफ़ जाता है फ़ुल कॉन्फ़िडेंस के साथ। तभी पहरे पर खड़ा सिपाही टोकता है।

सिपाही (अनिरुद्ध से), "किधर घुसे जा रहे हो? नगर निगम का दफ़्तर समझे हो क्या?"

अनिरुद्ध, "प्रदीप भइया बैठे हैं क्या? फ़ोन नहीं लग रहा है।"

सिपाही, "हाँ बैठे हैं, मगर मिल नहीं सकते हो। कल आना... बाक़ी नाम-पता उस पर्ची पर लिख दो साहब फ़ोन कर लेंगे तुम्हें।

अनिरुद्ध, "अरे... फ़ोन ही तो नहीं मिल रहा है और भाभीजी जो दूसरा नंबर दी हैं घर का, वह स्विच्ड ऑफ़ है।"

सिपाही उसे एकटक देखता रहता है। क्या कहे बेचारा, साहब की पत्नी ने किसी को भेजा है। अनिरुद्ध इतने कॉन्फ़िडेंस में ज़ाहिर करता है कि वह प्रदीप सिंह का कोई बहुत ख़ास आदमी हो।

सिपाही के सामने दुविधा बड़ी थी, भाभी का मैटर था, साहब से नहीं मिलाता तो बाद में गाली सुनता, ख़ुद फ़ोन करके चेक कर नहीं सकता। वह कमरे में जाता है और प्रदीप सिंह को सूचना देता है कि कोई घर से आया है। प्रदीप सिंह खाना खाते हुए दिग्विजय से बात कर रहा था। वह पहरा की बात पर ज़्यादा ध्यान न देकर खाने और दिग्विजय से बात में उलझा था।

प्रदीप, "भेज दो अंदर और दो चाय बोला था; अभी तक नहीं भेजा, देखना कहाँ रह गया।

इन दो शब्दों के इंतिज़ार में खड़ा अनिरुद्ध फ़ौरन अंदर आता है और कमरे के कोने में जाकर खड़ा हो जाता है। प्रदीप और दिग्विजय दोनों उसकी तरफ़ देखते हैं।

प्रदीप, "हाँ भाई क्या है। जल्दी बताओ क्या कहना है।"

अनिरुद्ध, "कुछ नहीं जी। बस थोड़ी सी बात है अकेले में बताना चाहता था।"

यह कहकर वह दिग्विजय को देखता है। जैसे उसके सामने कुछ बताना नहीं चाहता है।

प्रदीप, "जल्दी बोलो।"

अनिरुद्ध, "साहब मैं बाहर इंतिज़ार कर लेता हूँ। भइया जब चले जाएँगे तो मैं आ जाऊँगा..."

प्रदीप थोड़ा सोचता है। वह भी पहले दिग्विजय सिंह को निपटा लेना चाहता है, यह सोचकर कहता है कि दस मिनट बाहर इंतिज़ार करो फिर तुम्हें बुलाता हूँ।

इतना सुनकर अनिरुद्ध बाहर चला जाता है। इस बात से बेख़बर कि उनका स्टिंग ऑपरेशन हो चुका है। प्रदीप, दिग्विजय सिंह से पंचशील डबल मर्डर केस के बारे में पूछताछ करने लगता है।

दिग्विजय, "सर, हम क़सम खाते हैं कि हमने किसी अपराधी को अपने फ़ेवर में हॉस्टल में तो दूर शहर में नहीं रखा है और हमारी फ़ाइट और टफ़

हो गई है। पहले त्रिपुरारी था तो टक्कर थी क्योंकि रामलखन यादव के लड़ने से मेरा वोट कट रहा था। लेकिन त्रिपुरारी के न लड़ने से पंडितों का बड़ा वोट त्रिलोचन को मिलेगा क्योंकि उसकी मठाधीशी परितोष भाई करते हैं... वह बड़े पंडितों को मना लेंगे। और अब तो आपने उनको गिरफ़्तार करके उसे दबंग पत्रकार बना दिया है।"

"हाँ भइया, एक बात तो मैंने आपको बताई ही नहीं। बनारस वाला राजू यादव बटलर में रहता है। त्रिलोचन के सपोर्ट में परमानेंट घूमता है। यह राजू विधायक रामलखन जी का ख़ास आदमी है।

प्रदीप सिंह, "वह सब तो ठीक है दिग्विजय, अब एक बात सच-सच बताना, पंचशील सोसायटी वाली रोली दीक्षित ने तुम्हें चप्पलों से क्यों पीटा था? उसको और उसके पति को किसने मारा? सच-सच बताना, नहीं तो मैं तुमको नाप दूँगा।"

यह सुनते ही दिग्विजय के होश उड़ गए। उसने सारी कहानी बक दी। इस पूरे मामले में इंस्पेक्टर प्रदीप सिंह को मिसिंग कड़ी मिल गई थी। उसने सबसे पहले देर रात को बटलर हॉस्टल पर रेड कर दिया और राजू यादव समेत दस लड़कों को अवैध तरीक़े से हॉस्टल में रहने के आरोप में हिरासत में ले लिया। बटलर हॉस्टल—लखनऊ विश्वविद्यालय का बड़ा हॉस्टल है, जैसे इलाहाबाद विश्वविद्यालय में हिन्दू हॉस्टल और बनारस हिन्दू यूनिवर्सिटी का बिरला छात्रावास।

इस पूरे प्रकरण में क्राइम रिपोर्टर परितोष शर्मा और उसकी गैंग के लिए यह खेल अब ईगो यानी अहं की लड़ाई बन गई थी। पुलिस अपनी इमेज बनाने के लिए कभी ख़बरें प्लांट करती तो कभी अपने गुड वर्क का मीडिया कवरेज कराती है। मनमाफ़िक कवरेज न मिलने से बौखलती है। और परितोष शर्मा पुलिस की कमियों को उजागर कर उनकी बौखलाहट पर नमक छिड़कता। एक-दूसरे को नीचा दिखाने की लुका-छिपी के इस खेल में परितोष यह नहीं समझ पाया कि वह एक अकेला है और पुलिस विभाग

एक सिस्टम है। आप किसी आदमी से जीत सकते हैं, लेकिन सिस्टम को हराने के लिए आपको सिस्टम को सुधारना पड़ता है, सिस्टम से लड़ना नहीं। ख़ैर, परितोष शर्मा एंड टीम ने इस जंग में प्रदीप सिंह का ट्रांसफ़र करवाकर बाज़ी मार ली थी। लेकिन एसएसपी के पॉवर और अधिकार के आगे वे बच्चे थे। परितोष के घर पर अरशद और दो-तीन पत्रकार बैठे हैं, जिनमें अनिरुद्ध पराशर भी हैं। सभी एक स्टिंग का वीडियो देख रहे हैं। वीडियो प्रदीप सिंह का है जो अपने दफ़्तर में लखनऊ विश्वविद्यालय छात्र संघ चुनाव में अध्यक्ष पद के कैंडिडेट दिग्विजय सिंह के साथ बैठा है।

स्टिंग देखकर अरशद, "अनिरुद्ध भाई आपने कमाल कर दिया। स्टिंग ऑपरेशन के मामले में पूरे देश में आपका कोई जवाब नहीं।"

हालाँकि अनिरुद्ध इस स्टिंग से संतुष्ट नहीं है। उसने कहा कि वह वापस जाकर और स्टिंग करेगा क्योंकि प्रदीप और दिग्विजय के इस मीटिंग वीडियो में कुछ ख़ास नहीं है क्योंकि प्रदीप सिंह अनिरुद्ध से सिर्फ़ पूछताछ कर रहा है। अनिरुद्ध पराशर के लिए जिस वीडियो में कुछ नहीं था, वह वीडियो परितोष के लिए ताश के पत्ते के ग़ुलाम की तरह थी जिसके चलते ही एसएसपी साहब का ग़ुलाम प्रदीप सिंह लखनऊ से विदा हो जाएगा।

परितोष, "अहा! क्या कह रहे हो... सिर्फ़ पूछताछ कर रहा है। नहीं, अनिरुद्ध बाबू यह पूछताछ नहीं हो रही है, ऊपर की कमाई की प्लानिंग हो रही है... बड़ा तगड़ा नेक्सस है प्रदीप सिंह का प्रदेश में... लेकिन प्रॉमिस है, उखाड़ फेंकूँगा।

परितोष वीडियो को एक बार फिर से देखता है। सभी सुधा का रसपान करते हैं। और महफ़िल धीरे-धीरे अपने चरम पर पहुँच जाती है। रात गहराते-गहराते सभी अपने-अपने घरों को चले जाते हैं।

अनिरुद्ध, "अच्छा परितोष, मैं चलता हूँ। और कुछ हो तो ज़रूर बताना भाई। मैं तेरे लिए ऑलवेज़ तैयार हूँ। मगर मिस यूज़ मत करना।"

परितोष, "अरे... यार कैसी बात करते हो।"

अनिरुद्ध ने पत्रकार होने के नाते परितोष की मदद की। कुछ पत्रकार सम्मान को सर्वोपरि रखते हैं। अपने ईमान से डिगते नहीं, उन्हें काम के बदले सम्मान पसंद होता है। ईमान को 90 डिग्री पर झुकाकर मिला रसूख़ नहीं चाहिए होता। ख़ैर, अरशद रिज़्वी ने अनिरुद्ध की तारीफ़ में क़सीदे पढ़ दिए। अब वह भी क्या करे, उसका सम्मान तो परितोष के सम्मान में बसा है।

अनिरुद्ध पराशर पत्रकारों की उन कैटेगरी में आते हैं जो स्टोरी ठोक-बजाकर करते हैं। और स्टिंग करने के लिए जो साहस ऊपर वाले ने उन्हें बख़्शा है उसका दुरुपयोग नहीं करते हैं। ख़बर को सनसनीख़ेज़ बनाने के लिए चंद पत्रकार 100 रुपए की घूस लेने वाले ट्रैफ़िक कांस्टेबल का वीडियो बनाते हैं, और बड़े-बड़े घोटालेबाज़ों और घूसख़ोरों के लंगर-भंडारे और पुण्य-प्रताप की ख़बरें चलाकर उनका महिमामंडन करते हैं। अनिरुद्ध को ऐसे पत्रकारों और ऐसी पत्रकारिता से सख़्त नफ़रत है। उसका मानना है कि छोटी-मोटी मछलियों का स्टिंग क्या करना है। ऐसा स्टिंग करो कि सिस्टम हिल जाए।

33

पत्रकारिता के सिद्धांत

ऑफ़िस के बाहर परितोष एक गैंग की तरह काम कर रहा था और ऑफ़िस पहुँचते ही एक साधारण-सा नौकरीशुदा क्राइम बीट का जर्नलिस्ट बना रहता था। उसके सारे प्रपंच एक तरफ़ और लक्ष्मणपुर टाइम्स एक तरफ़। यह परितोष शर्मा की शानदार कार्यशैली थी। दोनों को दो तरह से डील करना। वह ऑफ़िस पहुँचता है और सम्पादक जी से वीडियो और न्यूज़ के बारे में बताता है। सम्पादक जी उसकी बात से सहमत नहीं होते हैं, "एक वीडियो के आधार पर हम कैसे लिख सकते हैं कि प्रदीप सिंह और दिग्विजय सिंह के बीच आपराधिक संबंध है। यह पत्रकारिता के सिद्धांत के ख़िलाफ़ है।" लेकिन परितोष के दिमाग़ पर एसएसपी का दंभ चढ़ा हुआ था। वह सम्पादक जी को तर्क पर तर्क देता है। वह बताता है कि दिग्विजय सिंह का पंचशील सोसायटी डबल मर्डर केस से लेना-देना है लेकिन प्रदीप सिंह ने उसको गिरफ़्तार नहीं किया और मुझे कर लिया था। सम्पादक जी ने परितोष की बात सुनकर कहा, "मुझे लग रहा था कि कुछ ग़लत हो रहा है। आज समझ में आ रहा है कि तुम्हारी बात मानकर मैंने गेस्ट हाउस वाली ख़बर अप्रूव कर दी थी। आज तुम दुबारा मुझसे वही ग़लती करा रहे हो।"

पिछली बार की तरह इस बार भी परितोष ने अनामी प्रसाद को मना लिया और स्टोरी छापने की इजाज़त मिल गई। सम्पादक जी ने परितोष को एक बार

फिर भारी ज्ञान दिया, "साहस ऐसी जगह पाया जाता है जहाँ उसकी संभावना कम होती है और दुस्साहस वहाँ पाया जाता है जहाँ अहं सिर चढ़ जाता है।"

लेकिन जब अहं सिर पर सवार रहता है तो अनुभव की सीख कहाँ समझ में आती है। परितोष शर्मा एसएसपी विक्रमजीत सिंह और प्रदीप सिंह को नीचा दिखाने का कोई मौक़ा नहीं छोड़ना चाहता है। क्योंकि इसका जवाब उसके पास नहीं है।

अगले दिन लक्ष्मणपुर टाइम्स में बैनर हेडलाइन ख़बर छपती है और अनिरुद्ध पाराशर ने जो स्टिंग ऑपरेशन किया था, उसके पूरे विवरण से अखबार रँग जाता है।

पंचशील डबल मर्डर केस के तार लखनऊ विवि में, पुलिस जांच नहीं डीलिंग कर रही है।

ख़बर संगीन है। प्रदीप सिंह का ट्रांसफ़र होने के बावजूद स्पेशल ब्रांच के ऑफ़िस में बैठना और डबल मर्डर केस में संदिग्ध दिग्विजय सिंह के साथ खाना खाते हुए तस्वीरों से शहर में फिर सनसनी फैल गई। साथ ही परितोष प्रदीप सिंह और एसएसपी विक्रमजीत सिंह पर जातिवाद का आरोप लगाता है। पुलिस एसएसपी विक्रमजीत सिंह, इंसपेक्टर प्रदीप सिंह और छात्रसंघ चुनाव में क्षत्रिय उम्मीदवार दिग्विजय सिंह को सपोर्ट कर रहे हैं और उसकी मदद के लिए पहले त्रिपुरारी मिश्रा को गेस्ट हाउस कांड में फँसाकर विश्वविद्यालय से सस्पेंड करा दिया। फिर यही चालबाज़ी अध्यक्ष पद के तीसरे प्रत्याशी त्रिलोचन यादव के साथ कर रहे हैं। बटलर हॉस्टल में छापा मारकर राजू यादव को गिरफ्तार किया और उसका नाम त्रिलोचन से जोड़ रहे हैं। इसे देखते हुए विश्वविद्यालय यदि प्रशासन पर कार्रवाई करता है तो दिग्विजय सिंह को कोई टक्कर नहीं मिलेगी। दूसरी तरफ

दिग्विजय सिंह का नाम डबल मर्डर में मृत महिला से भी जुड़ा है। लेकिन प्रदीप सिंह ने दिग्विजय सिंह को गिरफ्तार करना तो दूर स्पेशल ब्रांच में बैठाकर खाना खिला रहे हैं। ट्रांसफ़र होने के बावजूद प्रदीप सिंह स्पेशल ब्रांच में क्या कर रहे हैं?

सुबह-सुबह हॉकर बैनर हेडलाइन वाले अख़बार के साथ शहर की गलियों में घूम रहे हैं। युनिवर्सिटी, हॉस्टल, चाय की दुकान, बस अड्डे, रेलवे स्टेशन पर और पुलिसवाले सभी अख़बार पढ़ रहे हैं। एक बार फिर परितोष ने पुलिस एसएसपी विक्रमजीत सिंह पर ज़ोरदार हमला किया। इसका असर ज़रूर पड़ेगा क्योंकि दिग्विजय सिंह विपक्षी पार्टी के छात्र विंग का कैंडिडेट है।

और दस बजते-बजते, इससे पहले कि कुलपति कार्यालय के कर्मचारी हाज़िरी लगा देते। छात्रसंघ अध्यक्ष पद के उम्मीदवार त्रिलोचन यादव ने अन्य छात्र नेताओं और सैकड़ों छात्रों के साथ कुलपति कार्यालय का घेराव कर दिया।

प्लान के मुताबिक़ सब ठीक समय पर हो रहा था। अरशद रिज़्वी और तमाम छोटे-बड़े रिपोर्टर विश्वविद्यालय पहुँच जाते हैं। कुलपति के कार्यालय के घेराव की ख़बर बड़ी बन जाती है। राजधानी में हंगामा सरकार की सेहत के लिए ठीक नहीं होता है। सरकार के नुमाइंदे क्रायसिस मैनेजमेंट में लग जाते हैं। इन सबके बीच त्रिपुरारी मिश्र भी सत्ता पक्ष के अपने सीनियर नेताओं से मिलता है और अख़बार की कटिंग दिखाकर बताता है कि पुलिस उसे फँसा रही है। जबकि सरकार उनकी पार्टी की है फिर भी पुलिस वाले हमी लोगों को हरा रहे हैं।

बात इतनी ठीक थी, पुलिस कुछ देर में छात्र प्रदर्शन को मैनेज कर लेती, लेकिन परितोष शर्मा की गिरफ़्तारी से सरकार और पार्टी में दूसरे पक्ष के लोग पुलिस और गृह मंत्री की कार्यशैली पर सवाल खड़ा करने लगे। राजनीति केवल पक्ष और विपक्ष के बीच ही नहीं होती है, हर पार्टी के अंदर भी लॉबी होती है जो एक-दूसरे को गिराने के मौक़े तलाशती है। इस ख़बर के बाद डीजीपी ऑफ़िस और गृह विभाग में भी हलचल तेज़ हो गई। गृह

मंत्री नाराज़ थे क्योंकि उनके कहे का लखनऊ के एसएसपी विक्रमजीत सिंह पर कोई असर नहीं हो रहा है। पार्टी के अंदर की राजनीति के दबाव में आए गृह मंत्री डीजीपी से विक्रमजीत सिंह की कार्यशैली पर नाराज़गी ज़ाहिर करते हैं। और सख्त कार्रवाई करने को कहते हैं, "मेरे मना करने के बावजूद आप लोगों ने उस पत्रकार को गिरफ्तार किया, उसे हाथों-हाथ ज़मानत मिल गई। मैं प्रमुख सचिव को आदेश दे सकता हूँ कार्रवाई की लेकिन डीजीपी साहब आप पुलिस विभाग के मुखिया हैं, उचित कार्रवाई कीजिए। जिससे सख़्त संदेश जाए, सरकार कमज़ोर और लाचार नहीं है कि लखनऊ में हमारी नाक के नीचे कुछ भी हो जाए और हमें पता तक न चले। मेरे कहने पर उस इंस्पेक्टर का ब्रांच से ट्रांसफ़र कर दिया। लेकिन चालाकी देखिए जांच से नहीं हटाया, मतलब मज़ाक़ है क्या डीजीपी साहब... आपके एसएसपी ने शासन के आदेश का अनादर किया है।"

डीजीपी मौक़े की नज़ाकत को समझते हैं और आनन-फ़ानन में एसएसपी विक्रमजीत सिंह का ट्रांसफ़र सीबीसीआईडी में कर दिया जाता है। शासन से अगले ही घंटे में आदेश जारी होता है और लखनऊ पुलिस का एसएसपी देवीदत्त पाण्डेय को बनाया जाता है। इंस्पेक्टर प्रदीप सिंह को पश्चिमी उत्तर प्रदेश के मुजफ़्फ़रनगर ज़िले के एक जाँसठ थाने पर भेज दिया जाता है।

इस तरह से पिछले पंद्रह दिनों से लखनऊ में चल रहे पुलिस-परितोष के बीच लुका-छिपी का खेल ख़त्म होता है। परितोष की ईगो जीत जाती है और आईपीएस अफ़सर और उसके चहेते इंस्पेक्टर की लखनऊ से विदाई हो जाती है। परितोष शर्मा शहर का निर्विवादित पत्रकार बनकर उभरता है।

34

लखनऊ के नए कप्तान

अगले दिन लखनऊ पुलिस के कार्यालय में नए एसएसपी देवीदत्त पाण्डेय ने चार्ज लिया। वह सभी वरिष्ठ अधिकारियों की मीटिंग लेते हैं और कुछ ज़रूरी विभागीय स्थानांतरण करते हैं। एसपी क्राइम पाण्डेय जी को बताते हैं कि सारे फ़साद की जड़ परितोष शर्मा है। विक्रमजीत सर से किसी बात पर तनातनी कुछ ज़्यादा ही हो गई थी। स्पेशल ब्रांच की कार्यशैली से भी कुछ प्रॉब्लम थी लेकिन विवाद क्या था यह किसी को नहीं पता है, अन्य अधिकारियों ने भी यही बताया। किसी को यह नहीं पता कि एसएसपी और क्राइम रिपोर्टर परितोष के बीच बात किस वजह से बिगड़ी।

मीटिंग ख़त्म होती है। पीआरओ एसपी तिवारी, एसएसपी साहब के पास जाता है और बताता है कि चार बजे प्रेस कॉन्फ्रेंस रखी है। परंपरा के मुताबिक़ चार्ज लेने के बाद एसएसपी मीडिया वालों से मिलते हैं। तिवारी ने नए एसएसपी साहब को बताया कि विक्रमजीत सिंह साहब और परितोष के बीच पहला एन्काउंटर प्रेस कॉन्फ्रेंस में ही हुआ था। फिर सारी घटना का विवरण वह साहब को देता है। एसएसपी साहब उससे कहते हैं कि जब सारे पत्रकार आ जाएँ तो उसे बुलाइएगा, ख़ासकर परितोष के आने के बाद।

साढ़े चार बजे प्रेस कॉन्फ्रेंस शुरू होती है। क्राइम बीट के पत्रकार सेंट्रल हॉल में बैठ हैं। नए एसएसपी आते हैं और सभी पत्रकारों से एक-एक कर मिलते हैं। उन्होंने कहा कि पुलिस और पत्रकारों का रिश्ता सिक्के की तरह होता है। जिसमें चित्त और पट दोनों हैं। पत्रकार हमें समाज में घट रही घटनाओं का विवरण अपनी न्यूज़ के ज़रिए देते हैं और हम उस सूचना का इस्तेमाल अपनी पुलिसिंग में करते हैं। नए एसएसपी पाण्डेय जी ने भी वही बात कही जो पूर्व एसएसपी विक्रमजीत सिंह ने कही थी, बस दोनों का तरीक़ा अलग-अलग था। लेकिन आईपीएस देवीदत्त पाण्डेय को कोई मतलब नहीं कि आईपीएस विक्रमजीत सिंह ने क्या किया और क्यों किया। हर अधिकारी की अपनी अलग कार्यशैली होती है। वे जानते सब हैं लेकिन ज़ाहिर मौक़े पर करते हैं।

अख़बारों की यही भूमिका होती है कि वे किसी अधिकारी या किसी नेता से व्यक्तिगत विरोध नहीं रखते हैं। अख़बार का काम है शासन-प्रशासन के सामने उनकी कमियाँ बताना। लेकिन क्या आईपीएस विक्रमजीत सिंह इस पूरी घटना को भूले हैं? यह सवाल परितोष शर्मा के लिए और उलझ गया था क्योकि नए एसएसपी ने उसके रुतबे का तनिक भी लोड नहीं लिया।

इधर नए कप्तान की जॉइनिंग के साथ इंस्पेक्टर प्रदीप सिंह भी अपनी रिलीविंग का इंतिज़ार कर रहा है। नए एसएसपी आजकल में उसे एलआईयू से रिलीव कर देंगे। फिर वह मुजफ़्फ़रनगर में जाकर चार्ज ले लेगा। हालाँकि प्रदीप सिंह को इस ट्रांसफ़र से कुछ फ़र्क़ नहीं पड़ता है। लेकिन विक्रमजीत सर के ट्रांसफ़र से वह चिंतित है। बहुत सोच-विचार के बाद विक्रमजीत सिंह को फ़ोन करने की हिम्मत जुटाता है।

"सर, मैंने सुना है कि..."

"हाँ, ठीक ही सुना है। अब तो देवीदत्त जी ने चार्ज भी ले लिया होगा। तुम बताओ कब जा रहे हो मुज़फ़्फ़रनगर?"

“यहाँ से रिलीव होने के दूसरे दिन ही चला जाऊँगा मुज़फ़्फ़रनगर सर। हाथ बाँध दिए गए हैं सर... एक-दो दिन और मिल जाते तो केस खोल देता सर। पर अब क्या कर सकते हैं!”

विक्रमजीत सिंह, प्रदीप सिंह का मनोबल बढ़ाते हैं और कहते हैं कि जल्द ही लखनऊ वापस बुला लेंगे। प्रदीप सिंह और विक्रमजीत सिंह के बीच संक्षिप्त बातचीत होती है। लेकिन प्रदीप सिंह को इससे हिम्मत बँधती है।

35

दो तलवार

अगले ही दिन प्रदीप सिंह को रिलीव कर दिया जाता है। और कई दिनों से एसएसपी के पीआरओ की साइड पोस्टिंग पर चल रहे इंस्पेक्टर एसपी तिवारी को स्पेशल ब्रांच का चार्ज मिल जाता है। वह एक किलो का मिठाई का डिब्बा लेकर भागे-भागे परितोष के घर पहुँचता है। परितोष ख़ुद अपने हाथ से नींबू की चाय बनाकर तिवारी जी के लिए लाता है। घर में हमेशा की तरह कबीर वाणी मद्धिम आवाज़ में बज रही है :

कबीरा खड़ा बाज़ार में, माँगे सबकी ख़ैर
ना काहू से दोस्ती, ना काहू से बैर

इंस्पेक्टर तिवारी घर का आध्यात्मिक माहौल देखकर बहुत प्रभावित होता है। कहता है कि शर्मा जी तुम्हारे ठसक को देखकर लगता नहीं है कि इतना सरल जीवन बिताते हो। परितोष उसकी बात सुनकर मुस्कुराता है। म्यूज़िक सिस्टम से आवाज़ आती है :

जाति न पूछो साधु की, पूछ लीजिये ज्ञान,
मोल करो तरवार का, पड़ा रहन दो म्यान

तिवारी जी नींबू की चाय की दूसरी चुस्की लेते हैं और मुद्दे पर आते हैं, "मुबारक हो शर्मा जी! आपने दो-दो छक्के उड़ा दिए। प्रदीप का ट्रांसफ़र हो गया। मुज़फ़्फ़रनगर में जाँसठ थाने पर लगा दिया गया है। और मुझे यहाँ स्पेशल ब्रांच का इंचार्ज बना दिया गया है।

परितोष भी उसे बधाई देता है। दोनों कुछ पुरानी बातों को याद करके बहुत मज़ा लेते हैं। इंस्पेक्टर तिवारी बातो-बातो में परितोष को बताते हैं कि स्पेशल ब्रांच बहुत मलाई वाली जगह है और परितोष शर्मा का सपोर्ट मिले तो दोनों बहुत कमा लेंगे। परितोष उनकी बात को समझ रहा है लेकिन वह सम्मान और ईमान के भँवर से अभी निकाल नहीं पाया है। इंस्पेक्टर तिवारी उसको पूरा सम्मान दे रहा है लेकिन परितोष का ईमान गड़बड़ा नहीं रहा है। परितोष काफ़ी देऱ तिवारी की बात सुनते-सुनते बमक जाता है।

"तिवारी जी, मैं पत्रकार हूँ, दलाल नहीं! अपने बनाए रास्तों पर चलता हूँ। एसएसपी साहब से या उसके भंटू प्रदीप सिंह से मेरी लड़ाई तुम्हारे महकमे की दलाली पर नहीं, मेरे अहम की चोट पर थी जो अब ख़त्म हो गई है। बाक़ी आप अपना काम कीजिए और मैं अपना काम करूँगा।"

तिवारी जी भौचक मुँह बाए रह गए। कुछ देर तक उन्हें समझ में नहीं आया कि क्या कहें। मिठाई का डिब्बा टेबल पर पड़ा था। इतना बड़ा बवाल हो गया और सिस्टम के आगे यह अदना-सा पत्रकार ईगो लेकर बैठा है, यह समझकर तिवारी ने दबी आवाज़ में कहा, "परितोष बाबू, अगर बात ईगो कि है तो उधर भी होगी। एक आईपीएस का ट्रांसफ़र हुआ है तुम्हारी वजह से और वह भी प्रदेश की सबसे क्रीम पोस्टिंग से। जानते हो पूरे विभाग में चटकारा लिया जा रहा है इस मामले का, यह इतना आसान नहीं

है जितना तुम सोच रहे हो। तुम मेरे छोटे भाई जैसे हो। मिठाई खाना, ठंडा पानी पीना फिर सोचना कि क्या करना है।"

परितोष इंस्पेक्टर तिवारी जी की बात बहुत ध्यान से सुनता है, जैसा कि उसकी आदत है और सुनना उसकी ताक़त भी है। म्यूज़िक सिस्टम पर कबीर का अगला दोहा गूँज उठता है :

तिनका कबहुँ ना निंदिये, जो पाँव तले होय
कबहुँ उड़ आँखों पड़े, पीर घानेरी होय

इंस्पेक्टर एसपी तिवारी जाने के लिए उठते हैं तो परितोष उन्हें बैठने का इशारा करता है। और नींबू वाली चाय के लिए पूछता है।

"सुशील त्यागी वाले मामले को जितनी जल्दी हो सके ख़त्म कर दीजिए तिवारी जी।"

इंस्पेक्टर तिवारी मुस्कुराता है और उसे तसल्ली रखने का इशारा करते हुए बोलता है, "संकोच न करो शर्मा जी, मैं तुम्हारा फ़ुल सपोर्ट करूँगा। बस दो काम कर देना—एक तो यह कि जल्द राजू यादव से मिला देना और दूसरा, सुशील कोर्ट में बयान बदल दे। बाक़ी तुम ख़ुद ही समझदार हो। लेकिन धीरे-धीरे चलना ज़्यादा तेज़ चलने वालों को सिस्टम से बाहर कर देता है।"

इधर प्रदीप सिंह घर जाने की जगह सीधा मुज़फ़्फ़रनगर पहुँचता है। वहाँ के एसएसपी को रिपोर्ट कर जाँसठ थाने में चार्ज लेता है। लखनऊ वाले केस में भी परिस्थितियाँ सामान्य हो जाती हैं। चार दिन में ही लोग भूल गए कि ख़बरों की डीलिंग में एसएसपी और स्पेशल ब्रांच के इंचार्ज का ट्रांसफ़र कर दिया गया था। यह अक्सर होता है, जनता की सामूहिक याददाश्त तीन महीने से ज़्यादा नहीं टिकती और व्यक्तिगत तौर पर लोगों के बीच चर्चा करने की क्षमता तीन दिन से ज़्यादा नहीं होती है। इस मामले में तीन दिन बीत गए थे इसलिए चर्चा की कोई गुंजाइश नहीं बची थी।

एसपी तिवारी गेस्ट हाउस कांड की विवेचना से परितोष शर्मा का नाम हटाने में जुट जाता है।

प्रदीप सिंह भी अपने काम में जुट जाता है। थाने में अपने मातहतों से इलाक़े के बारे में मालूमात हासिल करता है। पुलिस का यह रूटीन काम है, लॉ एंड ऑर्डर को बनाए रखने के लिए। कोई भी इंस्पेक्टर थाना प्रभारी के लिए सूचना बहुत ज़रूरी होती है। प्रदीप सिंह ने भी थाने के बीट वालों और चौकियों से जानकारी इकट्ठी की। फिर थाने के कारख़ास को बुलवाया। कारख़ास दिनेश कसाना पहुँचता है, प्रदीप सिंह चाय नाश्ता मँगवाता है और हिसाब शुरू होता है। यूँ तो कारख़ास नाम का कोई पद किसी भी पुलिस स्टेशन में नहीं होता है। लेकिन यह व्यवस्था अँग्रेज़ों के ज़माने से चली आ रही है। किसी थाने के कारख़ास के दो ज़रूरी काम होते हैं; एक—अवैध वसूली कहाँ से होती है और कितना रेट तय है, इसके लिए वह ज़िम्मेदार होता है, चूँकि इसे बताया नहीं जा सकता है इसलिए कारख़ास को जस्टिफ़ाई करने के लिए कहा जाता है कि इलाक़े में क़ानून व्यवस्था को बनाए रखने के लिए थाने के कुछ स्टाफ़ समाज के लोगों से पर्सनल बॉन्डिंग बनाने के लिए लगाए जाते हैं। जो दंगा या किसी विकट स्थिति में काम आते हैं। अब काम लेना है तो कुछ काम करने भी तो पड़ेंगे। दूसरा—अपने इसी सिस्टम की वजह से कारख़ास थाने का ऐसा मध्यस्थ होता है जो कानून व्यवस्था को बनाए रखने के लिए निगोशिएटर की भूमिका में रहता है।

कारख़ास दिनेश से प्रदीप सिंह ने पता किया कि इलाक़े में कौन-कौन ऐसे लोग हैं जो थाने पर प्रभाव रखते हैं।

"क्या क्राइम है इधर?"

"साहब गन्ना किसानों का हंगामा ज़्यादा रहता है। कॉलेज के लौंडे बस-वस रुकवाते रहते हैं और गाड़ियों की लूट बहुत होती है।"

प्रदीप सिंह ने पूछा, "थाना महीने का कितना कमाता है?"

दिनेश, "पाँच-दस तक बन जाता है साहब।"

इंस्पेक्टर प्रदीप सिंह गन्ना किसानों के बवाल के बारे में जानकारी लेता है। प्रदीप सिंह एक क़ाबिल इंस्पेक्टर था, यह सारा पुलिस विभाग जानता है। प्रदीप ने भी मुज़फ़्फ़रनगर आते ही गन्ना किसानों के आंदोलन और समस्याओं के साथ उनमें प्रभावशाली लोगों के बारे में छानबीन शुरू कर दी थी। ख़ैर, उसने कारख़ास को अपने थाने से इलाक़े के ऐसे लोगों के नाम, पहचान और रिकॉर्ड मँगवाए जो थ्रेट हैं।

स्पेशल ब्रांच के नए प्रभारी इंस्पेक्टर एसपी तिवारी की सुस्त विवेचना की वजह से लखनऊ में हफ़्ते भर बाद ही सुशील त्यागी भी ज़मानत पर बाहर आ जाता है। पुलिस कस्टडी में दिया गया उसका इक़बालिया बयान जिसे क़ानूनी कार्यवाही में 161 का बयान कहते हैं, अदालत में तब तक मान्य नहीं होता है जब तक अभियोजन पक्ष उस बयान के स्थापित करने के लिए सुबूत न दे सके। इस मामले में गोली चलाने वाले राजू यादव को पुलिस गिरफ़्तार नहीं कर सकी है और न ही सत्यप्रकाश पाण्डेय की हत्या जिस अस्लहे से हुई वही बरामद कर पाई है। पुलिस जाँच में केस पूरी तरह से कमज़ोर पड़ रहा था। परितोष शर्मा का पुलिस महकमे पर असर काम कर रहा था। उसके सितारे बुलंदी पर चल रहे थे। उसके सारे दुश्मन ताश के पत्तों की तरह गिर रहे थे। और एक बड़ी ख़ुशख़बरी और आनी थी। लखनऊ यूनिवर्सिटी के छात्रसंघ चुनाव में त्रिलोचन यादव अध्यक्ष पद का चुनाव जीत जाता है।

चुनाव परिणाम के बाद परितोष राहत की साँस लेता है। उसका क़द लगातार बढ़ता जाता है। लेकिन उसे अपने ईमान को बार-बार समझाना पड़ रहा है। वह अहम के आगे कई बार टूटा, जिसे परितोष बार-बार सम्मान के धागे से जोड़ता है जो दूसरों की हार से मिली होती है। लेकिन वह जानता है कि दुनिया में कुछ भी स्थायी नहीं है। ख़ैर, दो दिन बाद त्रिलोचन यादव की जीत में बड़े जल्से का आयोजन होता है।

36

जीत का जल्सा

होटल हयात
विभूति खंड, गोमती नगर
लखनऊ

रात के 9 बजे हैं। होटल के पोर्टिको में एक के बाद एक लग्ज़री कारों का आना शुरू हो जाता है। शहर के कई मानिंद और रसूख़दार लोग यहाँ पहुँचते हैं। शहर के नई उम्र के कारोबारी और शौक़ीन भी लखनऊ विश्वविद्यालय छात्र संघ के नवनिर्वाचित अध्यक्ष त्रिलोचन यादव की जीत की ख़ुशी में आयोजित इस जल्से में शरीक होते हैं।

लेकिन पार्टी का मुख्य आकर्षण तो परितोष शर्मा ही थे। दर्जनों पत्रकार और पुलिस वालों की मौजूदगी के बीच गीतांजलि चौधरी भी आती है। अरशद उसे और देविना को साथ लेकर एक टेबल पर बैठ जाता है। मेहमानों से दुआ-सलाम लेकर परितोष भी उस टेबल पर आकर बैठ जाता है।

कुछ देर बाद सुशील त्यागी और राजू यादव भी पार्टी में आते हैं। प्रदीप सिंह की मार से सुशील भचककर चल रहा होता है जिसकी वजह से सभी की नज़रें उसपर टिक जाती हैं। इंस्पेक्टर प्रदीप सिंह ने उसे ठीक से कूटा

था। लोगों को यह देखकर उससे सिम्पथी है। परितोष को तो कुछ ज़्यादा ही है, वह उठकर सुशील को गले लगाता है। गीतांजलि को यह अच्छा नहीं लगता है। उसके कानों में एसएसपी विक्रमजीत सिंह की बात गूँजने लगती है। हालाँकि उसे अपनी प्रोफ़ेशनल ग्रोथ के आगे ये बातें बेमानी लगती हैं। हालाँकि वह परितोष शर्मा की गिरफ़्तारी के बाद से ही एक डिस्टेंस मेनटेन कर रही थी। लेकिन सुशील त्यागी और राजू यादव जैसे हार्डकोर क्रिमिनल को पार्टी में देखकर वह अनकंफ़र्टेबल हो गई। उसे एसएसपी विक्रमजीत सिंह के फ़ोन और परितोष शर्मा के बारे में पूछने की वजह समझ में आ रही थी। गेस्ट हाउस कांड के दो मुख्य आरोपी उसके सामने थे, उसकी नज़र में एक शानदार जर्नलिस्ट परितोष शर्मा उसके सामने ही एक शूटर से गले लग रहा है। जिसके बयान की वजह से कुछ दिनों पहले ही पुलिस उसे गिरफ़्तार कर चुकी है। एक के बाद एक गीतांजलि चौधरी के सामने कई दृश्य आते हैं। कभी वह परितोष शर्मा को देखती है, कभी मोबाइल फ़ोन का रियर कैमरा ऑन कर ख़ुद को। इमोशन कम प्रोफ़ेशन हर दम वाले उसके मूलमंत्र को झटका लगता है। मानो गहरे प्यार में डूबी लड़की का ब्रेकअप हुआ हो। कुछ देर रुकने के बाद उसने परितोष शर्मा से कहा कि उसकी तबियत ठीक नहीं है।

परितोष भी बिना किसी फ़ॉरमैलिटी के बिना कुछ पूछे उसे बाहर तक छोड़ने आता है। वह ख़ूब समझ रहा है कि गीतांजलि के मन में क्या चल रहा है।

“तुम्हें मेरे बारे में किसी ने ग़लत फ़ीड किया है।”

“हो सकता है, बहुत लोग हैं शहर में; कोई न कोई किसी न किसी के बारे में कुछ न कुछ बोलता रहता है। किस-किसकी बात सुनी और समझी जाए। अपने दिल की बात सुनने में ही महीनों बीत जाते हैं।”

“तो इस बार दिल की बात सुन लो।”

“सुन ली है...”

परितोष शर्मा को गीतांजलि के चेहरे पर कोई भी एक्सप्रेशन नहीं दिखता है। उसमें इतनी हिम्मत नहीं है कि वह उससे पूछ सके कि उसके दिल ने क्या कहा है। गीतांजलि कार स्टार्ट करती है और चली जाती है। परितोष ख़ाली गिलास को हथेली से कसकर तोड़ने की कोशिश करता हुआ पार्टी हॉल में वापस लौटता है।

ईगो इतना कि प्यार भी ठीक से न कर सका। परितोष शर्मा भी अपने दिल का हाल किसी पर ज़ाया न करके अपने संकट के साथी से हालचाल लेने में कोई कमी नहीं छोड़ता है। ऐसा भरत मिलाप कि सुशील की आँखें डबडबा जाती हैं।

"बस भइया... आपका आशीर्वाद है। लगता है कि बायाँ पैर कुछ ख़राब हो गया है। बहुत तोड़ा है प्रदीप सिंह ने भइया।" यह बताते हुए उसकी दहाड़ निकलने लगती है और सुबकते हुए कहता है, "प्रदीप सिंह ने कहा कि तुम्हारे भइया का हाथ तोड़ देंगे, उसको कहानी लिखने का बड़ा शौक़ है।"

परितोष उसके रोने और भचककर चलने से दुखी है। वह एक पत्रकार ही तो है, कोई पेशेवर क्रिमिनल तो है नहीं कि सुशील त्यागी को यूज़ किया और भूल गया। परितोष का अहम फिर जाग जाता है। वह मुज़फ़्फ़रनगर एक किसान नेता जितेंद्र चौधरी को फ़ोन करता है। चौधरी साहब जब भी लखनऊ आते हैं उनकी एक शाम परितोष भाई के साथ ज़रूर बीतती है। किसानों के नेता चौधरी साहब के कई काम लखनऊ से निपटाते हैं और परितोष शर्मा जैसा दिलदार आदमी उन्हें कहाँ मिलता। परितोष ने फ़ोन को स्पीकर पर किया और पूछा, "कैसे हो चौधरी साहब? परितोष शर्मा बोल रहा हूँ।"

दूसरी तरफ़ से ठेठ पश्चिमी यूपी वाली आवाज़ आती है, "अरे शर्मा जी, जैसा छोड़कर गए थे हम तो वैसे ही हैं। तुम सुनाओ अपनी, कैसे हो? बहुत दिनों बाद याद किया भाई को तुमने। आ जाओ मुज़फ़्फ़रनगर, गन्ने बहुत हो रखे हैं अबकी बार। गुड़ भिजवा दूँ क्या तने?"

"चौधरी साब, तुम भी तो लखनऊ नहीं आ रहे हो, कई महीने हो गए।"

"परितोष भाई क्या बताएँ। अबकी विधानसभा की तैयारी में लगा है तेरा भाई। टिकट के लिए भाई को मेहनत करनी है, बोल दे रहा हूँ नोट कर लो। अब लखनऊ में तुम्हीं अपने भरोसे के हो। बोलो क्या भिजवा दूँ?"

परितोष शर्मा और जितेंद्र चौधरी कई बार एक-दूसरे के काम आए हैं। एक-दूसरे के लिए उपयोगी होना इस समाज में सफल होने की पहली शर्त है। पहले इंस्पेक्टर तिवारी अब जितेंद्र के एक के बाद एक दिए ऑफ़र से परितोष घबरा जाता है। उसे अभी पूर्णमासी की कमाई की आदत कहाँ पड़ी है।

"अरे कुछ नहीं जितेंद्र भाई। बस आपके ज़िले में हमारे एक मेहमान पहुँचे हैं। इंस्पेक्टर हैं, नाम प्रदीप सिंह है। उनका हालचाल लेना था आपसे।"

जितेंद्र चौधरी परितोष की आवाज़ में दबी तल्ख़ी को समझ जाता है, "अच्छा! अब समझा... जे मामला है। दारोग़ा टेढ़ा है क्या परितोष भाई?"

"हाँ, उसे सभी जीते-जागते आदमी अपराधी दिखते हैं। इंस्पेक्टर साहब को समझाना है कि उसकी हरकतों से शरीफ़ आदमी भी अपराधी बन सकता है।"

"चौधरी के पल्ले परितोष शर्मा की बात तो पड़ने से रही लेकिन इतना वह समझ गया कि घाव गहरा है।"

"परितोष भाई तुम मस्त रहो। यह मुज़फ़्फ़रनगर है, क्राइम कैपिटल कहे हैं इसे।"

"शरीफ़ आदमी से ही तुम्हारे दरोग़ा को दरोग़ाई सिखवा देंगे। बस तुम मेरा टिकट फ़ाइनल करवा दो।"

थम चुकी अहम की लड़ाई में सुशील की फफकियों ने घी का काम किया या गीतांजलि पर उसका राज़ खुलना, ठीक-ठीक कहना मुश्किल है। लेकिन यह सामाजिक टाइप का होना भी आदमी को अपराधी बना देता

है। अब भरे पूरे जश्न में मौजूद समाज के सामने कोई परितोष शर्मा का हाथ तोड़ने की बात कहे तो किसी का क्या रिएक्शन होगा? प्रदेश की राजधानी का नामचीन दबंग पत्रकार का लोड परितोष शर्मा के दिमाग़ को हाईजैक कर चुका था और दिल का साफ़, एक सामान्य परिवार का लडका एक अपराध को छुपाने के लिए दूसरे अपराध की तरफ़ बढ़ रहा था।

देखते हैं आगे क्या होता है।

37

किसान आंदोलन

इधर मुज़फ़्फ़रनगर के गन्ना किसानों ने डीएम कार्यालय पर धरने का एलान कर दिया। किसान गन्ने के भुगतान और न्यूनतम समर्थन मूल्य बढ़ाने की माँग को लेकर पहले से ही आंदोलन के मूड में थे। क्राइम कैपिटल के नाम से चर्चित मुज़फ़्फ़रनगर में ऐसे आंदोलनों के दौरान हिंसा की प्रबल संभावना रहती है इसलिए पश्चिमी यूपी में पुलिस किसानों और उनके आंदोलनों को लेकर बहुत सतर्क रहती है। इंस्पेक्टर प्रदीप सिंह को भी चार्ज लिए जुमा-जुमा दो दिन ही बीते थे कि इस आंदोलन की वजह से बवाल के बादल गहराने लगे थे।

इंस्पेक्टर प्रदीप सिंह क्षेत्र में गश्त पर था। तभी वायरलेस पर एसएसपी ऑफ़िस से सूचना आती है। ज़िला मुख्यालय पर बड़ी संख्या में गन्ना किसान एकत्रित हो रहें हैं। आसपास के सभी थानेदारों को आदेशित है कि मय फ़ोर्स ज़िला मुख्यालय पर तत्काल पहुँचें। वायरलेस पर खरखराती आवाज़ में प्रदीप सिंह के थाने का नाम भी पुकारा जाता है। प्रदीप सिंह ठहरा इंवेस्टिगेशन और क्रिमिनल को ठोको नीति वाला दारोग़ा, उसे सुरक्षा ड्यूटी समय और संसाधन की बर्बादी लगती है लेकिन वह कर भी क्या सकता है, नौकरी कैसी भी हो, बड़े से बड़ा तीस मार ख़ान भी नौकरी में लपरझन्ना ही बन जाता है।

तय कार्यक्रम के मुताबिक़ किसान संगठन और उनके नेताओं ने गन्ने का समर्थन मूल्य बढ़ाने के लिए धरना शुरू कर दिया। सबकुछ शांतिपूर्वक चल रहा था। किसान नेता बारी-बारी से किसानों की समस्याओं को बताते हुए ज़ोरदार भाषण दे रहे थे। जितेंद्र चौधरी भी वहाँ मौजूद थे। तीन घंटे के बाद भी धरना किसी भी प्रकार से हिंसक होता नहीं दिख रहा था। पुलिस प्रशासन भी निश्चिंत था। लेकिन कुछ किसान नेताओं को यह शांति पसंद नहीं थी। इसी बीच जितेंद्र चौधरी इंस्पेक्टर प्रदीप सिंह के पास जाता है और परिचय करके बातचीत शुरू करता है।

जितेंद्र चौधरी, “भाई, मेरा घर तो आपके ही थाने में लगता है। यहाँ कोई दिक़्क़त न होवेगी।

प्रदीप सिंह, “कोई बात नहीं चौधरी साहब। आप प्रदर्शन करो, हम सिर्फ़ बवाल नहीं होने देंगे।

जितेंद्र, “बवाल किस बात का इंस्पेक्टर साहब? हम तो अपना अधिकार माँग रहे हैं।”

प्रदीप सिंह, “मेरा मतलब है कि आप प्रदर्शन करें। लेकिन शांतिपूर्ण ढंग से... क़ानून व्यवस्था ख़राब न होने पाए।”

जितेंद्र, “जे तो बड़ी अच्छी बात है, दरोग़ा जी। वैसे ज़िले में नए लगते हो। कहाँ के रहन वाले हो?”

प्रदीप सिंह, “इलाहाबाद।”

जितेंद्र, “कुंभ नगरी से हो, तभी हमें पहचानते न हो।”

प्रदीप सिंह, “चौधरी साहब अपना काम करो, परिचय तो हम सिर्फ़ थाने में लेते हैं।”

जितेंद्र चौधरी इंस्पेक्टर प्रदीप सिंह को भड़काने में कामयाब हो रहा था।

“मालूम है हमें तेरे बारे में, लखनऊ से भगायो गया है तू। परितोष भाई जी ने सारी कथा तेरी सुनाई है।”

परितोष का नाम सुनते ही प्रदीप सिंह का पारा सातवें आसमान पर चढ़ जाता है, इससे पहले कि उसकी फूले हुए नथुनों की गर्मी असर दिखाती, किसी ने जितेंद्र चौधरी को पीछे से धक्का दे दिया और वह प्रदीप सिंह को दोनों हाथों से भींचकर ज़मीन पर गिर पड़ा। काफ़ी देर से प्रदीप सिंह के हमराह बातचीत की गर्माहट को भाँप रहे थे लेकिन अपने थानेदार के ज़मीन पर गिरते ही उसके सरकारी गनर और हमराह जितेंद्र और उसके समर्थकों पर टूट पड़े।

पुलिस की लाठीचार्ज का माहौल बन गया और देखते-देखते किसानों का शांतिपूर्वक धरना गुरिल्ला युद्ध में बदल जाता है। मौक़े पर मौजूद आला अधिकारियों को समझ में ही नहीं आया कि हुआ क्या। और कैसे पुलिस से किसानों की भिडंत हो गई। बहरहाल, पुलिस हालात पर नियंत्रण करने के लिए लाठी चार्ज करना पड़ता है।

इधर इशारा मिलते ही किसानों के धरना प्रदर्शन में लाठीचार्ज की घटना ब्रेकिंग न्यूज़ बन जाती है। मुज़फ़्फ़रनगर में हुए लाठी चार्ज की ख़बर परितोष को मिलती है, उसने फ़ौरन गीतांजलि और अरशद को ख़बर फ़ॉरवर्ड करके उनके चैनलों पर प्रसारित करने को कहा और ख़ुद अपने सम्पादक जी से कहता है कि मुज़फ़्फ़रनगर वाली ख़बर को फ्रंट पर लें। हर बार की तरह सम्पादक अनामी प्रसाद जी फिर ख़बरिया नैतिकता के तक़ाज़े के हवाले से सूचना को ख़ारिज कर देते हैं। चूँकि मुज़फ़्फ़रनगर परितोष शर्मा के क्षेत्र में नहीं आता है इसलिए उसके इस ख़बर के लिए सम्पादक जी से रिक्वेस्ट करने के सिवाय और कोई रास्ता नहीं है। ख़ैर, सम्पादक जी हाल-फ़िलहाल में क़ायम परितोष के आभामंडल के ख़िलाफ़ क्या तकरार करते, सो मान गए।

“अब तुम ही चार लाइन लिखकर दे दो, लेकिन पुलिस का वर्ज़न ज़रूर ले लेना।”

सम्पादक जी के सम्मान में परितोष कभी कोई कमी नहीं रखता था। आख़िर उसे भी पता है कि पत्रकारों से प्यार से जो करा लो तो कर देंगे और

ऐंठकर कराना चाहोगे तो प्राण जाएँ पर मान-सम्मान पर आँच नहीं आने देंगे। लिहाज़ा अनामी प्रसाद को अर्पित करते हुए कबीर की एक पंक्ति पढ़ता है :

मान बड़ाई देखि कर, भक्ति करै संसार

दूसरे दिन सुबह राजधानी के न्यूज़ पेपर में प्रदीप सिंह के ख़िलाफ़ नेगेटिव ख़बरें छपीं। परितोष कई पत्रकारों से डीजीपी मुख्यालय और एसएसपी मुज़फ़्फ़रनगर को कई बार फ़ोन करवा के लेटेस्ट अपडेट लेता है। ख़बरों की दुनिया के लोग जानते हैं कि जब किसी घटना पर पुलिस अधिकारियों से जानकारी माँगी जाने लगती है तो उनपर दबाव पड़ता है। इसे ख़बर का दबाव समझें।

लखनऊ में छात्रों को अपराधी बनाने वाले दारोग़ा की लाठी से किसान हुए पस्त जैसी फटाफट ख़बरों से पटे पड़े अख़बार और टीवी चैनलों की स्क्रीन के दबाव में पुलिस मुख्यालय सक्रिय हो गया। डीजीपी ने भी एसएसपी मुज़फ़्फ़रनगर को फ़ोन करके घटना की जानकारी ली और प्रदीप सिंह को साइड पोस्टिंग पर रखने को कहा। मुख्यालय से आदेश आने के बाद एसएसपी मुज़फ़्फ़रनगर ने प्रदीप सिंह को सीनियर सिटिज़न सेल में ट्रांसफ़र कर दिया और गिरफ़्तार किसान नेताओं को निजी मुचलके पर रिहा कर मामले को रफ़ा-दफ़ा कर दिया। अरशद रिज़्वी ने अपने रीजनल न्यूज़ चैनल यूपी टीवी पर ब्रेकिंग पट्टी चला दी कि सीनियर सिटिज़न्स सेल में भेजा गया बद-दिमाग़ दारोग़ा।

क्राइम रिपोर्टरों की आम बोलचाल में इंस्पेक्टर प्रदीप सिंह के साथ कांड हो गया। किसी भी पुलिस इंस्पेक्टर के लिए ऐसी स्थिति बहुत दुखद होती है। एक तो उसे ट्रांसफ़र पर ट्रांसफ़र का तोहफ़ा मिल रहा था। दूसरा, अख़बारों में उसके बारे में लिखी जाने वाली ख़बरें उसकी सामाजिक प्रतिष्ठा

को चोट पहुँचा रही है। ऐसी ख़बरें जब उसके परिवार जनों को पता चलती हैं तो उस तकलीफ़ को शब्दों में बयान नहीं किया जा सकता।

ख़ैर, प्रदीप सिंह अपने ऊपर आई मुसीबत से बचने की उधेड़बुन में लगा रहा। पत्नी जी रायबरेली से इलाहाबाद आने-जाने में व्यस्त थीं। उन्हें क्या पता कि पुलिस का हूटर उनकी आत्मा को संतोष तो दे सकता है लेकिन ज़िम्मेदारियों की नौकरी में प्रदीप सिंह जैसे कार्यकुशल पुलिस वाले सिस्टम में अकेले ही रह जाते हैं।

ख़ैर, बहुत सोच-विचार करने के बाद उसने आइपीएस विक्रमजीत सिंह को फ़ोन किया।

प्रदीप सिंह, "सर, जय हिन्द सर!"

विक्रमजीत सिंह, "क्या हाल प्रदीप? कहाँ पोस्टिंग है आजकल?"

प्रदीप सिंह, "सर वहीं मुज़फ़्फ़रनगर में हूँ। लेकिन थाने से चार्ज लेकर सीनियर सिटिज़न सेल ट्रांसफ़र कर दिया है कप्तान साहब ने।"

विक्रमजीत सिंह, "क्यों?"

प्रदीप सिंह, "सर... वह किसानों के धरने में बवाल हो गया था। फिर काफ़ी पेपरबाज़ी हुई मेरे ख़िलाफ़। सुना कि मुख्यालय से आदेश था मुझे थाने से हटाने का।"

विक्रमजीत सिंह ऐसे पेश आ रहे थे कि जैसे उन्हें कुछ पता ही नहीं और यह बात प्रदीप सिंह भी ठीक से समझ रहा था कि साहब जानबूझकर अनजान बन रहे हैं।

प्रदीप सिंह, "सर... एक निवेदन है।"

विक्रमजीत सिंह, "अरे, बता भाई... तू तो अपना हीरा है।"

प्रदीप सिंह, "सर, मुज़फ़्फ़रनगर से हटवाकर लखनऊ मुख्यालय में ही पोस्टिंग करवा दें। कुछ दिनों बाद परितोष शर्मा का अहं शांत हो जाए तो फ़ील्ड में पोस्टिंग देखेंगे। पीछे पड़ा हुआ है वह सर।

"कुछ नहीं तो सर मुख्यालय ही अटैच करा दें।"

लेकिन विक्रमजीत सिंह ने हाथ खड़े कर दिए, "देखते हैं प्रदीप। पर अभी किसी से कुछ कहना ठीक नहीं होगा, सीनियर सिटिज़न सेल में साइड में पड़ा रह। अभी तेरा कुछ होगा नहीं।

इस वक़्त जब प्रदीप सिंह का मामला गृह विभाग, पुलिस महानिदेशक के साथ-साथ राजनीतिक लोगों की जानकारी में है तो सीधे उसकी पैरवी करना उनके लिए नुक़सानदेह साबित हो सकता है। सिस्टम में इंस्पेक्टर प्रदीप सिंह की सिर्फ़ इतनी ही हैसियत थी। आज उसे भी अंदाज़ा हो गया था कि सिस्टम में वह भी एक सामान्य आदमी ही है।

38

सीनियर सिटीज़न सेल

बहरहाल, प्रदीप सिंह सीनियर सिटीज़न सेल में चार्ज ले लेता है। और सादे कपड़ों में अपनी निजी कार से ऑफ़िस आना-जाना शुरू करता है। दो दिन बाद ही, ऑफ़िस के रास्ते में एक सँकरे मोड़ पर उसकी कार से एक साइकिल सवार दूधवाले को टक्कर लग जाती है। टक्कर बहुत गंभीर नहीं थी लेकिन पश्चिमी यूपी की भाषा ज़रा लट्ठमार टाइप की है सो प्रदीप सिंह भी बिना कुछ सोचे-समझे कार से उतर जाता है। दूधवाले का अंदाज़ बेहद ख़राब होता है। प्रदीप सिंह समझ नहीं पाता है कि यह घटना प्लांटेड है। धीरे-धीरे वहाँ स्थानीय लोग जुटने लगते हैं। प्रदीप सिंह थाने पर फ़ोन करता है। यह सुनकर दूधवाला भड़क जाता है और गाली-गलौज करता है। जिसे एक पुलिस वाला कैसे बर्दाश्त कर सकता था? प्रदीप सिंह ने दूधवाले को थप्पड़ रसीद किया। मामला बिगड़ जाता है लेकिन तब तक थाने से पुलिस फ़ोर्स पहुँच जाती है और स्थिति नियंत्रण में रहती है। लेकिन एजेंडा तो कुछ और था। किसी ने घटना का वीडियो बनाकर व्हाट्सएप पर वायरल कर दिया। वीडियो एसएसपी तक पहुँचती है और जो होता है वही हुआ। ऐसे मामलों में कोई यह जानने की कोशिश नहीं करता है कि थप्पड़ किन हालात में पड़ा। कोई आपको कितनी भी गाली दे वह स्वीकार्य है। लेकिन आपने

ख़ुद को क़ाबू में रखने के बजाय यदि किसी को थप्पड़ मार दिया तो ग़लती आपकी ही है। अजब दस्तूर है थप्पड़ का, ऐंठन भी इलाज है अकड़ का।

ख़ैर, वीडियो वायरल होने के साथ ख़बर एसएसपी के पास पहुँचती है। और स्थानीय नेताओं की पैरवी की वजह से इंस्पेक्टर प्रदीप सिंह की सुनवाई नहीं होती है। ग़लती का ठीकरा उसके सिर फूटता है और शाम तक इंस्पेक्टर प्रदीप सिंह के हाथों में सस्पेंशन लेटर आ जाता है।

वह ख़ुशी-ख़ुशी इलाहाबाद के लिए प्रस्थान करता है और सोचता है कि घर चलकर कुछ दिन आराम किया जाएगा फिर लखनऊ आकर पैरवी की जाएगी। तब तक मीडिया बाज़ी भी शांत हो जाएगी। प्रदीप सिंह अपना लाइन ऑफ़ एक्शन ही सोच रहा था कि परितोष शर्मा का फ़ोन आता है।

प्रदीप सिंह ट्रू-कॉलर पर परितोष का नाम देखकर पहले चौंकता है लेकिन ख़ुद पर कंट्रोल कर फ़ोन पिक करता है। परितोष की आवाज़ आती है, "क्या हाल है इंस्पेक्टर साब! कब आ रहे हैं आप लखनऊ?"

प्रदीप सिंह के भी मन में है कि देखें परितोष शर्मा क्या कहता है, "क्या बात है पत्रकार महोदय... आज भी चिड़िया के उड़ने से पहले ही उसकी उड़ने की दिशा जान लेते हो। बताओ क्या सेवा करूँ।"

परितोष को प्रदीप की बातें सुनने में विजेता वाली ख़ुशी मिल रही थी, "इंस्पेक्टर साब, जब मैंने आपको पहली बार फ़ोन किया था तब भी आप मेरी सेवा नहीं कर सके और देखिए आज दूसरी बार भी आप सेवा करने के लायक़ नहीं हैं।"

यह सुनकर प्रदीप सिंह तमतमा जाता है लेकिन वह कुछ कर पाने की स्थिति में नहीं, इसलिए शांत आवाज़ में उसे हिदायत देता है, "पत्रकार महोदय, आज जो ख़ुशी आपके लहजे से झलक रही है उसके पीछे आपने कितना दम लगाया है यह तो आपको पता ही होगा। एक मुफ़्त की सलाह रख लो मेरी तरफ़ से। यह जो ईगो लेकर स्टोरी लिख रहे हो, इसका रिज़ल्ट ठीक नहीं मिलेगा।"

परितोष शर्मा भी जवाब देने से नहीं चूकता है, "आपकी भी ऐंठन कम नहीं हुई। प्रदीप भइया अपराधियों को यह सब डायलॉग सुनाया कीजिए। हमारे जैसे पत्रकारों के हाथ तोड़ने का ख़्वाब भी ठीक रिज़ल्ट नहीं देता है, यह तो देख ही लिया आपने। ज़िले के कप्तान को सलामी देना आप ही लोग थोडे ही सीखे हैं इंस्पेक्टर साब। हमें भी सलामी देनी आती है। एसएसपी साहब को भी मेरा सलाम बोलिएगा।"

परितोष ने प्रदीप सिंह को फ़ोन कर अपनी भड़ास मिटा ली। लेकिन उसके मन में चल रहा द्वंद और बढ़ गया। इंस्पेक्टर प्रदीप सिंह की बात उसके कान में गूँज रही थी।

39

वर्तमान की ओर

इंस्पेक्टर प्रदीप सिंह, आईपीएस विक्रमजीत सिंह और उसपर गीतांजलि चौधरी के समीकरणों में उलझे परितोष शर्मा का दिमाग़ नए-नए गुनताड़े में लगा रहता है। उसके मन में भी त्रिलोचन यादव की राजनीतिक महत्वाकांक्षा सुनकर पॉवर पॉलिटिक्स की प्लानिंग चलने लगती है। एसएसपी से सीधी टक्कर और उसके बाद तेज़-तर्रार इंस्पेक्टर प्रदीप सिंह को नाको चने चबवा देने के बाद उसे अपने नेटवर्क और पत्रकारिता की ताक़त का एहसास होने लगा था।

तभी परितोष के मोबाइल पर फ़ोन आता है। ट्रू-कॉलर पर *पुलिस* लिखकर आता है। परितोष थोड़ा नर्वस-सा हो जाता है कि कहीं यह फ़ोन इंस्पेक्टर प्रदीप सिंह किसी दूसरे नंबर से तो नहीं कर रहा है। कुछ सेकेंड सोचकर वह फ़ोन कॉल रिसीव करता है। दूसरी तरफ़ से एसएसपी के पीआरओ इंस्पेक्टर तिवारी की आवाज़ आती है, “शर्मा जी क्या हाल हैं। तगड़ी ख़बर है।”

परितोष की आवाज़ नशे में लड़खड़ाती है, “इतनी रात को तिवारी जी... तगड़ी ख़बर तो किसी की मौत की होती है। तुम पुलिस वालों की नौकरी बहुत ख़राब है यार, किसी न किसी को मार देते हो।”

"अब बताओ क्या तगड़ी ख़बर है।"

"शर्मा जी... तुम्हारे ऑल टाइम हिट दुश्मन विक्रमजीत सिंह को एसएसपी एसटीएफ़फ़ नियुक्त कर दिया गया है। इतना सुनकर परितोष शर्मा का नशा फुर्र हो जाता है।

वह चौंककर पूछता है, "फिर विक्रमजीत सिंह लखनऊ आ गए हैं क्या?" त्रिलोचन और अरशद परितोष का रिएक्शन देखकर घबरा जाते हैं।

"क्या हुआ शर्मा जी। दिल भक मार गया क्या? यह मरने-मारने का काम एसटीएफ़ वाले कुछ ज़्यादा ही करते हैं।"

एसटीएफ़—पुलिस की स्पेशल असाइनमेंट पर काम करने वाली फ़ोर्स है। जिसका कार्य क्षेत्र पूरा प्रदेश होता है। उसे किसी को गिरफ़्तार करने और किसी केस की जाँच करने की पूरी छूट होती है। इंस्पेक्टर तिवारी से मिली इस सूचना के बाद परितोष शर्मा के दिल की धड़कन जितनी तेज़ गति पकड़ी थी, उससे तेज़ उसका दिमाग़ दौड़ रहा था। उसका दिमाग़ अपने संपर्कों को टटोलने में लगा था। कोई ऐसा पॉलिटिकल पॉवर जो आईपीएस विक्रमजीत सिंह को एसटीएफ़ में आने से रोक सके। लेकिन उसे कुछ सूझ नहीं रहा था।

कबीर के दोहे उसकी उलझन को सुलझा तो रहे थे लेकिन संसारिक मोह के जाल में जो फँसा हो वह निकल कहाँ पाता है। परितोष उलझ गया था और इस उलझन को सुलझाने के लिए वह रास्ते तलाशता है। रात गहरी हो गई थी और सोमरस का असर भी, इसलिए रास्ता वही दिखा जिसमें ताक़त की नुमाइश है। परितोष को त्रिलोचन का प्रस्ताव अच्छा लगता है। वह जसम मुहम्मद से मीटिंग फ़िक्स करने को कहता है। दावत बर्ख़ास्त होती है।

40

कड़ी-दर-कड़ी

प्रदेश के पुलिस महानिदेशक यानी डीजीपी शुरू से ही तेज़-तर्रार विक्रमजीत सिंह के पक्ष में थे। इसलिए शासन के दबाव में सीआईडी में ट्रांसफ़र तो कर दिया था लेकिन जल्दी ही एसटीएफ़ जैसे मज़बूत विभाग में भेज दिया गया। जहाँ विक्रमजीत सिंह के लिए काम करने का बहुत स्कोप था। एसटीएफ़, ऑर्गेनाइज़्ड क्राइम के ख़िलाफ़ यूपी पुलिस का सबसे महत्वपूर्ण विभाग है। विक्रमजीत सिंह ने भी एसटीएफ़ में चार्ज लेने में देरी नहीं की और ऑफ़िस में अपने पहले ही दिन प्रदीप सिंह को फ़ोन कर लखनऊ आने को कहा। प्रदीप सिंह तो मानो इसी दिन का इंतिज़ार ही कर रहा था। अपनी गाड़ी उठाई और पत्नी जी को रायबरेली छोड़ता हुआ सीधे एसटीएफ़ ऑफ़िस पहुँचा।

विक्रमजीत सिंह, "बस एक महीने में तेरी विभागीय जाँच ख़त्म करा दूँगा। फिर यहीं एसटीएफ़ में आ जाना। मेरे रहते टेंशन लेने की क्या ज़रूरत है?"

एक आईपीएस अफ़सर का इतने सपोर्ट का मतलब प्रदीप सिंह को अच्छे से पता है। वह भी अपने अधूरे काम पूरे करना चाहता है, "नहीं सर टेंशन नहीं है। बस ग़ुस्सा है कि लखनऊ कुछ दिन और रहने को मिल जाता

और दोनों केस खोल देता तो कम से कम कुछ कहने को होता सर... अभी तो बिना पानी पिए गिलास तोड़ने का आरोप लग गया।"

"अरे ठीक है प्रदीप... दो-चार केस नहीं खुले तो कौन-सी सरकार गिरी जा रही है और केस तो सॉल्व कर ही देंगे, ज़िला पुलिस नहीं की तो अब एसटीएफ़ करेगी।" विक्रमजीत ने बेल बजाकर फ़ॉलोअर को बुलाया और चाय पिलाने को कहा, साथ ही इंस्पेक्टर संजय मिश्रा को भेजने को कहा। थोड़ी ही देर में संजय मिश्रा आ जाता है और विक्रमजीत ने दोनों का परिचय कराया, "संजय यह प्रदीप है, मेरे साथ कई जगह रहा है, बाक़ी तुम्हें पता ही होगा लखनऊ वाले सारे बवाल के बारे में। तुम दोनों परितोष की कुंडली निकाल लो और दो दिन में रिज़ल्ट दो।"

संजय मिश्रा, "जी सर, सारी कहानी पता है। इंस्पेक्टर साहब तो दिग्विजय को उठा भी लिए थे, पर पता नहीं कहाँ से स्टिंग हो गया इनका!

प्रदीप सिंह को यह बात बुरी लगती है लेकिन विक्रमजीत माहौल को हल्का बनाते हुए कहते हैं, "बता भाई प्रदीप, पैसे लेकर छोड़ा था क्या दिग्विजय को? आरोप लग रहे हैं तुझपर।"

"सर, पैसे किस बात के सर! उसने सारी बात बता दी थी। बस कुछ सबूत जुटाने थे। सुबह पत्रकार महोदय ने कांड ही कर दिया मेरे साथ।"

सभी हँसने लगते हैं। माहौल हल्का देखकर प्रदीप सिंह ने पूरी बात बताई, "सर, असल में दिग्विजय रोली दीक्षित से कॉल गर्ल मँगवाता था। इसलिए उसे दीक्षित दंपत्ति की कहाँ-किससे फँसी थी पता था। एक बार विश्वविद्यालय कैंपस में ही दिग्विजय सिंह से पेमेंट को लेकर के विवाद भी हुआ था। उसने मुझे टिप दिया कि इस महिला और उसके पति की हत्या कौशल तिवारी ने कराई है और की है सुशील त्यागी ने।"

इतना सुनकर विक्रमजीत सिंह चहक उठे, "वही सुशील त्यागी जिसे परितोष ने गेस्ट हाउस के बाहर गोली चलाने के लिए कहा था।"

अपने अधिकारी का इंटरेस्ट देखकर प्रदीप सिंह ने पूरी कहानी तफ़्सील से सुना दी, "हाँ सर, पंचशील सोसायटी वाला डबल मर्डर उसी ने ही किया है। असल में कौशल तिवारी ने इस दंपत्ति के ज़रिए बॉलीवुड में कुछ इन्वेस्टमेंट किया था जो डूब गया। लेकिन वह उसकी भरपाई महिला और उसके पति से करने का दबाव बना रहा था। जिसके बाद महिला भी फ़ायर हो गई। उसने कौशल के आपत्तिजनक वीडियो बना रखे हैं और धमकी दी कि सब वीडियो वायरल कर देगी। कहानी यहीं से बदल गई। बुलंदशहर से ज़िला-बदर होने के बाद सुशील त्यागी गोरखपुर में कौशल तिवारी के घर पर रहता था। सुशील दीक्षित दंपत्ति के मर्डर की सुपारी मिली और उसने दोनों को लखनऊ आकर मार दिया। फिर सुशील को जो पैसे कॉन्ट्रेक्ट किलिंग के देने थे, कौशल ने नहीं दिए तो इन दोनों के बीच विवाद हो गया।"

विक्रमजीत, "सुशील से तूने पूछताछ में पता किया था कि कौशल तिवारी गेस्ट हाउस में पाँच दिनों से रुका है। यह सूचना उसे कैसे मिली... ?"

"हाँ सर... किसी जसम मुहम्मद का नाम लिया था। बिहार का नामी माफ़िया है। कौशल तिवारी के लखनऊ में होने की बात सुशील को जसम मुहम्मद ने ही बताई थी।"

अपनी जाँच में कड़ी-दर-कड़ी जोड़ चुके प्रदीप सिंह ने विक्रमजीत के सामने पंचशील मर्डर की सारी कहानी खोलकर रख दी।

विक्रमजीत इतनी इन्फ़ॉर्मेशन पाकर ख़ुश हो जाते हैं और मज़ाक़ में कहते हैं, "इसका मतलब परितोष की रिपोर्टिंग सही थी। डबल मर्डर के तार यूनिवर्सिटी से जुड़े हैं और कौशल तिवारी किसी बड़ी घटना को अंजाम देने के लिए शहर में मौजूद था। मतलब वह सुशील त्यागी को मारने आया था।"

परितोष शर्मा की रिपोर्टिंग ग़लत नहीं थी, यह आईपीएस विक्रमजीत सिंह समझ चुके थे। लेकिन वह यह भी जान रहे थे कि पूरी कहानी को साबित करने के लिए परितोष शर्मा ने जो कहानी रची थी उसके पीछे उसका

ईगो है। जो उसपर इस क़दर हावी था कि वह पुलिस वालों का नुक़सान कर रहा था। विक्रमजीत सिंह इंस्पेक्टर प्रदीप सिंह को अनऑफ़िशयली इंस्पेक्टर संजय के साथ लगा देते हैं और संजय को कहते है कि सुशील त्यागी और कौशल तिवारी के कॉल का डिटेल निकालें और हर कॉल को मॉनिटर करें। अब पंचशील मर्डर केस के साथ गेस्ट हाउस केस का इंवेस्टिगेशन एसटीएफ़ ने शुरू कर दिया।

41

सर्विलांस पर नेटवर्क

ज़रूरी ख़बरों का इनपुट लेकर परितोष एसएसपी ऑफ़िस से निकलकर अपने दोस्त अरशद के साथ लखनऊ विश्वविद्यालय में गोसाई की दुकान पर जमा है। त्रिलोचन भी अपने कुछ शिष्यों के साथ वहीं पर है। परितोष विक्रमजीत सिंह के एसटीएफ़ में आने से टेंशन में है। छात्र भी एसटीएफ़ की चर्चा कर रहे हैं और वरिष्ठ पत्रकार परितोष जी से जानना चाह रहे हैं कि एसटीएफ़ अब क्या करेगी? परितोष बाबा की तरह एसटीएफ़ की कार्यशैली पर सबको ज्ञान दे रहा था। वह सबसे कहता है कि एसटीएफ़ के फ़र्ज़ी एन्काउंटर वाले मामलों पर नज़र रखनी पड़ेगी।

इस बीच सुशील त्यागी भी वहाँ आता है। परितोष उसे देखकर ठिठकता है, सारे बवाल की जड़ सुशील ही है और जब से पता चला है कि गीतांजलि चौधरी भी सुशील को पसंद नहीं करती है तबसे वह भी उससे कटने लगा है। गीतांजलि के बदले व्यवहार से अरशद को इस बात का अंदाज़ा हो जाता है, इसलिए वह सुशील से कहता है कि इस तरह पब्लिक प्लेस पर मिलने नहीं आया करे।

लेकिन सुशील त्यागी जैसे छोटे-मोटे गुंडों को यह सब बात कहाँ समझ में आती है। वह अरशद की बात सुने बिना परितोष से कहता है,

"बिहार का बाहुबली जसम मुहम्मद लखनऊ आ रहा है, वह आपसे मिलना चाहता है।"

परितोष अरशद को रोकता है और त्रिलोचन की तरफ़ देखता है, "अरशद, यह कल रात को त्रिलोचन भी इसी जसम का नाम ले रहा था न?"

सुशील त्यागी, "भइया, यह बात अध्यक्ष जी को पता थी, इनसे भी बात हुई है उन लोगों की।"

अरशद परितोष को देखता है फिर त्रिलोचन को, "हाँ भाई, बात तो हुई थी पर मुझे याद नहीं है।"

त्रिलोचन यादव, "भइया, सही कह रहे हैं आप, मैंने कल बताया था कि आपको पूर्वांचल में जसम मुहम्मद चुनाव लड़वाना चाहता है।"

"समीकरण बहुत साफ़ है भइया, परशुराम राजभर की पार्टी को सपोर्ट कर रहा है। इस बार विधानसभा चुनाव में बीस-तीस सीट पर मज़बूती से लड़ेंगे परशुराम बाबू। फ़ाइनेंस मिल जाएगा तो समझो पाँच-दस सीट निकालेंगे। आपने मिटिंग फ़िक्स करने को कहा था।"

इस बीच त्रिलोचन परितोष को इम्प्रेस करने के लिए गीतांजलि को फ़ोन लगा देता है। गीतांजलि फ़ोन कॉल उठाती है।

त्रिलोचन, "अरे कहाँ हैं आप? कल से आपका इंतिज़ार कर रहे हैं हम लोग, लीजिए परितोष भइया बात करेंगे।"

परितोष फ़ोन लेता है और हाय-हेलो करने के बाद कहता है कि कुछ देर बाद कॉल करेगा।

त्रिलोचन अपनी इस समझदारी से बहुत ख़ुश है और दुनिया भर की हुज्जत लिए परितोष शर्मा शांत पड़ जाता है। उसके दिमाग़ में जसम मुहम्मद तेज़ी से घूम रहा है। पहले त्रिलोचन यादव के ज़रिए अब सुशील त्यागी के ज़रिए जसम मुहम्मद परितोष शर्मा के दिमाग़ पर क़ाबिज़ हो चुका था। वह अपनी चिंता पर पर्दा डालते हुए कहता है, "मिलाओ भाई सुशील, मिलाओ। बड़ा खिलाड़ी लगता है यह जसम, इधर भी कुछ क्राइम

एंड पॉलिटिक्स की ड़ीलिंग पर ख़बर की जाए। यह अबल-डबल मर्डर बहुत हो गया। पब्लिक भी बोर हो गई होगी।

सुशील तो जैसे मौक़े की तलाश में था। फ़ोन पर नंबर ऐसे डायल हो रहे थे। मानो सारी गड्डी अभी गिननी है, रिंग जाती है लेकिन फ़ोन जसम मुहम्मद का कोई चेला उठाता है।

इधर एसटीएफ़ कार्यालय में इंस्पेक्टर संजय मिश्रा तले हुए काजू के संग चाय के पैग लिए जा रहे थे। उनकी टीम में तीन शूटर कॉन्स्टेबल हैं। तीनों नए रंगरूट हैं लेकिन आज के ज़माने के बीटेक हैं। इंजीनियर नहीं बने तो सिपाही बन गए और अब एसटीएफ़ के लिए कम्प्यूटर से खेलते हैं। लैपटॉप खोलकर सुशील का फ़ोन ट्रैक पर लगाया है। सुशील के सारे कॉल रिकॉर्ड हो रहे हैं।

सुशील, "आप लोग कब आ रहे हैं। जसम भाई का प्रोग्राम भी फ़िक्स है न?

दूसरी तरफ़ से आवाज़ आई, कल शाम तक पहुँच जाएँगे।

सुशील, ठीक है सुबह चलिए, वहाँ से शाम तक लखनऊ पहुँचिए। यहाँ हम रात को रुकने की टंच व्यवस्था कर देते हैं। शाम को पार्टी करेंगे उसी में सारी बात हो जाएगी।

बात कट टू कट होती है। इसलिए एसटीएफ़ को बातचीत से लोकेशन क्लियर नहीं होती है कि वे लोग कब तक आएँगे और कहाँ रुकेंगे। इंस्पेक्टर संजय मिश्रा ने कॉन्स्टेबल प्रशांत चौबे और दलबीर यादव को सुशील के पीछे लगा दिया और एकाएक मूवमेंट ट्रैक करने को कहा। इसके बाद प्रदीप सिंह को फ़ोन करके बताया कि सुशील की बिहार में जसम मुहम्मद से बात हुई है। उसके बाद संजय ने विक्रमजीत सिंह को इन्फ़ॉर्मेशन दिया।

संजय, "सर... सर सुशील त्यागी का फ़ोन ट्रैप किया है, कल जसम मुहम्मद लखनऊ आ रहा है। बिहार का नंबर है सर... सुशील से लगातार बात हो रही है। कुछ कोड वर्ड्स हैं मगर क्लियर नहीं हैं सर।

विक्रमजीत, "कितनी बार और क्या?"

संजय, "सुबह से चौथी दफा... इस बार किसी जगह मिलने की बात हुई है।"

विक्रमजीत, "गुड, फ़ॉलो हिम! कोई भी संदिग्ध मिले, मार देना है ऑन द स्पॉट। और कौशल तिवारी की क्या पोज़ीशन है?"

संजय, "सर उसके कॉन्टेक्ट के कई नंबरों को ट्रैक किया है। कुछ ख़ास नहीं मिला है। फ़िलहाल अंडरग्राउंड है। सर सुशील को पकड़कर उगलवा सकते हैं।

विक्रमजीत, "नहीं... उसके पीछे परितोष का हाथ है। वह फिर बवाल कर देगा। इसका विकेट ही गिरा दो। प्रदीप को कॉल करके पता करो, इस जसम मुहम्मद का यूपी में क्या केस है। इसको भी उधर ही निपटा दो।

संजय, "जी सर, कॉल कर दिया है। आ रहे हैं। पूरी रात सुशील के नंबर पर कोई एक्टिविटी नहीं है। लेकिन पूरी एसटीएफ़ टीम अलर्ट पर रही। किसी गैंग को बर्स्ट करने के लिए एसटीएफ़ महीनों धैर्यपूर्वक वॉच करती है। यहाँ तो सिर्फ़ एक रात बीती थी।

42

साधो! यह मुर्दों का देश

अगले दिन सुबह सुशील त्यागी तैयार होकर परितोष के घर पहुँचता है। रास्ते में हज़रतगंज के मशहूर वाजपेयी की दुकान से पूरी-सब्ज़ी पैक कराता है। उसे यह भनक भी नहीं है कि एसटीएफ़ की टीम उसको फ़ॉलो कर रही है। एसटीएफ़ के एसआई ने इंस्पेक्टर संजय मिश्रा को सुशील के मूवमेंट के बारे में बताया। संजय और प्रदीप दोनों हैरान हैं कि सुशील परितोष के घर क्यों गया है। ख़ैर, वे सुशील के अगले क़दम का इंतिज़ार करने लगे। इधर परितोष के घर पर मद्धिम आवाज़ में कबीर वाणी बज रही है :

साधो! यह मुर्दों का गाँव
पीर मरे, पैग़म्बर मरि हैं,
मरि हैं ज़िन्दा जोगी,
राजा मरि हैं, परजा मरि हैं,
मरि हैं बैद और रोगी।
साधो! यह मुर्दों का गाँव!

परितोष, वाजपेयी की पूरी-सब्ज़ी खाकर तृप्त हो जाता है, "यार सुशील! तेरी यही एक बात अच्छी लगती है, जब भी आता है देशी आइटम लेकर आता है। गोली-बंदूक़ से जान लेने की तेरी क़ाबिलियत तो ठीक है पार्टनर लेकिन यह खिला-पिलाकर जान क्यों लेता है?"

सुशील, "भइया एक बात कहूँ?"

परितोष, "बोल न भाई। तुझे कभी मना किया है?"

सुशील, "मेरी बीवी को यह सब बहुत अच्छा लगता है। जब भी बाहर से घर वापस जाता था कुछ न कुछ खाने का आइटम साथ ले जाता था। जानते हैं भइया, बीवी के बाद मेरा दुनिया में सिर्फ़ आप ही हैं।"

परितोष हँसते हुए कहता है, "अबे तेरा इरादा तो ठीक है?" दोनों हँसते हैं। कबीर वाणी की आवाज़ दब जाती है।

नाम अनाम अनंत रहत है,दूजा तत्व न होइ
कहे कबीर सुनो भाई साधो, भटक मरो मत कोई

बातचीत करते हुए दिन के बारह बजते हैं और सुशील के फ़ोन पर बिहार नंबर से कॉल आती है। एसटीएफ़ ऑफ़िस में टीम अलर्ट हो जाती है।

सुशील, "हाँ बताइए। चल दिए हैं आप लोग पटना से?"

दूसरी तरफ़ से, "हाँ, हम लोग सुबह ही चल दिए हैं। अभी गोरखपुर पहुँचने वाले हैं। चार-पाँच बजे तक लखनऊ पहुँच जाएँगे। होटल का एड्रेस मैसेज कर दीजिए और भइया बोले हैं कि अब व्हाट्सएप पर बात कीजिएगा।

सुशील, "व्हाट्सएप नंबर तो हमारा है नहीं, हम तो छोटका फ़ोन रखते हैं न। यह इंटरनेट वाले फ़ोन को पुलिस वाले ट्रैक कर लेते हैं।

दूसरी तरफ़, "ठीक है तो कोई दूसरा नंबर मैसेज कीजिए इंस्पेक्टर संजय मिश्रा ने विक्रमजीत सिंह को फ़ोन करके बताया कि जसम मुहम्मद

लखनऊ आ रहा है, कंफ़र्म है। मीटिंग पॉइंट क्या है, यह अभी तय नहीं हुआ है। विक्रमजीत सिंह ने कुछ इंस्ट्रक्शन दिए और फ़ोन रख दिया। इधर परितोष भी सुशील की बात सुन रहा था, मिलने में गोपनीयता का ताम-झाम सुनकर उसकी ख़बर सूँघने की शक्ति जागृत हो गई, "थोड़ी देर रुक जा; त्रिलोचन आ रहा है, उसके नंबर से बात कर लेना। और यह बताओ कि जसम वॉन्टेड है क्या?"

सुशील, "हाँ भइया, गोरखपुर के एक इंजीनियर की किडनैपिंग में आरोपी है। कई केस हैं उसपर; एक धनबाद में भी है। चंदौली से किसी कोयला व्यवसायी को उठाकर ले गया था। वहाँ के लोग कहते हैं कि धनबाद में ले जाकर मारा डाला था।"

आदतन परितोष ख़बर के बारे में सोचने लगा कि आख़िर एक हार्डकोर क्रिमिनल माफ़िया यूपी विधानसभा चुनाव में कैसे एंट्री मारने का प्लॉट तैयार कर रहा है। थोड़ी देर में त्रिलोचन भी घर पहुँचता है।

त्रिलोचन, "क्या भइया खाना-वाना कुछ मँगवा लिया जाए, दो बजने वाला है।"

परितोष ने बिरयानी ऑर्डर करने को कहा और उससे पूछा, "यह बताओ कि अध्यक्ष जी तुम जसम मुहम्मद की पार्टी से चुनाव लड़ोगे?"

त्रिलोचन, "काहे नहीं भइया। हम राजनीति में आए ही इसलिए हैं कि चुनाव लड़ें फिर विधायक बनें।

सुशील से पूछता है, "परशुराम राजभर भी आ रहा है क्या?"

सुशील कहता है, "पता नहीं है कितने लोग हैं और कौन-कौन हैं। परितोष त्रिलोचन से कहता है, "तो एक काम करो कि जसम से मिलने तुम चले जाओ, मेरी तरफ़ से जो डील करना हो कर लेना।"

सुशील त्यागी का चेहरा भक हो जाता है। वह परितोष की तरफ़ ऐसे याचिका की दृष्टि में देखता है कि मानो वह जसम से मिलने नहीं गया तो पता नहीं क्या हो जाएगा।"

सुशील, “भइया गड़बड़ा जाएगा। ऊ लोग पटना से आ रहे हैं।”

परितोष, “तो क्या इकलौते हमी से मिलने आ रहे हैं और भी तो लेन-देन होगा ही लखनऊ में?”

सुशील, “नहीं भइया, चलिए नहीं तो हमको उठा ले जाएँगे सब, फिर हम भी नहीं जाएँगे।” यह सुनकर त्रिलोचन की भी सिट्टी-पिट्टी गुम हो गई।

परितोष, “मेरे रहते यूपी बार्डर पार नहीं कर पाएँगे, कहो तो अभी एसएसपी साहब को फ़ोन कर दें। उनका भी बड़ा गुडवर्क हो जाएगा। इतने ख़तरनाक माफ़िया से हम क्या डील करेंगे सुशील। हम तो ख़बरों की डीलिंग कर सकते हैं। (त्रिलोचन की तरफ़ इशारा करते हुए) अध्यक्ष जी को ले जाओ।”

त्रिलोचन, “भइया चलिए। ज़रा समझा जाए कि क्या राजनीतिक रोटी सेंकी जा रही है।”

परितोष, “यार कुछ ठीक नहीं लग रहा है...। तुम इसके नंबर से एड्रेस मैसेज कर दो।” एड्रेस सुशील त्रिलोचन का फ़ोन लेकर उसी नंबर पर व्हाट्सएप करता है। दूसरी तरफ़ से ओके का मैसेज आता है। परितोष के घर के बाहर खड़े प्रशांत सैनी ने इंस्पेक्टर मिश्रा को बताया कि लखनऊ विश्वविद्यालय छात्र संघ अध्यक्ष की गाड़ी आई है। प्रदीप सिंह ने बताया कि त्रिलोचन यादव होगा और उसका नंबर मिश्रा को देता है जिसे वह तुरंत सर्विलांस पर डाल देता है। लेकिन कोई एक्टिविटी नहीं है। दोनों ही नंबर के व्हाट्सएप लाइव है जिससे यह पता चलता है कि दोनों नंबरों की व्हाट्सएप पर बात हो रही है। इंस्पेक्टर मिश्रा प्रदीप से कहता है कि उसके दो लोग सुशील और परितोष के घर के बाहर हैं और वे उसको फ़ॉलो कर रहे हैं। आप फ़ैज़ाबाद हाईवे पर नहर के पास चले जाइए। जो भी सस्पेक्ट गाड़ी होगी उसको फ़ॉलो कर लीजिएगा।”

प्रदीप सिंह, “हाँ... इतनी दूर से आ रहे हैं तो फ़ॉर्चूनर या इनोवा ही होगी।”

संजय मिश्रा, "मुझे लगता है कि हम पाँच लोग काफ़ी हैं। जहाँ ये मीटिंग करेंगे, वहाँ देखेंगे कि कितने लोग हैं। ज़रूरत समझ में आई तो लोकल थाने से फ़ोर्स मँगा लेंगे।"

प्रदीप सिंह, "हाँ, सात-आठ से ज़्यादा नहीं होंगे, बड़ा माफ़िया है। हो सकता है, बैकअप में एक गाड़ी और रखी हो।

संजय मिश्रा, "ठीक है फिर सर से एक और टीम के लिए कह देता हूँ। अभी दो घंटा समय है। इंस्पेक्टर संजय मिश्रा की टीम ने जसम मुहम्मद और सुशील त्यागी की फ़िल्डिंग सेट कर दी थी। लेकिन अभी इनको यह नहीं पता था कि परितोष शर्मा क्या कर रहा है। संजय ने सारी गतिविधियों की रिपोर्टिंग एसएसपी विक्रमजीत सिंह को कर दी। परितोष के घर पर सुशील का लास्ट लोकेशन है और जसम मुहम्मद के लोगों से लगातार बात हो रही है। लेकिन मीटिंग पॉइंट अभी भी डिसक्लोज़ नहीं हुआ है। एसएसपी संजय को कहते हैं, "जसम हाथ से निकलना नहीं चाहिए, किसी भी क़ीमत पर। संजय तेरा मेरे साथ पहला ऑपरेशन है। रिज़ल्ट के बिना हेड क्वार्टर मत आना।"

43

पुलिस की घेराबंदी

लखनऊ से फ़ैज़ाबाद वाले हाईवे पर शहर के बाहर एक ढाबा है—प्रधान ढाबा। जिसके दाल तड़का के सामने चिकन-मटन, कड़ाही पनीर भी फ़ेल है। हालाँकि लखनऊ शहर में अभी दिल्ली वाला कल्चर नहीं है कि कार उठाई और चल दिए करनाल रोड पर मूरथल के पराठे खाने। लेकिन लखनऊ में भी सेटिंग-गेटिंग बिल्कुल फ़िल्मी स्टाइल में होती है।

आज इस ढाबे पर लंबी स्क्रिप्ट लिखी जा रही है। ढाबे पर काम करने वाला एक बच्चा चाय का गिलास मेज़ पर रखता है जिसके इर्द-गिर्द पाँच लोग बैठे हैं—परितोष, सुशील, त्रिलोचन और इनके सामने बैठा है गोरा-चिट्टा सुतवाँ मूँछ वाला जसम मुहम्मद, उसका कोई क़रीबी भी साथ है। हाईवे से उतरकर प्रधान ढाबे के सामने तीन-चार ट्रक खड़े हैं। उनमें से एक ट्रक में प्रशांत और दलबीर यादव ने पोज़ीशन ले रखी है, दोनों के हाथ में Ak47 है और उनकी निगाहें ट्रक के साथ खड़ी सफ़ारी कार पर है, जिसमें कुछ नई उम्र के लड़के बैठे हैं। ये सभी रिपिटर, रायफ़ल और पिस्टल से लैस हैं। सफ़ारी स्टॉर्म के साथ में ही एक यूपी 32 नंबर की वैगन आर खड़ी है। कार के आगे-पीछे दोनों शीशे पर प्रेस का स्टीकर लगा हुआ है।

प्रधान ढाबे के दूसरी तरफ़ भी कुछ ट्रक खड़े हैं। एक ट्रक के पीछे दो आदमी पिस्टल के साथ सफ़ारी स्टॉर्म पर नज़र रखे हुए हैं। ये एसटीएफ़ के लोग हैं। ढाबे से थोड़ी दूर अँधेरे में एक स्कॉर्पियो भी खड़ी है। इस स्कॉर्पियो में इंस्पेक्टर प्रदीप सिंह बैठा है। तभी एक इनोवा कार स्कॉर्पियो के आगे आकर खड़ी होती है जिसकी बत्ती और आगे का नंबर प्लेट कवर किया हुआ है। कार के रुकते ही उसका ड्राइवर कार से उतरकर खड़ा हो जाता है और एक गनर भी अगली सीट से उतरता है। जिसे देखकर लगता है कि इनोवा में पुलिस का कोई बड़ा अधिकारी मौजूद है। प्रदीप सिंह स्कॉर्पियो से उतरता है और ढाबे की तरफ़ नज़र डालता है। फिर इनोवा की तरफ़ लपकता है। प्रदीप इनोवा में बैठे एसएसपी विक्रमजीत सिंह को सैल्यूट मारता है और ढाबे से आसपास के पुलिस फ़ोर्स की पोज़ीशन और हालात की जानकारी देता है।

प्रदीप, "सर... सभी यहीं पर बैठे हैं। लेकिन अंदर परितोष भी है।

विक्रमजीत सिंह मामले की गंभीरता को देखते हुए इंस्पेक्टर ने संजय मिश्रा को फ़ोन किया।

विक्रमजीत, "क्या सिचुएशन है।"

संजय मिश्रा, "सर ढाबे के अंदर एक सीनियर जर्नलिस्ट भी है। शहर का बड़ा नामी पत्रकार है सर। लेकिन वह इन लोगों के साथ क्या कर रहा है, समझ में नहीं आ रहा है। मैंने एक-दो क्राइम रिपोर्टरों को फ़ोन करके पूछा है लेकिन किसी के पास ऐसी कोई जानकारी नहीं है। प्रदीप की नज़र एसएसपी साहब से टकराती है और दोनों ख़ामोशी से एक-दूसरे को देखते हैं।

प्रदीप, "सर, ब्लू शर्ट में परितोष ही है। मैंने कंफ़र्म कर लिया है।"

विक्रमजीत बुदबुदाता है, "बहुत दिनों से दिमाग़ का दही कर रखा है। संजय क्या पोज़ीशन है?"

संजय, "सर, दो सफ़ारी स्टॉर्म से आए हैं, कुल आठ आदमी हैं। जसम मुहम्मद अपने एक क़रीबी के साथ ढाबे में सुशील से बात कर रहा है। वहाँ

जर्नलिस्ट और छात्रसंघ का अध्यक्ष भी है। ये तीनों एक साथ ही आए हैं सर... दूसरी गाड़ी भी स्टॉर्म है और उसमें पाँच लोगों बैठे हुए हैं। सभी बड़े अस्लहे से लोडेड हैं।"

विक्रमजीत सिंह, "तुम्हारे लड़कों की क्या पोज़ीशन है?"

संजय मिश्रा, "सर... दो लड़कों ने दूसरी वाली सफ़ारी स्टॉर्म को गन पॉइंट पर लिया है। Ak47 ले रखी है। कोई भी मूवमेंट हुई तो सारे मार दिए जाएँगे। दो लड़कों को हाईवे के दूसरी तरफ़ रखा है सर। इनकेस ढाबे से कोई भागे तो उनको चेक करने के लिए। सर, मैं एक लड़के के साथ ढाबे के गेट पर हूँ सर। लोकल थाने को इन्फ़ॉर्म कर दिया फ़ोर्स रेडी है सर, पर लोकेशन नहीं दी है अभी। थाना प्रभारी ने कहा कि पाँच मिनट में सारी पीसीआर पहुँच जाएँगी... आपका ऑर्डर सर। अभी चाय-नाश्ता आया नहीं है। मतलब दस-बीस मिनट तो ये लोग रुकेंगे।"

विक्रमजीत, "ओके... वेट करो! देखो जर्नलिस्ट अगर वहाँ से जाता है तो जाने देना। सुशील और इस अध्यक्ष को भी जाने देना, नो ऑब्सटेकल। उसके बाद जसम को अरेस्ट करना। सुशील को तो हम लोग बाद में भी उठा लेंगे और जो बदमाश दूसरी स्टॉर्म में हैं उन्हें भागने का पैसेज देना है। नो कैज़ुअल्टीज़।"

संजय मिश्रा टीम को कॉन्फ्रेंस कॉल पर लेता है और ऑपरेशन ब्रीफ़ करता है।

44

बिग न्यूज़ फ़ॉर यू!

ढाबे पर मीटिंग जारी है। इधर पुलिस टीम की रणनीति जसम मुहम्मद को गिरफ़्तार करने की है। थोड़ी देर बाद विक्रमजीत सिंह, इंस्पेक्टर संजय मिश्रा को फ़ोन करता है, "सुनो... मैं प्रदीप को भेज रहा हूँ। इसके पीछे-पीछे सिर्फ़ तुम जाओगे अंदर... अंदर जाकर देखना कि क्या चल रहा है?"

उसके बाद विक्रमजीत सिंह ने गीतांजलि चौधरी को फ़ोन किया, "कैसी हो गीतांजलि?"

गीतांजलि अचानक विक्रमजीत सिंह का फ़ोन कॉल देखकर चौंकती है, "गुड टू हीयर यू सर। मैंने सोचा कि आप लखनऊ छोड़ने के बाद हम लोगों को भूल ही गए।"

विक्रमजीत, "नहीं! मैं जिसका नंबर अपने फ़ोन में स्टोर कर लेता हूँ, उसे भूलता नहीं। अच्छा सुनो, फ़ैज़ाबाद रोड पर एक प्रधान ढाबा है, वहाँ जल्दी से पहुँच जाओ, एसटीएफ़ का बड़ा ऑपरेशन है। हमने बिहार के एक बड़े माफ़िया को पकड़ा है। बिग न्यूज़ फ़ॉर यू..."

इधर ढाबे के अंदर, एक कोने की टेबल पर जसम और परितोष सहज होकर बात कर रहे हैं। टेबल पर एक पैकेट रखा हुआ है। दूसरे कोने के एक

टेबल पर एक लड़का-लड़की बैठे हैं और दूसरी टेबल पर एक फ़ैमिली है। प्रदीप नज़र बचाता हुआ उस फ़ैमिली वाले टेबल की तरफ़ बढ़ता है। और संजय मिश्रा काउंटर पर मैनेजर से बात करने लगता है।

जसम, "भाई साहब, आप ख़बर मैनेज कर लो... बल्कि मैं तो कहता हूँ आप भी चुनाव लड़ जाओ। फुल सपोर्ट है मेरा।"

परितोष, "नहीं भाई साहब, फ़िलहाल यह सब सोचा नहीं है। वह तो इन लोगों की इच्छा थी (सुशील और त्रिलोचन की तरफ़ इशारा करते हुए), इसलिए आपसे मिलने आ गया। रही बात ख़बर की तो वह अपना पेशा है। फिर भी जो संभव होगा मैं आपकी मदद करूँगा।"

जसम, "पत्रकार जी, आप डरिए मत। हमारी ताक़त और आपकी ताक़त मिल गई तो बड़ा खेल हो जाएगा। सोच-विचार करके फ़ैसला लीजिए (और पैकेट पर हाथ रखते हुए कहता है)। इसमें पच्चीस लाख हैं। लखनऊ का मीडिया मैनेजमेंट आप देख लीजिए।

परितोष, "भाई साहब, हम पत्रकार हैं। अपने को यह राजनीति-वाजनीति नहीं आती है। आपके साथ हूँ। लेकिन काम से समझौता ज़रा मुश्किल होगा। परितोष यह कहते हुए उठता है कि तभी गीतांजलि का फ़ोन आता है। परितोष फ़ोन उठाता है और बिना दूसरी तरफ़ की बात सुने पहले कहता है, "ज़रा एक मीटिंग में हूँ, दस मिनट मे कॉल बैक करता हूँ।"

गीतांजलि उसकी बात काटते हुए कहती है, "सुनो, अर्जेंट है! एक एक्सक्लूसिव इन्फ़ॉरमेशन है। एसएसपी विक्रमजीत सिंह का फ़ोन आया था... कह रहे थे कि प्रधान ढाबे पर आ जाओ, बड़ा ऑपरेशन है। कोई बिहार का माफ़िया है। यह बताइए कि यह ढाबा किधर है?"

इतना सुनते ही परितोष के होश फ़ाख़्ता हो गए। वह जसम मुहम्मद को देखता है। इतने में जसम के साथ बैठे लडके के माथे पर एक गोली लगती है और वह गिर पड़ता है। परितोष कुछ सोच पाता कि जसम मुहम्मद कमर में लगी अपनी पिस्टल निकालता है लेकिन काउंटर पर खड़े इंस्पेक्टर संजय

मिश्रा ने जसम के पीछे चार गोलियाँ उतार दीं। परितोष की नज़र जसम के पीछे काउंटर पर खड़े इंस्पेक्टर संजय मिश्रा पर पड़ती है। संजय उसे बैठ जाने का इशारा करता है लेकिन उसका दिमाग़ सुन्न हो चुका है। इतने में उसे भी पीछे से एक गोली लगती है। यह गोली प्रदीप सिंह के पिस्टल से चलती है। इंस्पेक्टर संजय मिश्रा प्रदीप को रोकता है लेकिन उसे क्या पता था कि प्रदीप सिंह जसम मुहम्मद का नहीं परितोष शर्मा का एन्काउंटर करने आया था। त्रिलोचन साथ वाले टेबल के नीचे छुपने की कोशिश करता है और परितोष की लाश उसके सामने गिरती है। सुशील गेट की तरफ़ भागता है जिसे वहीं पर संजय मिश्रा ने ढेर कर दिया। प्रदीप सिंह त्रिलोचन को टेबल के नीचे से निकालता है और संजय के हवाले करता है।

बाहर सफ़ारी सटॉर्म में बैठे बदमाश गोली की आवाज़ सुनकर बाहर निकलने की कोशिश करते हैं तो एसटीएफ़ की कवरअप टीम ने सफ़ारी पर दो फ़ायर कर ललकारकर कहती है कि मौक़े से फ़ौरन भाग जाए, यूपी एसटीएफ़ का ऑपरेशन है। वे भाग सकते हैं नहीं तो सबका एन्काउंटर हो जाएगा। स्कॉर्पियों में बैठे दूसरे कॉन्स्टेबल ने हूटर बजा दिया। जिसके बाद सफ़ारी में बैठे बदमाश तेज़ी से गाड़ी बैक करके भागते हैं।

45

ऑपरेशन ईगो ख़त्म हुआ

'यूपी पुलिस का बड़ा ऑपरेशन, बिहार के बाहुबली माफ़िया को एसटीएफ़ ने एन्काउंटर में किया ढेर। बड़ी घटना को अंजाम देने के लिए लखनऊ आया था जसम मुहम्मद।'

विक्रमजीत सिंह के इनपुट के बाद इंडिया ख़बर 24x7 पर बिग ब्रेकिंग न्यूज़ चल रही होती है...

गीतांजलि अपनी कैमरा यूनिट के साथ मौक़े पर पहुँचती है। उसके पीछे ही अरशद भी मौक़ा-ए-वारदात पर पहुँच जाता है। दोनों वहाँ माफ़िया डॉन जसम मुहम्मद की डेड बॉडी के बीच परितोष की लाश भी देखते हैं। दोनों सिर्फ़ एक-दूसरे को देख सकते हैं। समझने के लिए उनके पास कुछ बचा नहीं था।

देखते ही देखते वहाँ मीडिया की ओबी वैन और सैकड़ों रिपोर्टरों की भीड़ लग जाती है। मौक़े पर मौजूद एसटीएफ़ के एसएसपी विक्रमजीत सिंह का इंटरव्यू लेने के लिए रिपोर्टरों में धक्का-मुक्की होने लगती है। सबके एक ही सवाल हैं। लेकिन सवालों के शोर में बहुत कुछ छुपा जा रहा था।

विक्रमजीत सिंह, "हमें ख़ुफ़िया इन्फ़ॉर्मेशन मिली थी कि सुशील त्यागी जो कि अपना इंटर स्टेट गैंग ऑपरेट करता है और बिहार के माफ़िया डॉन जसम मुहम्मद से आज लखनऊ में मिलने वाला है। हमने अपनी इन्फ़ॉर्मेशन को और पुख़्ता करने के लिए डिफ़रेंट सोर्सेज़ से कंफ़र्म किया। हमारी टीम को जानकारी मिली कि यह गैंग चुनाव में अपने पक्ष में माहौल बनाने के लिए सांप्रदायिक दंगे करवाने की फ़िराक़ में है ताकि इनके पक्ष में वोटों का ध्रुवीकरण हो जाए और ठीक चुनाव से पहले सरकार की बदनामी भी हो जाए। बाक़ी इनके कनेक्शन किस-किस गैंग से हैं, इसकी डिटेल्स जाँच के बाद पता चलेंगी। लगता है कि कुछ और लोग भी साथ में थे, पर वे भागने में सफल रहे। हमने कई पॉइंट्स पर चेक लगा दिए हैं, जल्द ही उन्हें भी पकड़ लिया जाएगा।"

एक रिपोर्टर, "सर, क्या इन लोगों के पास से कुछ बरामदगी भी हुई है?"

विक्रमजीत सिंह, "हाँ, पुलिस को 25 लाख रुपए कैश और दो पिस्टल मिली हैं। एक सफ़ारी स्टॉर्म यहाँ से भागने में सफल रही है। उसमें कई लोग अस्लहों से लैस थे। शायद वह गाड़ी जसम मुहम्मद को बैकअप देने के लिए थी।"

दूसरा रिपोर्टर, "आपकी कार्रवाई में शहर के एक जाने-माने पत्रकार की मौत हुई है। इसपर क्या कहेंगे?"

विक्रमजीत सिंह, "देखिए अभी इस मामले में हम ज़्यादा कुछ नहीं कह सकते। पूरी बात जाँच के बाद ही सामने आ पाएगी। यह सवाल हमारे भी मन में आ रहा है कि इतने कुख्यात अपराधियों के साथ शहर का बड़ा पत्रकार क्या कर रहा था। पुलिस इन्फ़ॉर्मर ने हमें इस बारे में कोई ख़बर नहीं दी थी। यह हमारे लिए शॉकिंग है। लेकिन एसटीएफ़ अपना काम पेशेवर ढंग से करती है।

विक्रमजीत सिंह पत्रकारों की भीड़ से पीछा छुड़ाते हुए वहाँ से निकलते हैं। उनकी नज़र गीतांजलि पर पड़ती है। उसकी आँखें भरी हुई

थीं और रुँधी हुई आवाज़ से वह टीवी पर घटना की लाइव रिपोर्टिंग कर रही थी :

> *आज शाम 5 बजे उत्तर प्रदेश एसटीएफ़ ने एक मुठभेड़ में कुख्यात अपराधी जसम मुहम्मद और सुशील त्यागी को मार गिराने का दावा किया है। इस मुठभेड़ में शहर के जाने-माने पत्रकार परितोष शर्मा की भी मौत हो गई है। जिससे इस मुठभेड़ और पुलिस की भूमिका पर कई सवाल खड़े होते हैं। लेकिन ज़िले के आला पुलिस अधिकारी यह कहकर अपना पल्ला झाड़ रहे हैं कि इतने कुख्यात अपराधी लोगों के साथ परितोष शर्मा की मौजूदगी संदिग्ध है। इसकी जाँच की जा रही है। उत्तर प्रदेश पुलिस की फ़र्ज़ी मुठभेड़ का इतिहास देखते हुए एसटीएफ़ की यह दलील आसानी से गले नहीं उतरती। कैमरामैन दिनेश प्रजापति के साथ मैं गीतांजलि चौधरी, इंडिया ख़बर 24x7, लखनऊ।*

46

फ़ायनल रिपोर्ट

परितोष शर्मा की कहानी बहुत ट्रेजडी के साथ ख़त्म होती है। लक्ष्मणपुर टाइम्स के सम्पादक अनामी प्रसाद को उनका राजनीतिक संवाददाता अखिल सिंह इस घटना की सूचना देता है। उन्होंने अरशद को फ़ोन किया और अरशद ने कहा, "सर, पूरी दोस्ती में आज ही एक दिन है जब न उसने फ़ोन किया न मैंने। साला जाने से पहले ही साथ छोड़ दिया था।"

उधर त्रिलोचन यादव को पुलिस वहाँ से लेकर सीधे एसटीएफ़ ऑफ़िस आती है और देर रात एसएसपी विक्रमजीत सिंह ने उसे इस ताक़ीद के साथ छोड़ा कि वह किसी से नहीं कहेगा कि इस घटना के दौरान वह मौक़े पर मौजूद था।

अगले दिन एसटीएफ़ ने अपनी प्रेस विज्ञप्ति में इस एन्काउंटर के बारे में मीडिया को जानकारी दी :

> *पंचशील सोसायटी में रोली दीक्षित और उसके पति की हत्या सुशील त्यागी ने की थी। जिसकी सुपारी माफ़िया डॉन कौशल तिवारी ने दी थी। लेकिन काम हो जाने के बाद तिवारी ने सुशील को बाक़ी रक़म नहीं दी जिसकी वजह से दोनों में अनबन हो*

गई थी। कुछ दिनों बाद कौशल तिवारी लखनऊ के एक गेस्ट हाउस में रुका हुआ है। यह ख़बर जब सुशील त्यागी को मिली तो उसने कौशल तिवारी पर दबाव बनाने के लिए गेस्ट हाउस के बाहर उसके शूटर सत्य प्रकाश पाण्डेय की हत्या कर दी थी। सुशील त्यागी बुलंदशहर का हिस्ट्रीशीटर है और उसे न्यायालय ने ज़िला-बदर किया हुआ है। एसटीएफ़ बहुत दिनों से उसे ट्रैक कर रही थी। क्योंकि उसका नेटवर्क बहुत बड़ा था और कॉन्ट्रैक्ट किलिंग में उसका बड़ा नाम था। कल एसटीएफ़ की टीम उसे ट्रैक करते हुए। फ़ैज़ाबाद रोड़ पर ढाबे पहुँची तो पता चला कि बिहार का बाहुबली माफ़िया डॉन जसम मुहम्मद भारी अस्लहे के साथ मौजूद है। दोनों वहाँ किसी बड़ी घटना का प्लान बना रहे थे। हमारी टीम ने उन्हें सरेंडर करने को कहा लेकिन पुलिस को वहाँ देखकर पुलिस पार्टी पर फ़ायरिंग झोंक दी और आत्म रक्षा में पुलिस टीम को भी गोली चलानी पड़ी। जिसमें जसम मुहम्मद और उसके दो सहयोगी समेत सुशील त्यागी की मौत हो गई एक और शख़्स जो पेशे से पत्रकार थे, उनकी भी गोली लगने से मौत हो गई है।

अति का भला न बोलना, अति की भली न चुप
अति का भला न बरसना, अति की भली न धूप